estensioni

voci dell'est europa

estensioni – 24

BEE

Bottega Errante Edizioni
Via Pradamano 4, 33100 Udine
www.bottegaerranteedizioni.it
info@bottegaerranteedizioni.it

Editing: esagramma

ISBN 9791280219220

Federica Marzi

La mia casa altrove

Bottega Errante Edizioni

Alla memoria dei miei nonni
Gemma e Mario

I personaggi e le storie familiari a loro collegate raccontate nella presente opera sono unicamente frutto dell'immaginazione dell'autrice. Ogni riferimento a persone realmente esistenti o a fatti che sono loro realmente accaduti è puramente casuale.
La parlata istroveneta di Norina e di altri personaggi della sua cerchia familiare è ricalcata in buona parte sul dialetto di Buie d'Istria e su certe inflessioni, intonazioni e specificità lessicali del dialetto triestino.

PRIMA PARTE

1. La lingua di prima

marzo 2005, Izola/Isola (Slovenia)

Amila chiuse gli occhi, ferita dalla luce. Capì di essere arrivata, ma ancora non sapeva dove.

Per un po' si sentì oscillare. Doveva aver appena superato uno di quei tornanti lunghi e stretti che già l'avevano sorpresa mentre era alla guida, costringendola a frenare all'ultimo momento, vicinissima al guardrail. Era stato su una strada in discesa, immersa a tratti nel buio, bordata da boscaglia e campagne. Poi le luci si infittirono, punteggiarono il riflesso della sirena sul vetro, e Amila seppe di aver raggiunto un centro abitato.

«Siamo a Isola» annunciò una voce in sloveno. L'uomo era dietro di lei, alla testa della barella. Le sfiorò la spalla immobilizzata, dove si concentrava il dolore. «Non si preoccupi» aggiunse. «A posto, va bene?».

L'ambulanza entrò a sirene spente nel piazzale dell'ospedale. Amila spiegò che doveva assolutamente tornare a casa. Che l'aspettavano. Che non aveva nemmeno un minuto da perdere.

Un ragazzo preparò una siringa. «Diamo punctura per dolore. Calma, eh?» disse in uno strano italiano senza aggiungere altro.

Una donna le scoprì il braccio in modo energico e,

in un italiano questa volta perfetto, le intimò di stare ferma.

Amila provò a insistere, con un po' più di gentilezza. Suo padre diceva sempre: la gentilezza prima di ogni cosa. Chiese «per piacere» e fece un tentativo anche nell'altra sua lingua, che tutti lì dentro dovevano capire. «*Molim vas*». Ma nessuno prese in considerazione la sua richiesta. Le dissero solo che era arrivata. Si trovava a pochi chilometri dal confine italiano che non era riuscita a raggiungere.

Al pronto soccorso, un dottore dagli occhi piccoli e scuri sistemò la lampada sopra di lei. La luce l'accecò. Si infilò i guanti di lattice e l'avvertì che le avrebbe fatto un po' male. Parlava la sua stessa lingua.

«Sono di Osijek. Io e la mia famiglia siamo immigrati in Slovenia molti anni fa» le spiegò sorridente, come per scusarsi o giustificare il fatto che avessero una lingua in comune, anche se la sua aveva un accento un po' diverso e qualche imperfezione.

Neanche Amila aveva sempre tutte le parole nella lingua di prima. La sua lingua di famiglia si trovava a uno stadio preistorico avanzato. Aveva la lingua, ma non la scrittura. Parlava veloce, ma a volte quel che diceva non batteva del tutto, come in un conto fatto male.

Quando tornava nel suo vecchio Paese, la scambiavano ogni tanto per una turista, macedone, russa o bulgara, anche se di turiste così là non se ne vedevano. Solo quando si sentiva sotto pressione, le parole di una volta sbocciavano in una vistosa corolla. Impossibile dire da quale memoria di riserva provenissero o dove si trovasse quello strato sepolto.

Nel frattempo, un'infermiera si avvicinò al lettino senza dire niente. Lei doveva avere la sua lingua tutta a posto. Amila sentì qualcosa di metallico passarle sulla pancia e sul petto. La felpa venne tagliata a metà.

Rivide il dottore dopo le radiografie. Si avvicinò alla sedia a rotelle, nel corridoio affollato. Le diede la mano e le chiese come si sentiva.

«Mi fa male tutto». E la spalla era il meno.

«Normale. Basta che stia tranquilla e non faccia sforzi. L'operazione è riuscita perfettamente».

«Ma quando potrò tornare a casa?».

«Fra un paio di giorni. Poi dovrà cominciare la terapia contro il dolore. Dove la farà?».

Amila sulle prime non capì. «A Trieste» rispose. Dove abitava. Quella era la sua città.

«Ma è originaria di Zvornik, giusto?».

«Sì. Sono nata là».

Il dottore strinse le labbra. Fra loro vi fu un momento di silenzio, il solito silenzio imbarazzato e colpevole di chi sapeva. Lui doveva sapere più di altri. Gli erano bastati il suo nome e cognome, scritti nella cartella clinica, per decidere in quale parte della complicata geografia balcanica collocarla. Ma anche a Amila erano bastati pochi dettagli: la provenienza, la lingua e soprattutto guardarlo in faccia per sapere cosa gli fosse successo e che ci facesse in Slovenia. Era uno come lei.

«E la sua famiglia?» si informò il dottore.

«I miei genitori sono in Bosnia».

«Per una vacanza?».

«Se così si può dire. C'è stato un allagamento nel nostro vecchio appartamento e sono dovuti correre giù».

«Capisco. In ogni caso avrà bisogno di assistenza. Quando rientrano?».

«Presto».

«Va bene, ora devo salutarla. Tornerò più tardi» aggiunse il dottore mentre un infermiere la spingeva via.

In camera, la parete davanti a lei era accesa da fiotti di luce. La finestra era incorniciata da un riquadro di metallo e si affacciava su una distesa di mare increspato. Una nave mercantile avanzava appena. Una piccola sagoma scura che scivolava lungo la linea fra mare e cielo. Poteva sparire in qualsiasi momento.

Amila indossava un camice allacciato dietro alla schiena. Era sintetico e ruvido, le pizzicava la pelle. Trovò un minuscolo pezzo di vetro fra il mignolo e l'anulare e da quel momento si sentì piena di vetri dappertutto. Cominciava a ricordare. Risentì il rumore di lamiera pressata e il tonfo del parabrezza. Strinse forte gli occhi.

L'incidente era avvenuto in un luogo imprecisato della campagna istriana. La luce calante aveva dapprima sfumato i contorni delle cose, rendendole instabili, quasi irreali. Amila aveva passato la frontiera di Dragogna, una spianata di cemento illuminata dai fari fra la Croazia e la Slovenia. Lì aveva mostrato il passaporto e la carta di soggiorno. Una doganiera bionda le aveva fatto segno di passare. Poi niente. Fra la breve pausa al confine e l'urto c'era solo nero, il colore che a tratti occupava la sua memoria.

Della macchina non aveva avuto più notizie, anche se il vero problema era un altro. La vecchia Panda bordeaux non era sua, ma apparteneva a Norina, che non le aveva mai dato il permesso di usarla. Certo non per partire, passare due confini e guidare in direzione di un posto di cui nessuno doveva sapere.

Qualcuno avrebbe sostenuto che Amila fosse la sua badante, ma non era così. Lei non era una badante e Norina non ne aveva mai cercata una. Norina parlava tutt'al più di compagnia, lavoretti, servizi. Diceva che aveva bisogno di qualcuno che stesse in casa al posto suo quando andava nel bosco o portava il cane a fare la pipì.

Era stato durante uno di questi momenti di assenza di Norina che Amila era salita sulla Panda e se n'era andata via. L'aveva presa solo in prestito, intendeva restituirla a sera, ma poi non era più tornata.

Ora avrebbe dovuto contattare Norina, trovare il modo di spiegarle l'accaduto e assicurare di non averle rubato la macchina. Bisognava evitare in particolare che pensasse a una cosa del genere e poi che si agitasse o facesse chissà che altro. Il telefono era già pieno di sue chiamate senza risposta.

Amila tamburellava nervosa le dita sul cellulare. Le unghie erano quelle di sempre, smangiucchiate.

«*Sant'Iddio*, queste mani!» la rimproverava spesso mamma Selma.

Ma, al telefono, Selma non l'aveva rimproverata. Le aveva chiesto con il suo tono più allarmato, uno, come stava. E, due, tre e quattro, come stava. Le aveva passato papà Željko e lui le aveva chiesto, cinque, con quale automobile aveva avuto l'incidente, visto che la Micra ce l'avevano loro. E, sei, dov'era andata.

Ma le telefonate fra la Bosnia e la Slovenia si divoravano gli euro allo scoccare del minuto, e i punti cinque e sei li avrebbero dovuti discutere di persona. Proprio quel che Amila temeva. Si trovava in un bel guaio.

E lì, all'ospedale, in una terra dove non conosceva nessuno e che stava fra il Paese in cui era nata e quello in cui viveva, non possedeva nemmeno un'assicurazione medica. L'infermiera del turno mattutino le aveva detto «*privat, privat*», scuotendo la lunga coda di cavallo rossa e facendole intendere che le spese mediche avrebbe dovuto pagarsele da sola.

Anche la Panda di Norina si trovava in pessimo stato, così aveva infine capito. Dunque anche la macchina sarebbe costata. E, fra meccanici e medici, sarebbe stato un salasso per i risparmi di famiglia. I risparmi di una vita di lavoro all'estero di papà Željko e mamma Selma, che certo non ce l'avevano avuta facile, nella vita.

«*Sant'Iddio*, mi stai dicendo che vuoi passare il resto dei tuoi giorni in una ferramenta di Trieste!» aveva esclamato una volta mamma Selma, invocando il suo Dio in italiano. Era stato poco dopo gli accordi di Dayton.

«E che vuoi che ti dica?».

Zvornik era passata alla Repubblica serba di Bosnia. L'appartamento vicino alla Drina, dove Amila aveva vissuto parte della sua infanzia, era stato occupato dalla famiglia di un poliziotto.

«A Sarajevo stanno cercando dei bravi maestri per i nostri ragazzi. E tu? Tu ci vieni a dire che vuoi restare in un negozio!». Erano tutti insieme nel soggiorno della loro casa triestina di via Pascoli.

Željko era apparso titubante, stava riflettendo. «Abbiamo vissuto felicemente in Jugoslavia. Non è più lo stesso Paese».

«A Sarajevo vivremo in pace».

«Ma in un dopoguerra». Željko si era sistemato gli occhiali. «E poi ci sono le ragazze» aveva aggiunto senza neanche degnarle di uno sguardo. Amila e Majda erano sedute allo stesso tavolo, gli occhi abbassati, mute come due pesci di undici e nove anni. «Loro hanno diritto a una vita migliore. Dobbiamo scegliere».

«Appunto. O da una parte o dall'altra». Nel soggiorno erano stipati in un angolo gli scatoloni del centro di accoglienza, rimasti imballati nell'attesa di scoprire la loro destinazione definitiva.

«Non è detto» aveva ribattuto Željko, cominciando un tira e molla che sarebbe durato a lungo. «Prendiamoci un anno sabbatico. Siamo gente di scuola, possiamo permettercelo».

«Željko Hadžigrahić, ti avviso. Non scherzare con le nostre tragedie!».

«Ma quali tragedie! Le ragazze qua staranno benissimo, lo sai. Studieranno, si prenderanno un diploma europeo, lavoreranno. Decideranno loro dove vivere, quando saranno grandi. E avremo pure il mare».

«Il mare? Ma se non sai neanche nuotare!». Amila era riuscita a stento a non ridere.

«Il mare è di tutti. Anche di quelli che lo sanno solo guardare».

«Te lo dico io. Sarà una vita da sradicati».

«Vedrai che no».

«Oh, e che gli rispondo io, adesso, a uno che mi dice "vedrai che no"?».

«Vedrai che andrà tutto bene, per esempio». Mamma Selma aveva sollevato gli occhi al suo cielo, l'alto e ampio soffitto ingiallito di un appartamento asburgico. «Basta che ci comportiamo bene e non avremo problemi».

Comportarsi bene era la frase preferita di papà Željko. Così diceva sempre, anche se il resto del mondo faceva il contrario. E mamma Selma la pensava uguale. Erano fatti in un modo particolare, i suoi genitori.

Così era certo che almeno Željko l'avrebbe aiutata. Con le sue parole ferme e pazienti, nel suo italiano che zoppicava un pochino, avrebbe trovato una soluzione. Avrebbe pagato le spese sanitarie senza fiatare. E avrebbe parlato con Norina per scusarsi di quanto accaduto e soprattutto pagare anche lei. Tutto si aggiusta. Anche questa era una delle sue massime.

Per le altre cose, invece, non ci sarebbero state parole, né nella lingua di famiglia, né nella lingua con la quale Amila faceva tutto il resto.

Come avrebbe potuto rivelare a suo padre, a Norina, di essere stata in una casa di pietra, in mezzo alla campagna istriana, trovata dopo aver inseguito onde di terra rossa, ulivi e vigneti? E raccontare di essersi seduta a un tavolo – rozzo, se lo ricordava rozzo – in una cucina riscaldata da una stufa a legna, davanti a un uomo che, nella casa di Norina, chiamavano Franco?

Per le persone di quella casa, lui era scomparso. Un punto in dissolvenza nella storia della loro famiglia.

Ma Amila era stata in casa sua, gli aveva fatto delle domande. Se n'era andata prima di sera. Al confine, la poliziotta bionda le aveva fatto cenno di passare. Era seguita la strada piena di curve e tornanti. Poi il rettilineo. Amila aveva accelerato. Un momento di distrazione, si era guardata le mani dalle unghie smangiucchiate che nascondeva a mamma Selma e – *sant'Iddio!* – aveva perso di vista la linea bianca tratteggiata. Un tir stava arrivando verso di lei dalla carreggiata opposta. Amila aveva sentito l'urlo del clacson. Poi niente.

Il volto di Franco era affiorato per un attimo dopo l'incidente. Il dottore di Osijek la stava visitando, le stava dicendo qualcosa. «Provi a muovere il braccio. Ora tocco qui». Era lo sterno. «Le fa male?».

Lì aveva sentito un dolore acuto, da urlare. E lì, chiudendo forte gli occhi, le era apparsa l'immagine di Franco, l'uomo che l'aveva sfidata con un sorriso beffardo, mentre sorseggiava grappa fatta in casa e si asciugava le labbra umide con il dorso della mano.

2. Si è capovolto il mondo

marzo 2005, Izola/Isola (Slovenia)

Norina era seduta su una panchina di pietra gelida davanti all'ospedale, un enorme edificio corroso dal sale, a strisce verdi e blu. Si sentiva la lingua come un baccalà secco che stava per essere battuto prima dell'ammollo.

Dalla piccola altura il cielo sembrava vicinissimo. Non si vedevano più gli svincoli e i raccordi stradali che l'avevano condotta sin là. Al primo piano un paziente in pigiama e un ragazzo in maglietta si muovevano come in un acquario dalla lunga vetrata giallognola. Una nuvola coprì il sole e Norina si strinse nel cappotto sfregandosi le mani. L'aria era pungente. Si alzò.

Sollevò lo sguardo verso su, i due pazienti di prima la stavano osservando. Lì, da qualche parte, si trovava anche Amila, sparita senza un perché con la sua Panda, mentre lei era nel bosco.

Benedetta ragazza, che cosa le aveva combinato?

Il motivo per cui avesse fatto quel che aveva fatto era rimasto per Norina un mistero. Sì, le aveva lasciato un biglietto con scritto che sarebbe tornata entro sera. E invece era scomparsa per un giorno e poi l'aveva chiamata al telefono, giurando di non averle rubato la macchina, pregandola anzi di non farsi venire certe idee in mente. Ma che cosa doveva pensare, Norina, adesso?

Era stata chiamata anche dalla polizia stradale. Sulle prime si era sentita avvampare, ma poi era riuscita a tenere testa alla voce maschile che le parlava dall'altro capo del filo. Le era stato chiesto di confermare. E Norina aveva risposto con voce sicura, come se recitasse l'Avemaria, che confermava. L'Avemaria non la diceva più, per questo le era riuscito così bene. E poi perché lei, quelli della *milissia*, non li aveva mai potuti sopportare.

Non appena ebbe svoltato l'angolo, l'edificio mostrò finestre a oblò e onde di pensiline blu e azzurre. In basso si aprì la vista su Isola, un piccolo lembo di terra con il campanile. Norina si fermò a guardare il mare – scintillante, pacifico – punteggiato da due navi mercantili. Quella era una nuova Istria, tirata a lucido. Non era più per lei, anche se una volta era stata sua.

Ormai erano finiti i tempi in cui ci andava una volta all'anno con Mariano per fare una visita a Buie, la città dov'era nata, e sistemare le tombe di famiglia. In quelle occasioni, Norina si vestiva elegante, metteva in una busta le confezioni a strisce verdi e rosse di caffè da portare in regalo e preparava i ghiaccioli per la borsa frigo da riempire al ritorno con straculo freschissimo. Infilava nel secondo portafoglio grandi e ruvidi dinari, viola, azzurri e fucsia, che contava inumidendosi il polpastrello. Dovevano bastare per il pieno di benzina, altrimenti bisognava tornare a cambiare i soldi. Controllava la scadenza della *propùsnissa*, il lasciapassare, con il quale si poteva varcare il confine.

Norina andava a vedere la sua vecchia casa. La casa col *rosèr*, un alto arbusto di rosa nato da un pugno di terra stretta fra le pietre. Da fuori era rimasto tutto uguale, era più che altro il paese a essere cambiato. Vedeva girare gente estranea, nuove razze che venivano *de via*. Li riconosceva dagli zigomi pronunciati, che però assomigliavano tanto a quelli di suo padre e di Mariano. Alcune case erano rimaste abbandonate, anche in piazza, intorno al campanile veneziano svettante.

Norina scattava foto senza farsi notare dai nuovi inquilini. Li conosceva e sapeva che l'avrebbero invitata con mille cerimonie a bere un caffè scadente e mangiare dolcetti zuccherosi che toglievano la fame. Ma preferiva non entrare nella sua casa che ora apparteneva ad altri.

Alla fine del giro, Norina e Mariano andavano a pranzo al ristorante. Mangiavano per tutto il pomeriggio con l'aria da padroni. Pagavano in lire, sempre poche, e qualcosa rimaneva sullo stomaco. Erano diventati due triestini della domenica da accalappiare con sughi e gnocchi saporiti, in un italiano rimasticato.

Le foto sviluppate, Norina le riponeva nel cassetto del tavolino del soggiorno e non ci pensava più fino all'anno successivo. Lì sopra stavano incorniciati i pochi trofei della sua vita: una foto di lei con la frangetta e il velo vicino a Mariano impettito e serio; un'istantanea più recente con Luli sulla vedetta del Monte San Primo; sua madre e suo padre, Ederina e Pietro, di nuovo insieme, due foto tessera riunite in un'unica immagine con photoshop. Tutto quel che le era rimasto di loro.

Nel cassettino si ammucchiavano anche dépliant pubblicitari di terme e luoghi di villeggiatura oltre confine, in Slovenia e Croazia, che Norina chiamava ancora Zona B. Non aveva mai riconosciuto le due nuove repubbliche per le quali si era fatta una guerra ed erano intervenuti alti capi di stato. Quei nomi non le venivano spontanei. E comunque là non ci sarebbe più andata. A dire il vero, non andava mai in nessun posto.

Norina scivolò guardinga fra le porte automatiche trasparenti. Sfiorò una coppia di anziani evitando lo sguardo dell'infermiera dell'accettazione. L'ampio e vuoto atrio portava a una serie di finestre impolverate, affacciate sul mare di Trieste. Della città si riconoscevano, minuscoli, il Faro della Vittoria e il Santuario di Monte Grisa. Norina si era scordata di quella prospettiva che una volta le era appartenuta. Ora, invece, visto da lì, il mondo sembrava solo capovolto.

Una targhetta diceva in italiano «Ascensore pubblico». Girò i tacchi non capendo se su quell'ascensore ci potesse salire o no. Alla sua destra apparve il reparto di ginecologia. Una barella scrostata era abbandonata davanti alla porta. Alla sua sinistra si aprivano il reparto di oculistica e una sala d'aspetto. Gli arredi di legno dai bordi arrotondati, le piccole vetrate a cabina le diedero la sensazione di stare su una nave. La nave che non aveva mai preso e che una volta aveva visto solo partire.

Ritornò all'ascensore pubblico, che allora doveva essere per i visitatori, visto che non c'era altro modo di salire. Seguì con l'indice le diciture in rilievo e le traduzioni dei nomi dei reparti. *Dejavnost travmatologije.* Ecco, Unità di Traumatologia, così le aveva detto Amila al telefono. Primo piano.

Arrivata su, fece un bel respiro. I cartelli con i numeri delle stanze sporgevano allineati. Una luce ocra invadeva la corsia. Norina avanzò cauta fino alla 9A. La porta era aperta. Faceva caldo e l'odore di antisettico si mescolava a quello di cibo, anche se l'ora di pranzo era già passata da un pezzo.

Da sotto il lenzuolo spuntava un camice blu, sul quale ricadevano i capelli mori di Amila. Si scorgeva un'imbottitura all'altezza del petto. Dalla cannula infilata nel braccio nudo si attorcigliavano tubicini di gomma che terminavano in una fiala. I suoi occhi fremevano sotto le palpebre. Norina tossì come per schiarirsi la gola, ma Amila non si mosse. Aveva un livido blu e viola sulla guancia. Doveva far male.

«Dai dai, picia, su» bisbigliò Norina. Le sfiorò il braccio intubato, ma ritrasse subito la mano.

Il secondo letto era vuoto. Norina si sedette, priva di forze. Vista così, Amila sembrava una bambina indifesa. Che male poteva aver fatto anche se le aveva portato via la macchina di nascosto per non si sapeva quale ragione al mondo, e ora, dopo l'incidente, la Panda era stata sequestrata dalla polizia?

Quando Amila era arrivata da loro per la prima volta, Norina e Mariano l'avevano attesa in soggiorno, vestiti eleganti, come quando si recavano a Buie. Mariano era seduto su una sedia a sdraio da mare.

«Per via dell'anca» si era scusato.

Indossava una giacca grande che gli faceva caldo. Si schermiva dalla luce che filtrava dalla tapparella rotta da mesi. La barba incolta e i capelli spettinati non gli facevano certo fare una bella figura.

Era stata Anika, la loro vicina, l'unica amica che avessero, a convincerli a chiedere un aiuto, almeno provvisoriamente. Norina aveva detto sulle prime *sì, no, forsi*. Non voleva estranei in casa sua, ma non riusciva più a fare tutto da sola. Anika le aveva suggerito di provare con le studentesse, le amiche di sua nipote, di loro ci si poteva fidare. E così si era arrivati a Amila.

Anika aveva precisato subito che Amila era bosniaca, per scusarsi, o come se ciò avesse fatto la differenza e Norina avesse dovuto pensarci bene prima di accettare. Ma quelle non erano cose che potevano turbarla.

Quando si era presentata da loro, Amila indossava il solito paio di jeans stretti e scoloriti, con i brillantini sulle tasche e il taglio corto alla caviglia. Ai piedi portava scarpe da ginnastica di tela rosa. Dondolava la gamba accavallata come se avesse fretta.

Tutt'al più a Norina dispiaceva che una ragazza come lei fosse arrivata in Italia dalla guerra che aveva visto in televisione. Non aveva idea di come si arrivasse da un Paese con le case distrutte, rivoltanti uomini in mimetica che parlavano ai microfoni, granate che esplodevano verdi e gialle nelle notti nebbiose e vecchie donne come lei che si asciugavano il naso con il dorso della mano.

Niente di tutto ciò corrispondeva, però, all'immagine che le rimandava Amila in soggiorno, seduta sul divano rosso. Una studentessa universitaria che parlava "in lingua", senza accento. Anzi. Con un leggero accento triestino.

«Ma ti lo parli el nostro dialeto, sì?» le aveva chiesto Norina, come se quello fosse il lasciapassare per entrare nella sua vita.

«Sì, certo».

«Bon».

Ma poi Amila non lo aveva mai parlato e Norina si era sentita come davanti a una professoressa esigente.

«E cossa ti fassi, ti studi?».

«Sì. Scienze della comunicazione». Amila usava parole difficili. «Voglio diventare giornalista».

«Ah». A Norina era sembrata proprio una bella prospettiva.

Amila arrivava con la borsa piena di libri e un asciugamano da mare. Luli le andava incontro scodinzolando felice. Amila si toglieva gli auricolari per rispondere alle domande, passava in rassegna le cose da fare annuendo oppure scuotendo la testa. Norina rimaneva seduta curva sulla sedia, le mani conserte. Aveva voglia di scambiare due chiacchiere, lei che non parlava mai con nessuno.

Una volta Amila stava mettendo a posto il frigorifero. Accartocciava le stagnole usate e si divertiva a fare centro nel cestino. Era una giocatrice di basket in una serie che contava qualcosa. Norina si era fatta coraggio e le aveva chiesto se fosse mai stata in un Campo.

«Norina, scusi, ma "campo" in che senso?».

«Campo profughi».

«Ah, quello. Sì, quand'ero piccola. Al centro di accoglienza di Jesolo».

Amila usava parole senza colore e senza odore, da studiata. Rispondeva con educazione «Sì, certo», ma poi infilava la porta per scappare al piano di sopra da Mariano, e Norina rimaneva ancora una volta da sola. Benedetta ragazza.

Allora Norina smetteva di parlare e si preparava.

Nel bosco, dove andava quando poteva, non le importava più di fare domande a nessuno o di chiedersi cose sul conto degli altri, soprattutto se erano tristi. Al respiro dei lecci e degli alti pini, la testa smetteva di fumare e le gambe riprendevano ad andare.

Quello era, a dir la verità, l'unico posto dove Norina andava.

3. Mare grosso

marzo 2005, Izola/Isola (Slovenia)

Quando aprì gli occhi, Amila scorse sul letto accanto una figura sfocata che indossava un cappotto cammello. Sentì Norina alzarsi e salutarla con la voce roca. Da vicino le apparve ben pettinata, il foulard era allentato sul collo. Due solchi profondi le circondavano la bocca. Gli occhi grandi e scuri la fissavano inquieti.

Amila si era abituata al maglione lilla di quando Norina andava nel bosco o al cardigan grigio fino alle ginocchia, usurato ai gomiti, di quando stava in casa. Vestita così elegante non la riconosceva più.

«Come ti sta?».

«Più o meno intera».

Cercò il telecomando per alzare lo schienale del letto. Norina l'aiutò ad appoggiarsi ai cuscini, facendo attenzione ai tubi.

«E i dotori, cossa i disi?».

Amila provò a tradurre tutto dalla lingua nella quale erano avvenuti i fatti. Spiegò in breve: frattura della clavicola, applicazione di una piastra di titanio per il riallineamento. E il tutore.

Norina ascoltò zitta e buona, corrugò le sopracciglia. Le palpebre tremolarono e l'occhio destro fece un piccolo scatto. Per Amila, il suo leggero strabismo divergente era un modo di fissare e spostare lo sguardo allo stesso tempo. Norina ti osservava concentrata o sconcertata, il che a volte era lo stesso, ma poi scappava lontano e guardava da un'altra parte.

Spesso Norina le sembrava una figura tragica davanti a un mare agitato, con le gambe divaricate e curve e i piedi puntati sulla battigia, come prima di essere investita da un'onda grande. Quando l'onda arrivava, barcollava. Allora protestava con parole granulose e ruvide, in dialetto, perché l'italiano lo usava solo per parlare con il cane. Era il suo modo di difendersi e restare in piedi, nonostante tutto.

«L'ha chiamata la polizia stradale?».

Dopo l'operazione, erano venuti due poliziotti sloveni. Cercavano la proprietaria dell'automobile e volevano sapere perché Amila si fosse trovata alla guida del veicolo. Avevano studiato con attenzione la sua carta di soggiorno e il passaporto come di solito facevano ai confini o ai posti di blocco. I doganieri si rigiravano sempre i suoi documenti fra le mani, rimanendo in silenzio con la faccia inespressiva. Controllavano e ricontrollavano quel che stava già scritto, ma che sembrava non essere mai sufficiente. Erano attimi di puro panico.

«E cosa le hanno detto?».

«No so. Che devo andar su a Capodistria. Che la machina xe de là».

«Capodistria? E le hanno chiesto di me?».

«Sì».

Amila deglutì. Forse Norina non si rendeva ben conto

della sua cittadinanza straniera. Nonostante si fossero frequentate per tutta un'estate, non avevano mai parlato fino in fondo della faccenda. Si erano accordate senza essersi preoccupate di certi dettagli. Amila e il suo passaporto non italiano. Norina e la sua ragazza straniera. In mezzo una macchina presa senza nessuna giustificazione, rubata no, ma il fatto non cambiava molto le cose, perché ormai era danneggiata e sequestrata dalla polizia stradale.

«E lei che ha detto?» chiese Amila sempre più in ansia.

«Njente».

«Norina...».

«No sta interomperme sempre!». Un fiotto di rossore le colorò le guance. L'onda grande si stava avvicinando, ma questa volta Norina rimase dritta in piedi. Alla polizia aveva detto che Amila era un'amica che guidava ogni tanto la sua Panda. Punto e basta.

«Grazie» disse riadagiandosi sui cuscini. «Grazie».

Ma Norina non sembrò sfiorata dalla sua gratitudine. Piuttosto si guardò intorno con aria circospetta. «Ma i sa o no» chiese abbassando il tono della voce «che ti vien de noi per lavorar in nero?».

«No, credo di no...».

«Cossa vol dir, credo?».

Amila strinse il lenzuolo per un lembo. Non sapeva più se e cosa avesse dichiarato al riguardo. Quand'erano venuti i due uomini era confusa, ancora sotto shock.

«Santa Maria Vergine!» esclamò Norina.

«Ma non credo che alla polizia stradale interessi sapere che cosa vengo a fare da lei tutti i sabati...».

«Ah no? E cossa i fa alora duto el giorno? I se grata i pùlisi?». Ecco, l'onda grande era arrivata. «Mi no vojo problemi con nissuna polissìa, ti ga capido?».

«Ma no, vedrà che...».

«Ma: cossa?».

Amila strinse forte le labbra. «Ok, mi dispiace. Ma le giuro che la Panda mi serviva. Era urgente».

Norina scrollò le spalle. «Ma perché? Se pol saver per andar dove, benedeta fìa?».

Amila scosse la testa. «Non posso dirglielo».

Norina sospirò forte. Le braccia le ricaddero lungo i fianchi.

Amila avrebbe potuto inventarsi una scusa, ma non riuscì a mentire e le disse la verità. Cioè che la verità non gliela poteva dire.

«Robe de mati».

Per un po' rimasero in silenzio, senza guardarsi. Poi Norina tirò fuori il Nokia dalla borsetta. Pigiò i tasti con l'indice irrigidito dall'artrite. «Anika me sta spetando in parchegio».

«Ah...».

«Devo andar». Si girò.

«Norina?» la fermò Amila.

«Dime».

«Se è per i soldi, non deve preoccuparsi. Domani arriva mio padre e...».

«Va ben» la interruppe sistemandosi la borsetta a tracolla.

«Norina, cerchi di capire. Sono un'immigrata. Neanch'io voglio avere problemi con la polizia...». Il pezzo di carta con la sua fotografia in formato tessera e un punto di cucitrice sulla fronte le assicurava la residenza in Italia. Era fondamentale.

Norina disse solo «no» a bassa voce. Era un no affermativo, ma pur sempre un no.

«E Mariano, come sta?».

«El solito» rispose dalla soglia.

Amila non sapeva come dirglielo, ma quel che ora Norina vedeva, una ragazza straniera venuta a lavorare da lei in nero, la Panda danneggiata e sequestrata dalla polizia stradale, era solo la punta dell'iceberg. In realtà, da mesi in casa sua tutto si stava preparando perché ciò accadesse, senza che lei se ne fosse mai accorta. Amila avrebbe voluto trattenerla, ma Norina si spinse fuori dalla stanza, curva e afflitta, come se fosse dovuta uscire in piena bufera.

Fuori, il mare era invece piatto e striato dalla luce del sole al tramonto. Il cielo pareva abbassarsi come un sipario e sulla parete della stanza si allungava un'ombra violetta.

Arrivò un infermiere corpulento, la faccia cosparsa di efelidi. Reggeva un vassoio di metallo con le pastiglie. Controllò la flebo e girò la valvola. Amila gli chiese se poteva togliere il cellulare dalla carica. L'uomo eseguì dicendo che sarebbe arrivato il fisioterapista per insegnarle a fare dei movimenti. Si mangiava le parole con un tono di rimprovero, come se fosse per pigrizia che Amila capiva solo la metà di quel che le diceva.

Lasciò la stanza senza aggiungere altro.

Che si poteva fare ora?

Per Amila era impossibile prevedere come avrebbe reagito Norina davanti alla sua Panda o alle domande della polizia stradale. Era però importante che non si confondesse, che non perdesse il controllo della situazione e soprattutto che non si lasciasse scappare qualche dettaglio inopportuno. Nessuna delle due doveva passare dei guai a causa di quel che era successo. Allora bisognava che qualcuno l'aiutasse a stare calma e a dire le cose giuste senza neanche un attimo di esitazione.

Amila decise di provare a contattare questo qualcuno. Il numero con i due prefissi esteri stava in cima alla lista dei preferiti. Scrisse di getto un messaggio da inviare all'unica persona che avrebbe potuto e dovuto offrire un aiuto a Norina. Suo nipote Simon.

Sono in ospedale.

C'è un problema, ho fatto un incidente con la macchina di tua zia.

Niente di grave, io sono più o meno a posto, ti spiegherò. Ma lei è molto agitata.

Per favore chiamala prima possibile e dille di stare tranquilla. Sistemerò tutto. Ciao.

Le cose così come stavano ora le aveva messe in moto lui. Lui che era arrivato dall'Australia con le sue domande, tirando fuori un personaggio che poteva anche non essere mai esistito. Si era messo a giocare con il passato e invece proprio quello non bisognava andare a stuzzicarlo. Allora era compito di Simon, e non di Amila, affrontare con Norina questioni che riguardavano la loro famiglia e, possibilmente, rimetterle a posto. Era lui suo nipote e non lei.

Ma a Melbourne, dove Simon viveva, era notte fonda e il cellulare di Amila rimase muto. Tutto, in effetti, taceva.

4. Eravamo un Paese unito, noi

giugno 2004, Trieste/Trst (Italia)

Per Amila non era per niente facile. Con mamma Selma e papà Željko aveva già i suoi problemi da risolvere. Uno si chiamava Italia. L'altro Bosnia ed Erzegovina, tagliata in due entità: la Federazione e la Repubblica serba di Bosnia.

Con la sua famiglia viveva a Trieste per gran parte dell'anno, ma a luglio e agosto andava, voglia o non voglia, a Sarajevo, come prevedeva un patto d'acciaio di famiglia. Dopo la consegna delle pagelle, dopo gli esami, chi era come lei figlia di due Paesi doveva fare il suo dovere.

Per otto ore se andava benissimo, dieci o undici se andava come sempre, rimanevano incollati al sedile della Micra targata Trieste, Željko e Selma seduti davanti, Amila e Majda dietro, fra borse e scatoloni accatastati. Si fermavano per sgranchirsi le gambe e fare un pieno di benzina all'ultimo autogrill in Croazia. Compravano una bottiglietta d'acqua e un pacchetto di salatini olandesi a testa. In autostrada procedevano spediti. Ai bordi, prima del confine, appariva qualche rudere di casa abbandonata. A Slavonski Brod, dopo aver attraversato la Sava e atteso in fila, cominciava il vero viaggio. Niente più autostrada ma asfalto sconnesso, camion lenti, macchine con targa tedesca che si lanciavano in sorpassi azzardati, paesi, che a volte non lo erano neanche più, annunciati da cartelli in cirillico, pezzi di strada immersi nel buio. Solo a Doboj, alla vista dei palazzoni illuminati e della Bosna, Amila cominciava a tirare il fiato.

A Sarajevo andava meglio. Per lei quella era poco più, poco meno di una città circondata da colline verdi. Così l'aveva conosciuta dopo la guerra. E le vacanze erano niente più e niente meno di un pellegrinare al passo lento della ricostruzione.

Con mamma Selma e Majda andavano a guardare l'intarsio di ferro che sorreggeva le nuove arcate della Biblioteca. Amila fissava la merlatura dell'esterno. Da una particolare prospettiva vicino all'entrata assomigliava al castello di Miramare. Aveva lo stesso stile Liberty, solo più orientaleggiante. Quel punto di vista lo cercava ogni volta di proposito, anche se ciò indispettiva mamma Selma, alla quale andava bene solo se qualche monumento o paesaggio bosniaco si poteva spostare in Italia, ma non il contrario.

Selma riprendeva il buon umore gironzolando con le sue figlie nella Baščaršija, dove facevano le turiste senza più seguire i circuiti della guerra. Rimanevano però delle strane turiste, in mezzo a gente che forse lo era davvero. Per una volta andavano a pranzo fuori, ma poi Selma storceva la bocca, masticando lenta e affermando orgogliosa che la *pita* e il *somun* li faceva mille volte meglio lei.

Soggiornavano tutti gli anni a Marijin Dvor, vicino alla moschea, poco distanti dalla chiesa cattolica di San Giuseppe e dalla chiesa ortodossa della Trasfigurazione del Signore. Mamma Selma diceva sempre che non vi era città al mondo con così tanti luoghi di culto riuniti, il che per Amila era un paradosso irritante. E poi, per lei, c'era un altro posto così, con il mare e la chiesa greca a due passi, ma senza la moschea. Era Ponterosso, a Trieste.

Ogni anno mamma Selma ispezionava uno a uno i palazzi del quartiere. Osservava i fori inflitti dai proiettili alle facciate e ai cornicioni, nella speranza che qualcuno fosse sparito. Alcuni in effetti sparivano.

«Guarda, l'hanno sistemato!» esclamava contenta, come se stesse aspettando il giorno in cui tutto sarebbe tornato a posto. Oppure diceva: «Guarda che belle tendine, che bei gerani!» opponendo qualcosa di meglio alle facciate butterate.

Amila osservava anche lei certi buchi, chiedendosi quali pallottole potessero essere penetrate così a fondo nel cemento. Buchi di cui non si vedeva la fine. Intonaco rotto, buco a spirale concentrica, poi ancora uno più piccolo, e un florilegio di buchi intorno al più grande. Che cosa aveva mosso le mani con tanta precisione dalle colline lì intorno? Quali pensieri erano penetrati così a fondo nella testa o nel cuore di chi sparava?

Le colline che circondavano Sarajevo erano rimaste per lei un luogo di non immaginazione. Solo quel che succedeva giù lo poteva pensare, perché l'aveva visto nei telegiornali che avevano segnato religiosamente la sua infanzia di profuga a Jesolo. Tutto il resto era come quei buchi. Un vuoto nero.

La seconda parte del patto di famiglia prevedeva di condividere un appartamento in affitto con la famiglia del fratello di papà Željko, dove per fortuna c'era anche Olga, cugina di Amila. Avevano la stessa età. Se non fosse stato per gli zii più ricchi, emigrati a Vienna, che aiutavano i parenti più poveri che vivevano in Italia, non si sarebbero mai potuti permettere un appartamento con due bagni e sei posti letto, anche se loro erano in tutto sette.

Quella era per Amila la parte più bella della vacanza. Quando sedeva assieme a Olga su una panchina nel cortile a quadrilatero del caseggiato, sotto un enorme platano cresciuto senza potature, che pendeva sopra le loro teste come un salice piangente.

Crivellature o no, intonaci schizzati o meno, quello era il loro rifugio. Olga portava un portacenere e lo lasciava sulla panchina finché non arrivava il momento di ripartire per le loro case all'estero. Metteva in bella mostra il suo pacchetto di Gauloises come un bene di esportazione di lusso. L'ostentazione di una vita migliore le veniva automatica. Era la giusta compensazione per una vita altrove, per essere un'espatriata. Spegneva una sigaretta e subito ne accendeva un'altra, ravviandosi i capelli. Ne offriva una a Amila, che accettava, ma una soltanto, per fare qualcosa di trasgressivo e poter almeno dire di saper fumare. Guardavano il cielo di luglio e di agosto stretto fra le mura del quadrilatero, e allora le parole di Amila, conservate sottovuoto durante l'inverno, si scioglievano. Lì avevano un peso diverso e potevano dirsi leggere. Solo con Olga riusciva a parlare bene di certe cose.

Da Olga, che era sempre un passo più avanti, e non solo perché abitava a Vienna, Amila aveva saputo tutto quel che le serviva sugli anticoncezionali. Insieme traducevano per intero i foglietti illustrativi tedeschi e italiani, parlando piano e ridacchiando. Non sempre conoscevano tutte le parole in bosniaco e allora si arrangiavano con il latino imparato a scuola, che per quelle cose funzionava a meraviglia. Olga le spiegava l'importanza dei preliminari e come andavano fatti, per lui e per lei, altrimenti sarebbe stato difficile raggiungere l'orgasmo. Che poteva essere clitorideo o vaginale. Se si era fortunate anche multiplo.

«Tu, come ce l'hai?» le aveva chiesto una volta Olga sbuffando forte il fumo. Amila era ammutolita, beccandosi tutto il fumo in faccia.

Olga aveva sempre un ragazzo, uno sempre nuovo, mai però uno fisso. Diceva che agli austriaci mancava l'umorismo, anche se con i *dijasporci* come loro andava pure peggio, perché la facevano ridere, ma poi non sapevano come organizzarsi nella loro vita da sradicati. Erano inaffidabili. Così era chiaro che nemmeno per Olga fosse facile.

E poi niente. Amila le aveva confidato di aver avuto una breve storia con Lazar, l'amico di sempre, anche se quel sempre era solo un pezzo del tutto: la sua vita a Trieste, in via Pascoli, a partire dalla quinta elementare. Tutti e due avevano lasciato la loro prima infanzia a casa da un'altra parte. Da grande, Lazar l'aveva baciata. La sua bocca sapeva di tabacco e menta. Le aveva strizzato troppo forte il seno nella macchina parcheggiata al buio in uno slargo della Costiera. Era passata una volante, che per fortuna non aveva accostato. Avevano rimesso subito in moto, chiudendo in fretta le zip e tornando in città in silenzio.

Olga si era limitata a esclamare «oh», senza chiedere altre informazioni su di lui. Se per esempio fosse croato o serbo. Olga era una grande.

«Ma è stato bravo?». Era però anche fissata su certi argomenti.

«Insomma» aveva ammesso Amila.

E infatti era stato anche per via di quell'"insomma" che Lazar era rimasto solo un amico. Amila stava ancora aspettando il suo primo amore. Ed era sicura che le cose dell'amore fossero andate così alla lunga perché non aveva trascorso nemmeno un'estate a Trieste. A Vienna, da Olga, l'estate non era così importante, perché là non c'era il mare. Amila, invece, il periodo migliore dell'anno se lo giocava fuori porta, nel suo altro Paese, dove non le era mai capitata neanche un'occasione decente. Lì, fra le colline verdi, in una città in costruzione e nel piccolo incanto sororale a Marijin Dvor, lo sapeva, non c'era futuro per lei.

Così, per una volta, Amila si era impuntata. Era stato a giugno, all'inizio della sessione estiva degli esami, mentre la città già si proiettava verso le sue spiagge. Aveva rotto il patto di famiglia senza tante cerimonie. Per un'estate non sarebbe partita per la Bosnia.

Per riuscire ad attuare il suo piano, aveva avuto bisogno di una buona scusa. Se avesse detto che doveva solo studiare o scrivere per il giornale, non avrebbe funzionato. Doveva trovare qualcosa di più credibile. E questo, per i suoi genitori, poteva essere solo lavorare. Un lavoretto per l'estate per pagare le tasse universitarie. Lo stipendio di papà Željko non bastava più e mamma Selma non doveva tornare a fare le pulizie. Anche Majda si sarebbe iscritta all'università. Come avrebbero fatto?

Norina era arrivata al momento giusto. Amila avrebbe svolto dei semplici lavori di casa e avrebbe dato una mano a due anziani. Che l'avrebbero pagata bene. E che, soprattutto, abitavano vicino a Canovella, la spiaggia più bella della città. Sembrava proprio tagliato su misura per lei.

Quando in via Pascoli aveva spiegato quali fossero i suoi progetti fino a settembre incluso, nell'appartamento c'era stata una grande confusione.

«Sicché adesso neanche a Sarajevo si può più andare?» era sbottata mamma Selma. Stava sfilando dalla gruccia un vestito blu a pallini bianchi, soppesando in quale delle tre valigie, appoggiate per terra come scrigni, infilarlo. La loro vita si sparpagliava un'altra volta fra i bagagli e, quando la si doveva pigiare e ripigiare lì dentro, sembrava restringersi tutto d'un colpo.

«E, certo. Proprio quest'anno non vieni!». Mamma Selma si era seduta sul letto sgualcendo il suo bel vestito. «Proprio adesso che dobbiamo andare pure a Zvornik».

Esatto. Amila non aveva la minima intenzione di partire con loro. Punto primo, non per Sarajevo, per le ormai consuete vacanze con gli zii di Vienna. E, punto secondo, tanto meno per andare a Zvornik, la novità dell'anno.

Che ci sarebbe andata a fare in un appartamento vicino alla Drina, casa loro, di cui si erano riappropriati con una domanda formale all'Ufficio del Ministero dell'Interno della Repubblica serba di Bosnia e a seguito di un decreto di sfratto? Un appartamento che finora solo papà Željko era andato a visitare, subito dopo la guerra, quand'era ancora occupato dalla famiglia del poliziotto, presentandosi alla porta con la sua faccia tosta da maestro testardo. Con l'arrivo dell'atto formale, l'appartamento, di cui erano stati i proprietari, era tornato in loro possesso, anche se si trovava in pessimo stato.

Sicché, ora, oltre a un appartamento a Marijin Dvor, a Sarajevo, per l'estate, uno in via Pascoli, a Trieste, per tutto l'anno, ne avevano pure un altro nella Ruska Zgrada, nella Cittadella russa, a Zvornik. Di lui bisognava decidere che fare per non si sapeva quale periodo dell'anno o della vita. Tenerlo, darlo via. Chissà.

Per Amila, però, questo era un sospeso di non poco conto. L'avevano riavuto indietro, ok; era vuoto, ok; era da ristrutturare, ok; era stato casa loro. E questo non era per niente ok. Era a Trieste che viveva ed era qui che voleva trascorrere le vacanze. Voleva andare al mare. Tutti i "santi giorni", come avrebbe detto mamma Selma.

Amila era seduta a gambe incrociate sul parquet, vicino alle valigie, appoggiata all'armadio, decisa a non muoversi finché non l'avesse avuta vinta. Majda si era affacciata alla porta e le aveva fatto l'occhiolino.

«Be', se è solo per un'estate...». Papà Željko si era messo a ragionare ad alta voce. «Lasciamo che accetti quel lavoretto» aveva continuato tranquillo. «Una ragazza ha bisogno di tante cose».

«Ma perché dovrebbe rimanere qui da sola? Mi rovinerò le vacanze, io!». Mamma Selma stringeva forte il suo bel vestito a pallini.

«Be', neanche tu alla sua età rimanevi a casa con mamma e papà. Stavi già con me, se non te lo ricordi».

«Ma che c'entra! Eravamo un Paese unito, noi. C'era la pace».

«Non puoi costringerla a venire solo perché non siamo più quel Paese».

«Abbiamo il dovere di tornare».

«Su, mamma». La chiamava sempre così quando voleva convincerla. «Per una volta basteremo noi tre».

«Sicché adesso si divide anche la famiglia?».

«Che discorsi! Si è mai vista una famiglia dividersi perché una delle sue ragazze decide di dare una mano?».

Mamma Selma aveva alla fine ceduto, ma senza convincersi, anzi, aveva tenuto il muso fino alla partenza.

Ma Amila non si era lasciata intimidire. Casa o non casa, Paese che fu, che tornava a essere o che sarà, non avrebbe cambiato idea. Era in Italia che viveva e l'estate faceva parte della vita. Non intendeva sprecarla.

5. Muci

marzo 2005, Koper/Capodistria (Slovenia)

Alla stazione di polizia, Norina mostrò la carta d'identità e confermò per iscritto di essere la proprietaria della Fiat Panda sequestrata. L'idea che ci potesse essere tutto un contorno – Amila, il lavoro in nero, la macchina portata via per motivi inspiegabili – non sfiorò nemmeno il poliziotto dall'aria distratta che le sedeva di fronte. Compilava il verbale battendo sulla tastiera con il solo dito indice, chiedendo i dati della macchina e tutto il resto ad Anika, che parlava lo sloveno. Le consegnò le chiavi della Panda e la indirizzò a un deposito dove andarsela a riprendere. Norina notò i suoi calzini bianchi, che spuntavano sotto la scrivania da un paio di ciabatte scure da mare.

Quando uscì dal basso edificio, Norina si fermò davanti a un gatto rosso, grosso e peloso, accovacciato pacifico sopra una colonnina dell'elettricità. Neanche quando gli si avvicinò, cercando di lambirlo con il suo *muci muci muci*, la degnò di uno sguardo. Si limitò a drizzare le orecchie e a sollevare il pelo, attraversato da una scossa di fastidio.

Fu un sollievo andare via, salire in macchina e allontanarsi dalle colline silenziose, coltivate a viti, dove la terra si tingeva di grigio. Per un attimo apparve uno scorcio su Capodistria, il mare dove digradavano i monti terrei e spogli, e, dietro, i cilindri e le gru multicolori del porto. Poi ricomparvero gli svincoli e le rotonde di cemento. Anika guidava a scatti. Norina si teneva stretta alla maniglia del tettuccio. Il finestrino l'aveva lasciato un poco aperto per far entrare l'aria frizzante. L'aiutava a distendere i nervi.

«Qua se ciamava una volta Albaro Vescovà?» si informò Norina, riferendosi al cartello giallo che puntava nella direzione opposta.

Anika rispose che no, in italiano aveva sentito dire sempre e solo Scoffie.

La radio era sintonizzata su un'emittente slovena. Radio Koper, capì Norina, che chiuse gli occhi e ripensò al gatto rosso e peloso incontrato fuori dalla stazione di polizia.

A Buie ne aveva avuto uno così, che si chiamava Luli, proprio come la sua bastardina nera dal pelo ispido. Anche il suo gatto era stato rosso, grosso e selvatico, inavvicinabile dagli estranei.

Un giorno l'aveva fissata con gli occhi gialli sbarrati. Norina aveva cercato di farlo uscire con le buone da sotto il letto. Era stato uno degli ultimi compiti che le erano stati assegnati prima della partenza. *Muci muci muci.* Bisognava convincerlo a venir fuori di là prima che arrivasse suo padre con la scopa o con chissà che altro affare, e allora sarebbero stati guai seri, per Luli e per Norina. Luli la guardava come un gatto, sì, ma un gatto morto di paura, che non le credeva più, come se sapesse che cosa stava per accadergli.

Quando si era infilata sotto il letto ed era riuscita ad afferrarlo per le zampe, Luli si era divincolato sgambettando all'indietro. Norina l'aveva adagiato davanti all'uscio, vicino al *rosèr* spoglio, che sarebbe stato da potare. Luli si era scrollato con indifferenza, senza più guardarla. Norina aveva battuto le mani una, due volte. *Va'. Va'.* Se la sarebbe cavata. Era un gatto, dopotutto, e non un cane. Quello sarebbe morto di crepacuore oppure l'avrebbero buttato in un fosso, per evitarglielo. Le bestie, loro non potevano venire a Trieste.

Norina non aveva osato accarezzare quel suo vecchio gatto un'ultima volta. Proprio lui non poteva tradirlo con finte moine. Si era limitata a dirgli ancora una volta: *Mòvite, va'.* Ma Luli non si muoveva. Aveva tirato indietro le orecchie, guardando dritto davanti a sé come se niente fosse. Era il giorno in cui Norina aveva abbandonato Buie, la città dov'era nata.

Al deposito delle macchine, Norina passò ad Anika la copia del verbale in carta velina rilasciata dal poliziotto. Vennero accompagnate alla Panda da un uomo grande e grosso, con tutta probabilità il capo, che emanava un odore aspro, di sugo attaccato al fondo della pignatta. La Panda era andata a sbattere contro il guardrail, per questo la portiera del passeggero era sfondata e il parabrezza non c'era più. Un miracolo che Amila fosse ancora intera e se la fosse cavata con una spalla rotta e una botta sulla guancia.

Norina ripensò al gatto di Capodistria che le aveva fatto venire in mente il suo Luli. Tutto il trambusto, la lunga strada e ora la macchina ridotta così. E quel *merlo de gato* che non si era neanche degnato di girarsi dalla sua parte. Era troppo.

«Qua no capisso njente, mi!» protestò sfinita.

Anika continuò a parlare fitto con l'uomo dell'officina. Norina li osservava smarrita. Non la tranquillizzava affatto sapere che la Panda fosse nelle mani di quell'uomo dai modi spicci. Non avrebbe saputo dire perché, ma si immaginò ancora una volta un gatto rosso scappare sotto il letto e venir acciuffato per la collottola, sollevato e appeso come uno straccio dalle sue dita tozze che serravano una cicca consumata fino al filtro.

Ma non doveva, Norina non doveva farsi venire pensieri così stupidi. No. L'uomo non aveva nessun gatto. Solo una moglie, a giudicare dalla fede al dito.

Anika, intanto, le chiese di concentrarsi, perché avevano tre possibilità. O si chiamava un carro attrezzi per riportare la macchina in Italia. Ma ce l'aveva un'assicurazione internazionale, sì? Norina scosse la testa. Allora bisognava vedere se il motore ripartiva e se valeva la pena far riparare la Panda. Sarebbero tornate a prenderla un'altra volta. Ma Norina fece risoluta segno di no.

Allora non restava che lo sfasciacarrozze. Da quelle parti ce n'erano quanti volevano. Tutti gli sloveni stavano cambiando la macchina. Ma se il motore era ancora buono, la Panda l'avrebbero mandata in Albania o in Montenegro, e Norina ci avrebbe comunque perso e altri guadagnato.

Norina si portò la mano alla fronte, sforzandosi di trovare una soluzione, ma i suoi pensieri erano annebbiati. Gettò uno sguardo interrogativo ad Anika, che si schiarì la gola e si buttò i capelli grigi e radi all'indietro. Anche lei sembrava arrivata al limite delle sue risorse, che erano sempre molte. E questo voleva dire che la situazione era grave.

L'uomo cominciò a spazientirsi. Anika prese l'iniziativa e suggerì di vedere se si riusciva intanto a far ripartire il motore. Norina balbettò qualcosa, *sì e no*, ma Anika fece decisa un cenno di assenso al meccanico, che chiamò due ragazzi e si infilò al posto di guida. Manovrò e urlò le istruzioni fuori dal finestrino. Chiuse con il telecomando la saracinesca, Norina e Anika rimasero fuori.

Norina si mise a singhiozzare, ma senza lacrime. Il massimo che era in grado di fare. A dire la verità, Norina non sapeva piangere.

Anika le strinse un braccio intorno alle spalle e la portò a fare due passi. Erano a uno svincolo di una superstrada, non c'erano bar, caffè, supermercati. Solo una distesa di macchine ferite. E altre che sfrecciavano in tutte le direzioni.

Tornarono all'officina quando gli uomini uscirono. Il motore era ripartito. Si poteva fare il lavoro. Anika chiese il preventivo nel gabbiotto che fungeva da ufficio. Sarebbero stati circa mille euro. Sì, si poteva pagare in euro. Meglio ancora.

L'uomo che secondo Norina teneva i gatti grossi e rossi appesi per la collottola, la guardò sbuffando il fumo, con le gambe divaricate e le cosce che sembravano scoppiare nei jeans.

Anika le assicurò che in Slovenia i lavori di carrozzeria

costavano meno che in Italia e venivano fatti meglio. Norina ascoltò in silenzio, mordendosi il labbro.

«E chi paga?».

«Ti, per el momento».

«Ma cossa pensè, che son la banca de Bolàfio, mi?».

E poi chi sarebbe andato a riprendersela la macchina riparata? Norina no di certo.

Anika si strinse nelle spalle. Poi disse: «Dèi, Norina, su». Una soluzione si sarebbe trovata.

Norina sospirò. Si sentiva le gambe molli e la testa friggere.

Anika provò a rassicurarla, avrebbero sistemato la faccenda. Ma lei vedeva le cose in un modo tutto suo. Il bicchiere sempre mezzo pieno, vedeva. Per lei era facile. Aveva una casa linda, un orto dove tutto quel che piantava cresceva, un marito, un figlio e una nipote che pranzavano ogni giorno da lei. E trovava pure il tempo per fare un salto da Norina e Mariano, che sennò rimanevano da soli.

Insomma, Norina doveva capire. Un'altra soluzione non c'era, ripeté Anika con infinita pazienza. Allora Norina annuì, sconfitta.

«*Prav*» disse Anika all'uomo, che rispose soddisfatto con un cenno del capo, abbozzando il suo primo sorriso di cortesia.

SECONDA PARTE

6. Notizie dal Continente nuovissimo

giugno 2004, Bristie/Brišče (Italia)

Una mattina di neanche un anno prima, Norina fu svegliata dal canto del cuculo. Mandò giù un caffè d'orzo, si allacciò gli scarponi di cuoio, quelli andavano usati estate e inverno, prese il bastone e andò a cercarlo.

Nel bosco risuonavano trilli e cinguettii, ma su tutti prevaleva lui, un maschio che si struggeva per la femmina col suo canto ritmato. Lo scovò appollaiato sul ramo di un pino marittimo. Un piccolo falco con il piumaggio del piccione selvatico, becco e zampe arancioni. *Beco de merlo.* C'era proprio riuscito a buttare giù dal letto una vecchia come lei, che ancora gli correva dietro. Il cuculo le ricordava tanto la giovinezza.

Norina aveva sentito in televisione che il suo uovo viene deposto nel nido degli altri uccelli. I genitori emigrano e, quando il guscio si schiude, il piccolo insolente si disfa dei fratellastri per rimanere il padrone indisturbato del nido. Ma presto o tardi emigrerà anche lui. Lo farà d'istinto, per un imperativo biologico o necessità. Quella storia turbava Norina perché parlava della vita, in fondo anche della sua.

«Ti son pròpio un merlo, ti» gli disse con un filo di voce.

Luli avanzò spedita verso il boschetto di roveri. Lì bisognava lasciare lo sterrato e tagliare dritto fra l'erba cresciuta ruvida e folta per sbucare sulla strada provinciale. Norina costeggiò il bordo della carreggiata con passo meno sicuro, perché gli scarponi non appoggiavano più sulla terra ma sull'asfalto duro e le erano d'intralcio. Una macchina le sfrecciò accanto senza rallentare. Luli tirò forte il guinzaglio. Era stata una pessima idea uscire da quella parte.

«Buona, dai». Rimaneva solo un pezzetto di strada fino al cartello bianco.

Bristie.

La frazione dove abitava Norina era un pugno di case con cartelli stradali piantati da ogni lato: quelli che ne stabilivano l'inizio in due lingue e, poco distanti, quelli tagliati da una striscia rossa, che ne annunciavano la fine. Sempre in due lingue. Una strada stretta in discesa la collegava a Santa Croce e al mare.

Brišče, il nome sloveno, si leggeva appena. Era stato coperto da una nuvoletta di spray nero, come spesso accadeva, come se gli anni non fossero passati e bisognasse sempre marcare e cancellare per dividere la terra. Dalle loro parti, erano ancora le stesse vecchie storie a far parlare di sé con un mucchio di scritte dipinte sui muri delle case: «Fasci in foiba, ora e sempre!», «S'ciavi boia», «Trst je naš», «Povera Istria persa». Norina pensava di conoscere i responsabili. Li vedeva, i ragazzi che bighellonavano nella piazzetta. Cialtroni che ripetevano a pappagallo quel che sentivano dire in famiglia, ma che della storia non conoscevano niente. Niente. Se certe cose le avessero solo provate, si sarebbero cercati un'occupazione migliore e non avrebbero passato il loro tempo a imbrattare i muri degli altri. *Manigoldi.*

Norina prese lo sterrato che portava verso casa sua. Nel giardino di Anika le ortensie avevano incantevoli sfumature rosa, azzurro e viola pallido. Arrivata al cancello, ritirò la posta soprappensiero. Intorno alle rose era ricresciuta l'edera. Un'edera stramba, mai vista prima, dai gambi sottili e radicette infestanti che non si potevano estirpare del tutto. Brutto segno, pensò Norina.

«Mariano? Ti ghe son o ti son andado al balo?» chiamò dall'ingresso.

Da quando gli era venuta l'ulcera sotto il piede, Mariano si era immerso in un mondo tutto suo. E, questo, dopo che l'ultimo ortopedico aveva stabilito che anche l'anca si era consumata e bisognava operarla e metterci una protesi. Erano in lista d'attesa e solo Dio sapeva quando li avrebbero chiamati dall'ospedale. Intanto Mariano camminava sempre più lento e sempre più stretto al girello.

Ma se non altro, Amila aveva accettato il lavoro. Norina sarebbe potuta uscire più spesso e non solo per andare a fare la spesa a Prosecco o per portare Luli a fare la pipì dietro l'angolo. Uno *'ssichiatra* che non sembrava prendere troppo sul serio la malinconia delle donne le aveva raccomandato già tanti anni prima di camminare. Uscire di casa e muoversi poteva aiutarla a scacciare i brutti pensieri e farsi tornare la voglia per le cose della vita. Almeno quelle piccole.

Solo che le cose erano diventate talmente minuscole da sprofondarci dentro. Con Mariano parlavano tutto il giorno di questioni pratiche, tanto per dirsi qualcosa nei giorni lunghi. *Ti ga messo, ti ga fato, ti ga ciòlto.* Mariano faceva e Norina disfaceva, lui rimetteva a posto e lei spostava. Questo era il loro modo di avvicinarsi e urtarsi e, infine, di tollerarsi. Niente di grave, ma neanche niente di meglio.

Norina trascurava le faccende domestiche con indifferenza, casa sua non la lustrava nessuno. Ma non le importava. A lei importava solo delle cose che accadevano nel bosco. Quel che nasceva dalla terra. Il resto poteva andare in malora sua.

Mariano stava al piano di sopra, nello studio dove avevano sistemato un letto singolo. Indossava la giacca, come se dovesse andare ancora in ufficio, e passava il tempo a fare calcoli al computer. Secondo lui, in pochi anni, piazza Unità d'Italia sarebbe stata sommersa dall'acqua a causa del riscaldamento globale.

«Mariano?» provò a chiamare di nuovo Norina. «Duto ben o sta per rivar l'inondassion?».

«Sì, sì. Duto ben».

«Bon».

Ma almeno le catastrofi gli tenevano occupate le giornate, fra una ricerca in internet, lo studio della planimetria della piazza e la schedatura dei dati. C'era da passare una vita intera e a Mariano non ne restava più tanta. Doveva sbrigarsi se voleva fare la scoperta che avrebbe salvato la città dall'acqua.

Norina buttò sul tavolo della cucina il plico di buste e dépliant che aveva raccolto nella cassetta delle lettere. Non ci mise molto ad accorgersi di lei. La busta, arrivata a sorpresa, era bianca come tutte le altre, ma aveva il bordo a strisce rosse e blu. La prese in mano, e la mano tremava. Il francobollo con il koala e il timbro inglese parlavano chiaro. Lì dentro c'erano notizie che arrivavano da molto lontano. Erano notizie dal Continente nuovissimo.

Norina non ricordava più quand'era stata l'ultima volta che Nevia le aveva scritto. Doveva essere stato tanto tempo prima, ma questo non faceva una grande differenza, perché da anni Nevia raccontava sempre le stesse cose: delle sue ragazze e dei loro mariti, di quel che facevano le nipoti e l'unico nipote maschio. Imprimeva le sue parole minute, sghembe e fitte su fogli di carta velina.

Al telefono, si sentivano qualche volta, per le feste comandate, anche se Norina andava per le spicce. Le bollette costavano e le chiacchiere non le riuscivano bene. E poi Norina non sapeva mai se ridere o piangere. Nevia parlava come ai tempi che furono, anche se i tempi erano cambiati. Aveva preso un forte accento di giù, del Sud Italia, di quel Carmine Giarrusso che aveva sposato, morto pochi anni prima. E, ancora, pronunciava la "o" e la "u" come se uscissero a fatica dal collo di un imbuto. *O dal cul strento de una galina.* E poi Norina non sapeva. Nevia diceva fantastico di qua e fantastico di là, col suo secondo nuovo accento straniero. Inglese. No, quella non era più sua sorella.

Nevia le mandava dei biglietti d'auguri a Natale, per il compleanno e a Pasqua. Norina mai. E, in ogni caso, riceveva malvolentieri i cartoncini colorati dai quali usciva una musichetta che sembrava una pubblicità. Arrivavano puntualissimi, con al massimo un giorno di anticipo.

Norina si chiedeva come facesse Nevia ogni volta. Certo non era una novità che sua sorella sapesse organizzare per bene le cose che interessavano a lei, anche dall'altro capo del mondo. Era sempre stata brava a fare i suoi calcoli, a dispetto del suo faccino all'apparenza spaurito e ingenuo. Norina ricordava benissimo quel volto di ragazza con le sopracciglia e le labbra sottili, un nasino alla francese a dare il fortunato tocco di classe, i capelli luminosi e ondulati, impreziositi da un unico fermaglio di perle. Quello che la madre aveva regalato alla figlia più piccola, anziché darlo a lei, Norina, la maggiore, che aveva i capelli folti e dritti.

Luli entrò e si mise a cuccia fra le sue gambe. Norina sospirò e si decise. Aprì la busta.

Carissima Norina mia.

In tutto erano tre fogli, i soliti fogli di carta velina.

Ti scrivo da Moonee Ponds. Ho appena finito di fare il pane dolce alle noci e ho pensato a te. Forse perché non è venuto come volevo e ho bisogno di chiederti un consiglio. Non mi ricordo più se i semi di papavero devo metterli o no. Mi dimentico tante di quelle cose. È una disperazione. Come state tutti voi?

Nevia raccontava che lì da loro aveva appena finito di piovere e la temperatura era scesa. Sarebbe rimasta a casa ancora un mese. Poi doveva farsi ricoverare all'ospedale pubblico per le terapie. *L'asma è una brutta carogna.*

Iniziava l'abituale elenco di figlie e nipoti. Ann, che secondo Nevia aveva troppi soldi e per questo non era mai contenta. Louise, che le stava un po' giù perché aveva fatto le carte per il divorzio, mentre Maria Vittoria, *be'*, diceva Nevia, *fantastico*. Mandava avanti la ditta con Salvatore. Quei due lavoravano come matti, esportavano i serramenti in *Malaysia*. E poi Adele, Teresa e Laura. Portavano i capelli lunghi e i jeans stretti. E Christine, già al college.

E ora Simon. Fantastico. Si era appena laureato in legge. *Diventerà avvocato. Nostro nipote avvocato, ti immagini, Norina?*

E c'è una novità.

Nevia voleva regalare al suo ragazzo una vacanza. *Verrà in Europa e farà giusto un salto a Trieste. Io gli ho detto sì, basta che poi mi porti le fotografie.*

E allora è pure per ciò che ti scrivo, cara sorella mia. Norina chiuse le palpebre, per non leggere e sapere avanti. *Per chiederti un favore grande come una casa.* Troppo tardi, aveva letto e il fiato le divenne corto.

Il favore, grande come una casa, che le stava chiedendo Nevia era di ospitare Simon a fine agosto, per due settimane. Dopo, avrebbe proseguito il viaggio in Grecia per una sua cosa del windsurf. Simon era un bravissimo ragazzo, assicurava Nevia, non avrebbe dato disturbo. Certo, poteva andare anche all'hotel, ma in famiglia sarebbe stato senz'altro meglio. Simon era l'unico dei ragazzi che chiedeva notizie di Trieste, forse perché aveva studiato anche Storia. Insomma, aveva studiato tanto, era meglio che si svagasse un po' prima di cominciare la carriera.

Siamo vecchie come il cucco. Mettiamo a posto le nostre cose, vuoi? Ma proprio questo, Nevia non avrebbe dovuto dirlo.

Ti prego di rispondermi. Scrivi nel computer diretta-

mente. La posta è lenta. Scrivi a simon.monforte@melbourne.com.au. Mariano ti aiuterà. Se rispondi con una lettera, già sarò all'ospedale. Allora scrivi una mail che è più rapido e moderno.

Un abbraccio forte forte.

Nevia

Questa era Nevia da vecchia, diventata così dopo una vita passata in Australia. Una che faceva il pan dolce d'estate, che per lei era poi inverno, prendendo pan per putizza, semi di papavero per uva passa.

Norina gettò spazientita i fogli sul tavolo. Le chiacchiere di cui sua sorella le riempiva la testa erano come ortiche: irritanti. Luli scattò su allarmata e le mise il muso in grembo. In cambio, Norina le diede una carezza.

Simon, il futuro avvocato che andava in windsurf, voleva venire a trovarla a fine agosto. Il nipote australiano, biondo e con gli occhiali, che Norina aveva visto in una o due foto appena, finite nel cassetto del tavolino del soggiorno. Il maschio tanto atteso, che Nevia non aveva avuto perché il suo ventre aveva generato solo femmine. Prima Ann e poi le gemelle Maria Vittoria e Louise. E anche loro avevano avuto un mucchio di bambine: Adele, Teresa, Laura, Christine. Le ragazze con i jeans, i capelli lunghi e tutto il resto. Solo l'ansiosa Ann era diventata mamma di Simon, il figlio che né Nevia, né Norina avevano avuto. Simon, il nipote più istriano di tutti, l'unico a non avere nemmeno una goccia di sangue calabrese.

Norina era rimasta senza maschi e senza femmine perché lei e Mariano non avevano potuto avere bambini.

Ora, in tarda età, stava per arrivarle con l'aereo un nipote sconosciuto. Il ragazzo che non aveva mai avuto. Un po' di gioventù, fra lei e Mariano vecchi. Qualcuno che le parlasse, forse, in quella benedetta casa. Qualcuno con cui parlare.

Norina però scosse risoluta la testa: no e poi no. Perché Simon era prima di tutto di Nevia. E da sua sorella non voleva niente. Le cose, fra loro due, non sarebbero mai potute tornare a posto.

Eppure una decisione andava presa e, questa volta, doveva essere giusta.

Allora si alzò d'impulso, incurante del tremore alle gambe. Indossò il grembiule. Soffiò forte nei guanti di gomma. Avanzò verso il lavello ingombro dei piatti della sera prima, come per cominciare a farsi strada nella confusione di casa sua, che spesso si rispecchiava nella sua testa. O viceversa. Perché agosto sarebbe arrivato presto e, in un angolo del suo cuore, qualcosa si ostinava a battere ancora, a dispetto degli anni e della vita che era passata. E a quella cosa, lo sapeva, era impossibile opporre resistenza.

Quel nipote sconosciuto, Norina voleva vederlo e averlo, e la casa andava sistemata da cima a fondo, quel che non avrebbe mai più potuto fare della sua vita. Tanto valeva cominciare per tempo.

7. Calcinacci

agosto 2004, Bristie/Brišče (Italia)

Quando Norina si accorse dei quadri, mancavano pochi giorni all'arrivo di Simon. Le due immagini dipinte per lungo ritraevano un bambino e una bambina su sfondo senape con gli occhi spalancati e l'espressione malinconica. Lei si teneva stretta un orsacchiotto, indossava i jeans, le punte dei piedi erano girate verso l'interno. Lui aveva gli occhi ancora più grandi e tondi, l'aria assorta, una macchinina in mano e il moccolo al naso.

Di quei due Norina doveva essersi scordata. Forse per questo le apparvero bruttissimi accanto alla tenda lavata a nuovo e alla finestra riparata. O forse perché, per una volta, si era seduta su un altro lato del divano, lontana dalla televisione.

Non sapeva quando li avesse messi lì, anche se negli anni Sessanta quadri del genere si compravano insieme all'arredo e si trovavano spesso nelle case, non solo nella sua. I due bambini erano sfuggiti al suo controllo, come se per mesi e anni fossero stati loro a osservarla e spiarla, e non viceversa. Il che non era affatto bello.

Aveva lavorato tutta l'estate insieme a Amila. Avevano ribaltato materassi, svuotato armadi, riempito sacchi neri alti fino al fianco, sondato angoli e pertugi con strofinacci e spazzoloni. Eppure quei due erano rimasti lì, insospettabili e indifferenti agli abitanti della casa, sfuggiti alle "più grandi pulizie del nuovo millennio", come le chiamava Amila ridendo.

Norina si chiese da quanto tempo avesse smesso di prendere decisioni sulle cose, su dove dovevano stare e su quando si dovevano buttare. Cos'era, la mancanza di tempo, oppure ne aveva avuto sin troppo?

I giorni, mesi e anni le si erano sbriciolati addosso, senza fragore, in modo impercettibile ma inarrestabile, e per questo ancora più impressionante. Tutto mentre Mariano, seduto curvo al piano di sopra, si ostinava a calcolare le coordinate di un'immensa, incombente catastrofe.

Norina si soffiò il naso, anche se non poteva essere raffreddore, e si ricacciò svelta il fazzoletto in tasca.

Chi li avrebbe spostati quei quadri? Che cosa ne avrebbe fatto il giorno in cui lei e Mariano fossero morti? Nessuno sarebbe arrivato dall'Australia per il suo funerale, o per accollarsi il problema della casa e della vecchia roba. Nevia avrebbe scritto una lettera, sì, che sarebbe arrivata puntuale, ma non avrebbe cambiato niente. Perché quella era carta. Non era carne.

Allora, l'unico nipote di Mariano, quel Robi che non vedevano mai, neanche alle feste comandate, e che per Norina non valeva niente, si sarebbe precipitato ad arraffare l'eredità, battendo sul tempo gli australiani. Robi, che solo per via della stazza era la copia sputata di Mariano, avrebbe fatto il giro delle stanze. Avrebbe incaricato una coppia di operai serbi o albanesi di tirare giù tutto, anche i quadri, per buttarli fra i calcinacci da portare via nei secchi sporchi di malta.

Norina non poteva farci niente. Le cose sarebbero andate proprio così.

Ma Simon stava per arrivare e questa poteva essere una speranza. Forse, un giorno, la casa sull'altipiano, lontana dalla città e dalle inondazioni, sarebbe diventata sua.

Che faccia avrebbe fatto però il futuro avvocato una volta arrivato? Simon veniva da un mondo dove tutto era fantastico. Che avrebbe detto dei suoi quadri, dei suoi mobili, delle vecchie mura? Come li avrebbe guardati? Forse con curiosità, perfino con rispetto. Non sapeva spiegarselo, ma Simon se lo sentiva speciale, e non solo perché era sangue suo. Ma perché Nevia aveva avuto tutte le fortune.

Ora, però, la fortuna poteva voltarsi per una volta dalla sua parte, spalancando porte e finestre rimaste chiuse da anni.

«Dìo benedeto, ti me fassi vegnir un colpo!». Amila era entrata senza bussare.

«Oh, scusi. Volevo sapere se è tutto a posto. Se posso andare». Amila aveva il borsone da spiaggia a tracolla. *Nera come el babàu.* E fresca come una rosa, nonostante la canottiera sudata e i capelli allacciati alla buona. Era tutta l'estate che andava al mare. Non aveva mai caldo, lei.

«Speta un momentin».

«Ho detto a Mariano di riposare un po'. Con questo caldo...».

«Brava. Che el dormi».

«Vada a stendersi anche lei. Qua abbiamo finito. E beva abbastanza».

Quando c'era Amila, Norina si sentiva al riparo da tutte le intemperie, inondazioni, rovine e distruzioni, anche se pure lei era un fiume in piena. Con lei non si riusciva a cominciare neanche un discorso. Parlava troppo veloce e Norina non la seguiva.

«No, anzi, stia, stia lì. Glielo porto io un bicchiere d'acqua».

Appunto. Norina non riusciva mai a dire la sua.

«Luli è nell'ingresso». Amila le porse un bicchiere gocciolante.

«Scolta...». Norina buttò giù l'acqua in un paio di sorsi. «Ti me jutassi a tirar zo quei quadri?».

Amila la guardò costernata. «Che quadri?».

«Quei do mostri». Norina glieli indicò con l'indice tremante.

«Perché?».

«Perché? I te par bèi?».

«No, ma...».

«Apunto».

«E dove li mettiamo?».

«In cantina».

«Ma lì non ci entra nemmeno uno spillo!».

«Intanto fichèmoli là. No costa njente, me par, no?».

«Sì, va bene, va bene. Ho capito».

Norina accennò un sorriso. Si alzò e prese Amila per un braccio. Avanzò circospetta come se ad attenderla ci fossero stati due nemici. Amila era di una testa più alta di lei. Erano tutti delle stanghe in quella casa. Tutti tranne lei. Ma per certe cose, gli alti tornavano utili.

Amila sfilò dal chiodo prima un quadro e dopo l'altro, e li appoggiò per terra.

«Ma xe mai possibile!» esclamò Norina abbattuta. Perché quei due lì, oltre a essere brutti, avevano lasciato anche un alone rettangolare sul muro.

Amila si spazientì e puntò i pugni sui fianchi. «Insomma, abbiamo pulito per tutto il resto del millennio. Non dovremo mica ricominciare anche per quello a venire, spero?». Ecco come arzigogolava sempre le parole. «Per far sparire gli aloni dovrebbe ridipingere tutto il soggiorno. Veda lei se le conviene». Poi aggiunse leggera: «Su, si rilassi per una volta».

Amila aveva ragione, non c'era più tempo per sistemare anche quello. I quadri avevano vinto e Norina si sentiva tutto fuorché rilassata. «Va ben. Impìchili e po' bon».

Ma avrebbe voluto dire, va bene, rimettili su, che tanto non è possibile opporsi alle cose. Le cose e la loro forza. Le cose e la loro inerzia. Le cose che hanno dalla loro la permanenza, mentre il tempo ti frana addosso.

Amila partì con lo scooter.

Norina si sentì inutile e passeggera nella grande casa, mentre i due bambini ripresero a fissarla con gli occhi grandi e la malinconia profonda. Sì, Norina se la sentiva tutta, la forza delle cose che vanno come vanno e sono come sono, e quello non era un bel sentire. Le parve di sprofondare nel divano, seduta al solito posto con il telecomando in mano, senza avere la minima voglia di schiacciare il tasto rosso. Allora lo mise via e si rassegnò.

Non avrebbe potuto mostrare a Simon la faccia che non aveva, il gusto che non aveva avuto e che non le era interessato avere, l'ordine che non era stato il suo forte, il coraggio che le era mancato. O che aveva avuto, sì, ma a parole. Poteva sforzarsi quanto voleva. Quello era e quello restava. Ma forse a Simon sarebbe andato bene lo stesso. Lui tanto giovane. Lei, vecchia e decrepita. Che si aspettava?

Negli anni, era scivolata a ritmo lento e inesorabile in uno stato di torpore al quale non aveva saputo opporre resistenza.

Quand'era cominciato? Quando aveva smesso di provare qualcosa per ciò che le accadeva intorno? Quand'era che le cose erano diventate tutte uguali senza fare più alcuna differenza se stavano da una parte anziché dall'altra, se stavano appese per qualche ora o per mille anni su una parete ingiallita?

Era da tanto che Norina non pensava più a un lontano giorno di maggio. All'epoca aveva avuto la stessa età di Amila e il futuro già segnato. Era stata una ragazza felice, ma poi, dopo la guerra e i tedeschi, era arrivata la Jugoslavia.

Chiuse gli occhi e il ricordo di quel giorno fu talmente forte da afferrarla e scaraventarla nella sua vecchia camera da letto.

Norina indugiava su questo o quel dettaglio. Il cassettone in noce con le maniglie dorate e il piano di marmo. La bordura a fiorellini rosa impressa su ogni cassetto. Si rivide nella cornice di uno specchio da tavolo, i capelli mori, ricci e ribelli. Aspetta, si disse. Ferma, ferma. Non andartene.

Al centro della stanza di Buie, davanti al letto grande, c'era un altro specchio, incorniciato da volute di ottone. Ora lo vedeva anche da dietro, con dei nomi, Norina e Nevia Benci – Buie – 1955, scritti di suo pugno col gesso. La grafia appariva irregolare e sbilenca, come se a scuola fosse stata una somara. Ma non era vero, non era mai stata *mussa*. Semplicemente anche la scuola era andata com'era andata. Com'erano andate tutte le cose della sua vita, alle quali non si era potuta opporre, che non era mai riuscita ad accettare, ma alle quali, alla fine, si era dovuta abituare.

8. Amor, amor, amor

maggio-ottobre 1954, Buie/Buje
(Territorio Libero di Trieste – Zona B,
Amministrazione Militare dell'Armata Jugoslava)

Nel lungo specchio incorniciato da volute di ottone entrava per intero la figura snella e non tanto alta di Nevia. A vent'anni lei non confondeva niente, non parlava con strani accenti da far ridere o piangere, non scriveva lettere. Era Nevia e basta, e si stava preparando per la messa.

Si ammirava con soddisfazione l'abito che aveva cucito con le sue mani, lavorandolo fino a tarda notte. Era tagliato per le sue forme minute e ben proporzionate. Aveva scelto un jersey con le maniche fino ai gomiti, arricciato in vita da una cintura. La gonna tagliava in due il ginocchio. Se l'orlo fosse stato poco più in su, era certo che suo padre non l'avrebbe fatta uscire di casa. Se fosse stato poco più in giù, non sarebbe uscita lei.

Mancava solo una cosa. Nevia si appuntò un grande fiocco bianco fra i capelli. Dietro all'apparente puerilità – era un fiocco e nient'altro – quell'originale copricapo provocava e sfidava, e si capiva che voleva essere molto di più. I capelli di Nevia avevano la tonalità del miele e le ricadevano morbidi sulla nuca. Con la bella stagione si schiarivano e non si capiva come, dato che Nevia stava chiusa in casa tutto il giorno con la mamma a rammendare le montagne di divise e lenzuola che arrivavano da Daila. Lavorava anche nelle ore serali, quando riprendeva a cucire con foga, per sé o per le clienti che bussavano guardinghe alla porta, prima che facesse buio e nessuno osasse più aggirarsi per le calli strette e tortuose di Buie.

Norina era seduta a gambe incrociate alle spalle di Nevia, sul letto dove dormivano insieme, anche lei davanti a uno specchio, più piccolo. Estraeva una a una le ciocche dalla cascata perfettamente liscia di capelli, le attorcigliava al ferro caldo dando dei colpetti con il polso e scottandosi le dita ruvide.

A lavoro finito, le labbra erano ripassate di rosso e i riccioli corvini ondeggiavano ribelli. Era sparita l'usuale onda composta sul davanti. La fronte leggermente corrugata, l'espressione di rabbiosa soddisfazione le conferivano un che di maestoso e definitivo. Quel volto parlava di una ragazza che non voleva più vivere in una condizione sospesa, in una terra che ancora non s'era deciso chi se la dovesse prendere, se l'Italia o la Jugoslavia. Aveva l'età giusta per aspettarsi tutto dalla vita. Era stufa di attendere. Stufa di rimandare. Voleva avere quel che era suo. Norina era davvero pronta.

Di lì a poco le due sorelle Benci risposero alla chiamata autoritaria del padre.

Nevia diede un'ultima sistemata all'abito a fiorellini fucsia e azzurri di Norina, chiudendo per sicurezza di ancora due punti lo scollo ben riuscito. Le fermò una ciocca con il fermaglio di perle. A Nevia quel giorno non serviva e Norina poteva tenerlo il tempo della messa.

Le mani di Nevia si consumavano fra stoffe che non avevano più la fragranza della lavanda, usata una volta dai monaci del monastero di Daila, ma un odore vagamente rancido e un colore giallognolo perché provenivano da una casa di ricovero per anziani. Quello era l'odore dei tempi nuovi. A esso Nevia contrapponeva le confezioni che uscivano dalle sue mani esperte ed erano richieste in tutta Buie, fino alla costa. Anche il vestito di Norina era riuscito una meraviglia e profumava di violette. Norina immaginava come, fra i banchi del duomo, avrebbe attirato gli sguardi ammirati di tutti. Era orgogliosa delle mani di sua sorella.

I piedi, invece, erano tutto un altro discorso. Ma per le scarpe non si poteva fare più niente. Norina e Nevia le avevano uguali identiche. Sandali dalle grosse stringhe incrociate di tela bianca. Fatti comprare a Trieste, durante uno sblocco del confine, da *baba* Antonia, che poi non era una vera nonna, né una zia, ma solo una cugina della madre. Per quel viaggio, la donna era stata picchiata nella piazza della corriera.

Le scarpe non erano esattamente come le ragazze avevano chiesto. Le zeppe di sughero erano alte solo due dita. *Baba* Antonia non era riuscita ad accontentarle e a farla in barba al padre, oltre che a tutti quelli che le impedivano di trafficare avanti e indietro fra la Zona A e la Zona B. Aveva troppi grattacapi per occuparsi anche dei loro tacchi.

«Pecà, pecà, pecà...» si lamentò Nevia infilando il polso nel manico della borsetta.

«Dai dai, mòvite» la incalzò Norina spingendola fuori dalla camera.

Le loro risa echeggiarono per le scale.

Non appena le vide, il padre si calcò il basco e si lisciò i baffi ispidi e grigi. Con un'occhiata veloce misurò la lunghezza dell'orlo delle gonne e, rassicurato, batté le mani come faceva con le vacche nel campo perché tutti si andasse, anche se i suoi gesti avevano meno foga del solito. Le vacche, infatti, il potere popolare gliele aveva ridotte di numero, e da allora lui non era più lo stesso.

La madre controllò meglio, ispezionando prima l'una e poi l'altra figlia coi suoi occhi piccoli e azzurri, due perle marine sulla faccia smunta. Toccò scolli, maniche e orli. Valutò se fiocchi e ricci fossero adeguati. Sospirò e lasciò correre. Congiunse le mani e approvò con il capo. Forse sperava che il fiocco di Nevia e i ricci di Norina potessero dare una spintarella al destino. Era ora che una delle due trovasse un marito prima che venisse deciso dove sarebbe caduto il confine.

Norina era quella che veniva prima e quella che dava più pensiero in famiglia. Non sopportava il taglio e cucito, lei. La madre aveva insegnato il mestiere a tutte e due le figlie, ma a Norina lacrimavano gli occhi come se fosse stata a un funerale. Le asole, poi, si arricciavano e a rifarle si rovinava tutto. Si spazientiva e i punti di filo scorrevano via di sbieco, le mani tremavano quando invece la lama delle forbici doveva passare veloce e secca.

Fosse stata un uomo, Norina sarebbe andata volentieri nei campi con suo padre dopo il turno al vecchio stabilimento Arrigoni. Essendo donna, nei campi ci andava lo stesso, ma era un'altra cosa. Eppure strappava le erbacce con foga intorno alle insalate, zappava le grosse zolle di terra argillosa da sembrare un uomo. Scavava i solchi per le patate senza riprendere fiato e, con le ginocchia nude sulla terra fresca, metteva a dimora file e file di piantine. Verze, peperoni, melanzane, pomodori.

Norina non ci pensava proprio ad andare in fabbrica con il padre a sventrare sardine, anche se la nuova donna socialista lavorava al pari dell'uomo. E non sarebbe mai andata a fare i servizi in qualche albergo di Umago. Stava bene nei campi e, nei giorni in cui suo padre era di cattivo umore e urlava bestemmie al cielo, rimaneva in casa a sgobbare dietro ai lavori pesanti. Quelli spettavano a lei, dato che cucito no, fabbrica neanche, albergo nemmeno a parlarne. Ma, veramente, a lei non dispiaceva. Le andava bene così, purché fosse per sé e non per il potere popolare.

In quella domenica di maggio, non furono però gli abiti bianchi e a fiorellini delle ragazze Benci ad attirare le occhiate dei compaesani che si inerpicavano con passo veloce per le calli di Buie. Né fu di loro due che si discorse prima della messa a voce bassa per paura che qualcuno sentisse. Nel duomo, la gente era distratta e fece soltanto finta di ascoltare la lettura del Vangelo di don Mario. *A me è stato dato ogni potere in cielo e sulla terra.* Anche lui andava veloce, le sue prediche non erano gradite. Nessuno badò alle ragazze nemmeno sotto il campanile, dove si erano formati gruppi di fedeli dopo l'«andate in pace».

Gli abiti delle sorelle Benci rimasero per un po' inosservati anche al vecchio cimitero di San Martino, dove si concluse la passeggiata dei giovani. Qui la notizia del giorno, che aveva sconvolto un intero paese, divenne motivo di scherzi e lazzi.

SMASCHERIAMO
I FANNULLONI E I SABOTATORI
DEL POTERE POPOLARE

La scritta era comparsa di notte su un muro ai piedi della Lama, perché tutti potessero vederla al mattino. Forse un monito a darsi una regolata prima che fosse troppo tardi. Da un po', erano ripartite le gare di lavoro volontario e molti si erano sottratti alla fatica. Chi erano costoro?

Norina e Nevia costeggiarono le lapidi di pietra che ricordavano la magnificenza delle famiglie dei Crevato e dei Festi. A dar loro il benvenuto fu il grido allegro e ipnotico di un cuculo, nascosto su qualche ramo lì intorno. Si fermarono sul muretto dove stavano già le ragazze, all'ombra di un abete frondoso, di fronte alla chiesetta e alla grande croce di pietra, piantata nuda nella terra.

Norina chiamò l'uccello, lo cercò avida con gli occhi. «Son rivada prima mi. Dove ti son, merlo!».

Anche Nevia lo chiamò. «Guarda da questa parte. Su, caro uccellino, sono stata io a sentirti per prima!».

Perché la prima volta che una ragazza non sposata

sentiva il verso del cuculo, poteva chiedergli quanti mesi o anni mancassero al suo matrimonio.

Norina si sfilò il fermaglio e liberò i ricci. Nevia sfoderò il suo sorriso gaio. Si guardò intorno come per cercare le amiche, ma era dalla parte dei ragazzi che gettava qualche timida occhiata.

Norina guardava già da quella parte. Faceva la conta dei fannulloni che avevano dato fastidio al potere popolare. Là si trovava anche quello che era conosciuto come il più fannullone di tutti: Franco Bacàn di Buroli.

Si rollava una sigaretta seduto sul muretto con le gambe penzoloni. La frangia folta, riccia e bionda gli copriva parte del viso. Indossava le scarpe da lavoro.

Il suo nome completo era Franco Radonich. Tempo prima, era apparso anche sulla «Nostra Lotta», ma slavizzato, Franjo Radonić, come accadeva ad altri nomi e cognomi. Insieme al nome, figurava l'elenco delle molte mattine in cui lo si era visto con la cicca stretta fra le labbra e le mani in mano. Di lui dicevano che era *morlaco*, uno che veniva da fuori, da oltre la valle del Quieto, anche se non si sapeva bene da dove. Da tutti era però conosciuto con il suo nome istriano, Franco Bacàn e basta.

Quello era il nome che più s'addiceva a uno che all'alba portava su da Buroli la roba da vendere alle donne, dopo una serata brava passata all'osteria di sior Toni. Vociava come un tuono su pesi e prezzi – *Ha!* – e arraffava con le mani grandi e tozze i soldi. Contava e ricontava, facendo fuoco e fiamme se qualcuno provava a fregarlo.

Pagliaccio, diceva di lui, proprio di lui e in italiano, il padre di Norina. *Pedocio refà,* aggiungeva in istriano.

Ma, di quei tempi, uno come Franco Bacàn faceva comodo a tutti. Si sussurrava che trasportasse il vino dei contadini di notte per rivenderlo all'osteria di sior Toni e sottrarlo all'ammasso o alla partecipazione obbligatoria alla *zadruga*.

Norina non sapeva se anche suo padre desse il vino a quel *brigante*, perché pubblicamente disapprovava, scuoteva la testa e si lisciava i baffetti. Ma anche lui l'uva chiara, grossa e dolce, che spremeva fino all'ultima goccia per la Malvasia, la consegnava a qualcuno di notte. E il primo maggio anche suo padre aveva appeso fuori dalla finestra una bandiera di lana con su scritto ITALIA, il Paese dove voleva restare a vivere. E così anche il padre era dovuto rimanere per alcuni giorni sotto il letto, come un *brigante*, finché non erano venuti a prenderlo degli uomini in maniche di camicia. I ragazzi avevano l'età delle sue figlie. Il padre li aveva visti nascere, battezzare e crescere. Eppure si erano presentati con la prepotenza dei padroni per riportarlo in fabbrica a bordo di un furgone scalcinato.

E dunque, alla fine dei conti, uno come Franco Bacàn faceva comodo a uno come il padre di Norina, anche se era certo che sarebbe stato Franco a rimetterci la pelle se solo avesse provato a fare i propri comodi con sua figlia.

A San Martino, Franco si scostò la frangia con uno scatto della testa e si accese la cicca. Si guardò intorno stringendo gli occhi dal taglio stretto, conosciuti in tutto il Buiese alto e basso per lo strano colore grigio-azzurro che nessuno di là aveva. Norina era una delle poche brave ragazze che riusciva a guardar dritto in quegli occhi che cambiavano colore con il cambiare del tempo.

Ultimamente si incontrava con lui al mercato, di buon'ora. Norina passava lenta fra le bancarelle. Franco si drizzava sulla schiena, dava una tirata alla sigaretta e la fulminava con lo sguardo allegro. Quel fulmine arrivava benedetto a Norina, che non si fermava, ma rallentava il passo, mentre il cuore faceva balzi e capriole. Quegli occhi l'avrebbero seguita impudichi per tutto il resto della strada.

A San Martino, Norina lo guardò senza arrossire. Lui sollevò un angolo della bocca. Norina passò oltre per non sembrare troppo sfacciata.

Accanto a Franco sedeva Mariano, uno che fannullone non lo era per niente. Norina girò altezzosa la testa. Lui prese a fissarla fumando le nuove sigarette Morava. Aveva indosso i pantaloni della festa allungati all'orlo di tre dita.

«Ha!». Franco balzò giù dal muretto indicando Mariano. «Ha! Vardè qua un che ghe piàsi spostar le pière...! E noi fanuloni che per lu ciapemo bastonade».

Pure il suo nome completo, Mariano Potleca detto "El lungo", era apparso sul notiziario di propaganda, anche se per essere contrapposto a quello di Franco. Mariano il lavoro volontario l'aveva fatto, senza che si fosse mai stampato un sorriso di soddisfazione sulla sua faccia dagli zigomi sporgenti, dalla fronte larga, sopra la quale ricadeva un ciuffo arricciato con l'acqua di zucchero.

Mariano era uno che aveva lavorato a cottimo per gente come il padre di Norina. Si era prestato al lavoro volontario pensando di ricavarci qualcosa. Non tutto del nuovo potere gli sembrava sbagliato. I poveretti qualcuno doveva difenderli. Degli slavi che erano saliti al potere, non sapeva molto. Lui lo slavo non lo parlava, ma i suoi vicini di casa sì, e pure tanti nuovi colleghi alla Proleter. E la cosa non era mai stata un problema. La città italiana, la campagna slava. Lui non era né l'uno, né l'altro. Lui proveniva dalla Stassion, che stava in basso, appena fuori dalle mura, e non aveva la terra.

«Vara che mona, ha!» lo provocò Franco mettendogli un braccio intorno alle spalle.

Mariano gli mollò uno strattone violento per liberarsi.

«Toco de mona!». Franco sollevò i pugni e si lanciò contro Mariano, facendo barcollare, ma barcollare appena, quel pezzo di ragazzo che lo sovrastava di una testa. Una delle ragazze strillò. Livio Barbo di contrada Sucolo si mise in mezzo e spinse via Mariano. Era appena tornato da un lungo ricovero al sanatorio di Trieste e non voleva guastarsi la domenica. Vennero anche gli altri per convincere Mariano a lasciar perdere. Non erano tutti lì per divertirsi e festeggiare il ritorno di Livio?

«Pajasso che no ti son altro!». Mariano se ne andò via.

Nevia si strinse al braccio della sorella. A Norina scappò da ridere pensando che allora Mariano e suo padre erano d'accordo sul "pagliaccio". Anche se sapeva fin troppo bene che suo padre non l'avrebbe data in moglie nemmeno a uno come Mariano, che era venuto a lavorargli il campo a ore e adesso piallava il legno in fabbrica.

«'Ndemo mularìa discalsa, 'ndemo a giogar a boce che xe mejo!». Livio Barbo prese sottobraccio un paio di ragazzoni che volevano bersi il bicchiere di Malvasia fresca da sior Toni. Altro che sollevare massi e portare carrette per niente in cambio!

Franco tornò al muretto dei ragazzi e il suo sguardo prese a indugiare sfrontato sul fiocco di Nevia. Norina trasalì. Tanti preparativi, e tutto perché alla fine fosse il fiocco a piacere a chi non doveva. Franco sollevò beffardo un angolo della bocca. Nevia diventò tutta rossa e Norina la fulminò con lo sguardo. La sorella minore mormorò la scusa di dover rientrare per finire dei rammendi. Salutò le amiche e procedette con passo spedito senza più voltarsi.

Norina serrò convulsamente una pietra che sporgeva fuori dal muretto. Poi si congedò dalle ragazze con la scusa di raggiungere la sorella. Ma, all'uscita, girò dalla parte opposta, lungo le mura.

Tornò al duomo, superò la scuola e si accorse che qualcuno la stava seguendo. Entrò in una calle stretta e fresca. Svoltò l'angolo e lì si aprì un'ansa con il glicine rigoglioso, tutto in fiore. Si girò solo quando fu sicura che fosse lui. Poi si mise a correre.

Norina e Franco erano seduti ai piedi di un fico sotto la Losa, dove digradavano a picco sterpaglie e campagne. Franco si protendeva verso Norina, che si ritraeva, rideva, lo allontanava, ma solo per invitarlo a riprovarci ancora.

«Se ti me fassi tocar la gamba, sarà amor».

Un altro avrebbe promesso di fare il suo dovere. Ma, in quei tempi difficili, il dovere era meglio lasciarlo a chi lo blaterava per professione nei megafoni. Questo pensò Norina, che prese alla lettera la promessa di Franco. *Sarà amor.*

Poco dopo, Norina si affrettava sulla via di casa con le labbra in fiamme, senza più rossetto, consumato dai tanti baci. *Amor, amor e amor,* si ripeteva ansimando con la mano ferma sul petto, non per provare a calmare quel che le si agitava dentro, ma per sincerarsi una volta di più che fosse vero. E lo era. L'amore tanto atteso era arrivato anche per lei.

Per strada non c'era nessuno che potesse vederla. Dalle case non uscivano voci, non c'era neanche una vecchia curiosa affacciata alla finestra. Le porte erano chiuse e i cortili vuoti. Quello era già diventato un paese fantasma.

Norina arrivò a pranzo con un ritardo inaudito. Nevia abbassò lo sguardo. La madre congiunse le mani. Il padre sbatteva nervosamente la forchetta sul piatto vuoto. E per Norina non ci furono né Dio, né santi. Né grazia, né perdono.

Da quel giorno non poté più uscire di casa per irremovibile decisione del padre. Ma lei si ribellò. Scaraventò forchette e cucchiai sulla porta sbarrata. Scompigliò lenzuola, rammendi e stoffe, percorse le scale in su e in giù battendo la *scartassa* sul passamano. Un rumore da scatenare i diavoli dell'inferno.

Seguì un periodo di inaspettata calma in cui Norina parve piegarsi alla decisione presa. In realtà si affidò alla provvisorietà dei giorni.

La madre si concentrò su Nevia, perché l'estate correva via veloce e Livio Barbo di Sucolo, adesso che era tornato dal sanatorio e dopo la bisboccia dei primi giorni, rimise la testa a posto e cominciò a fare la corte proprio a lei.

«Per l'amor del cielo, madre mia» implorò Nevia disperata. «A quel naso ti me vol dar!». Disse che non avrebbe mai potuto innamorarsi di uno che aveva il naso grande e rincagnato come Livio.

Ma la madre rispose testarda e smunta in volto: «Co'l tempo un naso no ti lo vedi gnanca più. Ma la tera, quèla resta».

Livio aveva orti, vigne, ulivi.

La sera, nonostante il gran caldo, Nevia chiudeva gli scuri perché i singhiozzi di Norina non si sentissero per tutta Buie. Col cuore gonfio di pena per sé e per lei si limitava a dirle: «Non durerà».

E difatti non durò. I giorni corsero via veloci fino all'ottobre del 1954. L'amministrazione del Territorio Libero di Trieste fu tolta e la Zona B passò alla Jugoslavia.

A Buie sembrò accadere il finimondo e nessuno si curò più di due ragazze come Norina e Nevia, che non smisero di sospirare, ridere e piangere per amore.

Molte case si svuotarono, come sorprese dall'arrivo di un *neverin* fuori stagione. Chi voleva andare verso la patria italiana, a Trieste, doveva mettersi in fila al comune e abbandonare i beni. Le famiglie si disgregarono. Le amicizie si sbriciolarono come pasta frolla. I lacci che avevano tenuto insieme una comunità si recisero. E anche i giuramenti e le promesse che avevano cantato *amor, amor, amor* si ruppero come tanti rami secchi.

9. Lasciapassare

marzo 1955, Spodnje Škofije/Albaro Vescovà (Jugoslavia)

Il camion era fermo, schiacciato sotto il peso delle sponde dei due letti grandi e dei materassi avvolti uno sull'altro, dello specchio alto incorniciato dalle volute di ottone che le ragazze non avevano voluto lasciare, della macchina da cucire di Nevia, dei tre bauli di legno con la biancheria, i tanti bei vestiti per tutte le stagioni e quelli per ogni giorno, le stoffe e i sandali ancora nuovi. Appesa di sbieco, la falce del padre, per farci che cosa, a Trieste, nessuno poteva dirlo. Questo era il poco di loro che i Benci si portavano dietro. Tutto si teneva insieme in un precario equilibrio di cose scelte con cura e poi accatastate alla buona. Gli ultimi tocchi di martello assicurarono il telone al camion e annunciarono la partenza.

Norina aveva guardato l'orizzonte di buonora quella mattina, verso Umago. Lì covava il maltempo, fra nuvole bluastre e minacciose. Sulla campagna l'aria si spandeva cristallina e tersa, come a promettere quel che non avrebbe mantenuto. Si vedevano i campi e perfino le linee che stabilivano dove iniziavano e dove finivano. Quello era dei Barbo. E ai Barbo sarebbe rimasto. Quell'altro era dei Vascotto. E i Vascotto erano già partiti. Quell'altro ancora era dei Benci. Abbandonato con atto formale alla Jugoslavia insieme a tutto il resto dei beni. Qualcuno se lo sarebbe preso.

Il padre di Norina aveva fatto uscire le vacche dalla stalla. A ciascuna di loro aveva assestato una manata pesante. Prima di deporre la zappa, era andato con passo malfermo per le vigne menando dei colpi ai tralci già lasciati andare alla malora loro. Poi si era detto: «Mato ti son». E aveva lasciato perdere. La zappa l'aveva buttata tra i filari ed era corso via senza riportare le mucche nella stalla.

Il camion traballò sul selciato irregolare. Fece un'ultima sosta in contrada Sucolo, quasi a voler rallentare l'inevitabile. Livio Barbo li aspettava, fermo immobile. Al suo fianco accorse Orietta, asciugandosi le mani sulla gonna e sistemandosi i capelli. Livio sarebbe rimasto a Buie senza molti altri. Si sarebbe sposato con Orietta, che aveva la sua stessa età e non era partita.

Il padre di Norina e Nevia scese dal camion. Sembrava più piccolo, forse perché era vestito a festa, con la giacca scura e i pantaloni del matrimonio di vent'anni prima. Abbracciò forte il ragazzo, in attesa di sentirsi dire "addio" o "ti perdono".

Livio aveva gli occhi lucidi. Anche lui avrebbe voluto ricevere una parola di consolazione, o di scuse, perché ora lo lasciavano più solo. Ma era sempre chi partiva che credeva di stare peggio. Livio accompagnava con il suo saluto i camion che gli sfilavano sotto casa. Pochi gli dicevano una buona parola o promettevano di tornare. Chissà, forse, un giorno.

Quando l'abbraccio dei due uomini si sciolse, Orietta si avvicinò a Livio come a volerselo riprendere, in un modo che in tempi normali non sarebbe stato permesso a quelli che non erano marito e moglie con tutti i sacri crismi. Ma ormai i tempi erano cambiati, anche il prete se n'era andato. Quei due si sarebbero sposati con rito civile o con un parroco croato.

Norina, seduta nell'abitacolo, stringeva un pugno di terra che aveva scavato con le unghie intorno al *rosèr* di casa sua, cresciuto fra muri e pietre. La madre controllò di avere gli ori al petto. Si sporse dal finestrino e accarezzò il volto ossuto di Orietta, toccandole e ritoccandole i capelli ondulati, ancora spettinati.

«Cara Orietta» fu tutto quel che riuscì a dirle.

Norina, Nevia e Orietta erano state nello stesso gruppo di ragazze il giorno in cui Livio Barbo era tornato dal sanatorio e Franco e Mariano avevano fatto a botte. L'ultimo giorno che Norina ricordava felice, quando era uscita di casa con il cuore gaio e il passo baldanzoso, indossando il suo primo vestito estivo e i sandali nuovi di Trieste, anche se il potere popolare aveva sbraitato a lettere rosse contro i fannulloni che si acconciavano per la festa.

Norina era rimasta chiusa in casa fino al Memorandum di Londra. Da allora, a nessuno era più importato di lei. Per le strade, al comune, nelle case, per i campi, era stato tutto un brulicare di gente appartenente a una comunità che stava per dividersi. In quel frenetico e confuso movimento di cose, beni, persone e carte, Norina perse di vista Franco. Lui l'aveva cercata, ma era stato prima, poco prima che su Buie si abbattesse la bufera, mettendo un paese in ginocchio.

Era venuto una sera a fischiare e a lanciare sassi sugli scuri che Nevia sigillava. Norina le aveva dato una strattonata, aveva aperto solo una fessura, aveva sbirciato fuori, poi si era decisa a spalancare la finestra.

«'Ara che se arriva il padre, le prendo anche mi!» aveva protestato Nevia lamentosa.

Norina si era affacciata e aveva mandato dei timidi baci, che potevano sembrare anche solo un cenno di saluto. Franco Bacàn rideva appoggiato al muro della casa dirimpetto.

Forse era tornato anche per sfidare il padre di Norina, per poter raccontare in giro che era lui, che gli prendeva la Malvasia gialla come l'oro e gliela rivendeva bene, tanto quanto valeva, a tenere il toro per le corna. Ma per Norina il vino non contava. Contavano solo i baci che volavano in su e in giù. Franco si era tolto lo stuzzicadenti di bocca, si era portato le dita alle labbra e *Ha!*

Alla fine però Franco era partito. Andato nel trambusto generale. In un modo che era partire e scomparire senza tanti convenevoli. Qualcuno aveva raccontato in giro che era andato a Trieste da solo, senza la famiglia. Aveva optato per l'Italia anche se era *morlaco.* Era bastato dichiarare di essere italiano e anche uno come Franco Radonich o Radonić, un intruso, una presenza scomoda, ma all'occorrenza necessaria, era potuto salire su una corriera con quattro stracci e un lasciapassare concesso senza tante cerimonie. Anche perché, a volte, concedere un permesso di transito significava liberarsi definitivamente di qualcuno. E ciò a qualcun altro poteva star bene.

Norina si chiese se l'avrebbe mai più rivisto. E per questo si tormentava e consumava.

Nevia salutò Livio con un cenno della mano, sorridendogli. Il volto di lui si incupì. Anche il sorriso di Nevia si fece amaro. La madre aveva avuto ragione. *El naso, el naso no ti lo vedi più.* Adesso che Livio era rimasto e loro stavano andando via, il suo naso non sembrava più così grande.

Il padre salì sbattendo la portiera con un tonfo sordo e mise in moto. Livio Barbo e Orietta di contrada Sucolo sventolarono un fazzoletto bianco. Il camion traballò all'ultima discesa. Dopo la curva, Buie scomparve.

Il viaggio proseguì in pianura. Il camion incrociò altri mezzi che sfrecciavano vuoti e leggeri in direzione opposta. Davano due colpetti di clacson e via. Andavano a prendere altra gente. I Benci risposero al clacson senza più rallentare, stringendosi l'uno all'altro nell'abitacolo pressato dalle masserizie. Andavano sentendo di essere rimasti solo loro quattro.

Benci Pietro di Nicolò.

Benci Ederina n. Bibalo fu Vincenzo, moglie.

Benci Norina di Pietro, figlia.

Benci Nevia di Pietro, figlia.

Non erano una famiglia numerosa. Altri figli dopo le prime due non erano arrivati. Di vecchi a cui badare non ce n'erano più. Avevano seppellito nonno Nicolò a novembre. Lui li aveva lasciati andare giusto in tempo e un giorno, forse, gli sarebbero stati riconoscenti. Difficile stabilirlo ora, ma in futuro il dubbio si sarebbe sciolto. Il dubbio su chi avesse avuto ragione e chi torto. Chi era andato, lasciando tutto, o chi era rimasto, tenendosi tutto, spartendoselo poi con chi sarebbe arrivato.

I Benci si erano ripetuti più e più volte queste parole: Nicolò è morto. Restate solo voi quattro. Pietro, Ederina, Norina, Nevia. Niente sarà più lo stesso. Che fate? Rimanete per stare attaccati a una tomba? Che fate? Rimanete per poi rimpiangere di non essere andati come gli altri? Che fate? Volete vivere da stranieri in un nuovo Paese? O volete vivere da stranieri in un Paese che ora immaginate di avere il diritto di chiamare vostro? No, non vostro. Siete voi che ora appartenete a lui. Di diritto. Vi lasciano entrare. Vi lasciano passare. Andate in Italia. Ora o mai più.

Al posto di blocco si fermarono davanti a una sbarra dove stazionava la milizia jugoslava. Dall'altra parte c'erano le guardie italiane. Donne avvolte nei fazzoletti, uomini in eleganti soprabiti sorridevano in silenzio, in attesa dei parenti.

Vecchi cartelli svettavano nel cielo grigio. JUGOSLOVENSKE VOJAŠKE OKUPACIJE – LINEA DI DEMARCAZIONE: *Confine della zona di occupazione.*

Il mondo si era diviso in due. Loro quattro si trovavano a un punto di intersezione. Il mondo però non prevedeva questo tipo di punti. Lì era meglio darci un taglio e farci una sutura con il filo spinato, che obbligava a scegliere da quale parte andare o restare.

C'era anche una nuova lingua – *Demarcation line* – che sembrava non avere peso o suono. Ma si sbagliavano. Trieste era passata all'Italia, gli angloamericani se n'erano andati, ma quella lingua si sarebbe fatta sentire nelle loro case e nelle loro vite.

Il padre scese dal camion chiudendosi il bavero della giacca. Sembrava essersi rimpicciolito ancora. Consegnò il lasciapassare – No. 6214 – a un uomo giovane e asciutto come un'acciuga. Non disse né *buongiorno*, né *dobar dan*. Quel giorno, buono non lo era per nessuno.

Una nebbiolina fitta e umida si attaccava molesta alle cose e alle persone – ai capelli, ai vestiti, ai fazzoletti, ai berretti. Tutto sembrava irreale.

Si autorizza BENCI Pietro di fu Nicolò – nato a Buie il 1908 – di professione agricoltore – residente a Buie – in possesso di Carta di identità No. 54873 rilasciata dal comune di Buie – al transito per il posto di blocco di Albaro Vescovà per recarsi a Trieste.

Oltre quella dicitura, oltre quel lasciapassare, si apriva il resto. Il resto che avrebbe sostituito il tutto che i Benci si erano lasciati alle spalle. Non era la terra nuova. Era la terra che non avevano più. Era un grande mondo che non conoscevano e incuteva timore, ma dava loro anche l'illusione di un ritorno in patria. L'avevano voluto. Sapevano, c'era scritto anche sul lasciapassare – *Il presente lasciapassare è valido fino al 4/4/1955 per UNO viaggi* – che lì sarebbero dovuti rimanere.

Gli occhi di Norina si fecero grandi. Osservavano i movimenti lenti del *milissioner*, che studiava torvo il lasciapassare e controllava il permesso per il trasporto dei beni. La madre nascose un po' meglio la damigiana che teneva fra le gambe. Nevia appoggiò tutte e due le mani sul cruscotto. Norina si lasciò cadere sul cappotto buono la manciata di terra bruna sudaticcia che si era tenuta nel pugno per tutto il viaggio.

La città non si faceva vedere. A lei avevano diretto aspettative, sogni, lacrime, rabbia. Eppure lei, ora, si negava sotto la coltre di nebbia, facendosi distante e bella, proterva e indifferente.

Il padre rientrò e il *milissioner* diede un colpo secco alla portiera del camion. Si toccò il frontino senza mutare espressione. Con quattro stridule spazzolate i tergicristalli pulirono il vetro. Il camion si mise in moto e la sbarra si alzò.

10. Agli antipodi

agosto 1956, Padriciano/Padriče (Italia)

Il nuovo mondo di Norina e Nevia si chiamò al principio Campo profughi. Qui erano stati sistemati altri istriani come loro, nelle file di baracche di legno abbandonate dai soldati angloamericani, che vi avevano lasciato l'odore rancido di caserma e la puzza di piedi.

Le baracche erano all'apparenza tutte uguali, non fosse per il numero sulla porta, il segno di riconoscimento che faceva dire, come una volta per i campi, guarda, quella baracca è dei Vascotto. Quella più in là, uguale identica, è dei Potleca e del loro Mariano. Alla fine il comunismo non l'hanno voluto nemmeno loro. Di fronte, dove ricominciano gli edifici di legno, c'è anche *baba* Antonia, che una volta andava e veniva da Trieste in corriera per i suoi affari, e a Trieste c'è finita anche lei. *Ciapa su e porta a casa.* Due baracche più avanti si trovano i Benci e due delle più belle ragazze dell'intero Buiese. Sono arrivate un anno e mezzo fa. Non hanno più tempo per indossare bei vestiti e arricciarsi i capelli. Vanno a lavorare in città. Prendono la corriera all'alba. La grande è al Mercato Coperto. La piccola fa i servizi in casa di una signora. Lo specchio lungo, incorniciato da volute di ottone, portato a Trieste come un cimelio, è finito in un magazzino del Porto Vecchio. Sul lato posteriore hanno scritto con il gesso bianco il loro nome e la provenienza. Così, un giorno, lo ritroveranno.

Più in là, dove ci sono gli alloggi in muratura dei maestri e dei preti e pure gli uffici dei carabinieri, stanno i Milossa. Dall'altra parte ci hanno messo i Bibalo insieme a Franco Radonich. Gli hanno destinato una branda perché i Bibalo non hanno figli. Franco sta facendo venire loro i capelli bianchi e i denti marci, anche se è sempre in giro. Eh, quelli come lui hanno trovato l'Italia anziché la *Merica*: la nullafacenza della profuganza. Una tessera per la mensa, la tessera di legittimazione dello stato di profughi, il sussidio dello Stato, l'osteria e siamo a posto.

Il blocco di baracche di Norina e Nevia era separato dal blocco dei Bibalo da una strada dritta di ghiaia che tagliava il Campo profughi in due. Portava al casamento della mensa, dove s'infittiva il bosco, e, dalla parte opposta, al cancello di metallo sovrastato dal filo spinato e alla strada provinciale. Da lì si estendevano doline e campi, delimitati da muretti di pietra secca e roveri.

Il paesaggio trovato sembrava così un tutt'uno con quello lasciato, non fosse che per quel perimetro squadrato di baracche dove stavano i profughi, quella brutta appendice attaccata a un paesino come tanti, dove si parlava lo sloveno, dove si faceva il vino nero e aspro, dove le case si stringevano alla piazza e alla chiesetta.

Da quando erano arrivati, Franco aveva smesso di guardare Norina. I capelli gli arrivavano già sotto le orecchie. Anche a Norina erano cresciuti, ma non li acconciava, se li sistemava nel fazzoletto comprato con il primo salario. Se si incrociavano nei viottoli fra le baracche, lui la evitava, borbottava un saluto e si girava dall'altra parte. Infastidito come. Oppure sollevava un angolo della bocca, gli occhi si stringevano cupi e proseguiva senza dire niente.

A volte Norina si allontanava con una scusa – andava in bagno per un mal di pancia o a prendere la sbobba con la gamella – e lo cercava con gli occhi. Spesso lo trovava, ma era con altri. Fumava, parlava, buttava le cicche per terra e non si curava di lei.

Quando Norina andava ai lavatoi o a trovare *baba* Antonia insieme a Nevia, si sforzava di fare finta di niente se lo incontrava, cosa che a lui sembrava andare benissimo. Quando tornava con la corriera dalla città, scendeva una fermata prima per passare davanti all'osteria. Gettava un'occhiata discreta, le finestre erano aperte, qualcuno entrava o usciva. Qualcuno che non era mai lui. Forse le pareva di udire un *ha!* da dentro e per lei era sempre lo stesso tuffo al cuore. Per un attimo si sentiva viva. Ma siccome non poteva entrare, si limitava a sospirare, si annodava meglio il fazzoletto e si affrettava a entrare nel Campo profughi.

Norina non capiva l'indifferenza di Franco nei suoi confronti, ma l'attribuiva alla loro nuova vita lì. Al fatto che molte cose fossero rimaste quelle di sempre, pur non essendo più loro: i piatti di porcellana ormai sbeccati; l'*Incompreso* che aveva preso acqua e non si poteva leggere con le pagine incollate e ruvide; le coperte che non scaldavano; i bei vestiti che si stavano consumando; il loro dialetto che si fondeva con altri dialetti istriani, simili ma non identici. E poi i vicini di casa di una volta che si erano mescolati con la gente della costa; la Malvasia che non aveva più lo stesso sapore in un'altra terra; Nevia che cuciva sempre, ed era sempre più brava, ma non lo faceva più per sé o per Norina. E Franco, che una volta aveva promesso di amarla e adesso era come se, per lui, lei non esistesse più.

Norina perse la cognizione del tempo. Era come averne sempre tanto e non sapere più che farne. Tutto era sospeso nei giorni che si trascinavano via senza nessuna differenza. Ma il tempo passava e, dopo la primavera, arrivò l'afa dell'estate e, dopo l'autunno, arrivò l'inverno e un gelo fuori dalla norma.

La gelata del febbraio 1956 sorprese Norina, anche se nulla era cambiato nella baracca di legno mal riscaldata dalla stufetta elettrica, nell'alloggio che aveva smesso di investirla con l'odore di caserma non appena vi entrava. Ma il sospetto era rimasto. Il sospetto che quell'odore si fosse impregnato fra i vestiti, sulla pelle e fra i capelli, divenendo suo.

Norina rabbrividiva. La temperatura a meno quindici le divorava le dita anche sotto due paia di guanti. Nevia si era fatta grigia in volto. Era taciturna, distratta. Arrivava indispettita dalla casa lussuosa di via Bellosguardo strappandosi dai capelli il fermaglio di perle, come se il Campo profughi spettasse a lei meno che agli altri.

Quando la neve fu così alta da toccare il ginocchio, Norina e Nevia non andarono a lavorare perché i mezzi erano bloccati. Il Campo divenne spettrale. Stalattiti di ghiaccio pendevano dal tetto delle baracche come denti affilati. Gli scarponcini non tenevano e il pavimento della baracca si inzuppava. Bisognò sacrificare qualche coperta da mettere attorno alle finestre per non disperdere il tepore. La bora bussò ai vetri come un'ossessa, il pavimento scricchiolò tutta la notte. A Nevia venne la febbre alta e Norina le tamponò la fronte con una spugna di acqua e aceto.

E questo era niente in confronto al freddo che avevano i bambini. I padri spalavano davanti agli ingressi, ma la neve vi tornava la notte seguente. Una bambina di Grisignana, alloggiata tre baracche più avanti, morì a dieci mesi per ipotermia. Quello fu il momento peggiore.

Cara madre, caro padre, carissima sorella mia, qua si muore di freddo e di caldo. Qua moriamo tutti. Ma non voglio morire, io voglio vivere.

Arrivati a quel punto, Norina capì che non c'era amore senza terra. Che ci si poteva solo trascinare sul nuovo suolo. Capì che doveva rinunciare a molte cose. Ai vestiti belli di una volta. Ai sandali bianchi che le aveva portato *baba* Antonia. Capì che doveva dimenticare il profumo del glicine che si arrampicava sui muri di pietra, l'odore della campagna al mattino, lo spettacolo della terra che digradava fino al mare.

Solo Franco, lui no, Norina non poteva toglierselo dalla testa.

Le appariva nei sogni notturni con il suo vociare allegro, e il risveglio poteva sembrare lieve, ma poi nel petto si insinuava il battito dell'angoscia. Gli occhi, di quello strano colore, che si stringevano beffardi, la facevano sorridere trasognata mentre sistemava indivie e radicchi in una cassetta. Trasaliva, però, al ricordo della mano stretta alla sua gamba. Per Norina non poteva essere che tutto quel che era successo fra loro non significasse più niente. E anche se tutto diceva il contrario, non rinunciava a sperare. Era cieca e sorda. Aveva un brutto mal d'amore.

Nevia pareva un'ombra. Sembrava scomparire dalla sua, dalla loro vita inghiottendo silenziosa bocconi amari. La signora Venier l'aveva presa a lavorare perché era una sarta esperta. Ma poi i vestiti che Nevia le cuciva li usava solo per una stagione e subito se ne sbarazzava per regalarli alle ragazze povere. Tante ne erano arrivate da oltre confine come Nevia, che si vedeva buttar via il lavoro delle sue mani senza che nessuno le regalasse niente.

Al Campo profughi, tutti seguivano con apprensione quel che faceva o non faceva il Governo italiano. Il confine era poco lontano. Anche Norina e Nevia furono presto contagiate dalla paura di venir tagliate fuori un'altra volta. Bastava una bega internazionale e la linea poteva avanzare in una sola notte verso di loro e oltrepassarle, respingendole in Jugoslavia. O forse erano loro che, per distrazione, potevano andare al di là del taglio inciso nella terra, al di là dei cartelli nei boschi che intimavano di fermarsi, perché lì era il confine di Stato, anche se la fitta boscaglia di qua era fitta uguale anche di là.

Norina ascoltava attenta i racconti delle donne anziane nei lavatoi a proposito di certi isolani che avevano cercato di sconfinare e che i carabinieri avevano riportato indietro. E di un ragazzo di Verteneglio che per sbaglio si era trovato dall'altra parte. Era stato portato alla stazione di polizia di Capodistria e da lì non era più tornato indietro.

Sentiva gli uomini di Pirano parlare in mensa dell'Ambasciata del Canadà o dell'Ufficio per gli espatri assistiti in Australia. Norina non sapeva se anche Nevia ascoltasse e a cosa pensasse. Sua sorella mangiava muta e impettita, con gli occhi abbassati.

Ma c'erano anche le buone notizie, di chi nasceva e di chi si sposava. La vita andava avanti. Poi c'erano i lutti, le malattie. E chi era riuscito a trovare un alloggio in affitto in città, come i Bibalo. Senza figli e con Franco Radonich a rodergli il fegato, si erano accontentati di un tugurio infestato dagli scarafaggi in via Belpoggio. E c'era anche chi era stato assunto. Il ragazzo tarchiato di Isola, quello un po' tocco, aveva ricevuto una lettera anonima. Si era presentato al porto per un posto di aiuto cuoco. Quel posto esisteva per davvero e lui l'aveva avuto, sistemandosi per la vita.

E poi, niente, c'era chi continuava a non avere niente e a tacere con le labbra strette e secche.

Anche Norina si era fatta taciturna, preoccupata. Era sempre in allerta. Stava per accadere qualcosa, ma non sapeva bene che cosa.

Cara madre, caro padre, carissima sorella mia, forse gli altri diranno bruttissime cose e vi dovrete vergognare di me. Vi chiedo perdono sin da ora. Perdonatemi se potete.

Il Campo era immerso in un cupo silenzio dal momento in cui il cancello veniva chiuso con un tonfo metallico. La mattina, prima ancora del sole, si levava un fitto brusio di voci.

A giugno tornò il caldo, attenuato al mattino dalla brezza del bosco.

In agosto il caldo raggiunse l'apice e il Campo si risvegliò con un acuto urlo di donna proveniente dalla baracca dei Benci. Quel grido si diffuse per i vicoli fra le baracche, svoltò gli angoli tagliati dritti e imboccò i viottoli paralleli. Due donne si bisbigliarono qualcosa all'orecchio all'uscita dai bagni. Poi tutti tacquero, e si impose un insolito, lugubre silenzio.

L'urlo fu seguito da poche e chiare parole che svelarono la verità e la vergogna di una famiglia già spolpata di tutto quel che aveva avuto, già rimasta un piccolo nucleo di sole quattro persone, con i vecchi tutti morti e le tombe lontane, con due figlie grandi in età da marito ma senza marito, che lavoravano al posto del padre e continuavano a non avere niente.

La madre urlò in ginocchio e fece l'inutile gesto di togliersi qualcosa dal petto. Il padre rimase in piedi al suo fianco, le braccia a penzoloni, livido e muto come se gli avessero appena tagliato la lingua.

Era stata Norina a trovare la lettera. Si era accorta del letto vuoto e stranamente rifatto. Aveva trovato i fogli sulla sedia, vicino al fornello a gas.

I caratteri minuti e obliqui si muovevano e sovrapponevano davanti ai suoi occhi. Per un attimo Norina non ci aveva visto più. Ma poi aveva capito.

Il padre le aveva strappato il foglio di mano.

Cara madre, caro padre, carissima sorella mia. Vado agli antipodi, con la Flaminia. *Siamo arrivati al Campo in primavera. Poi ecco un'altra primavera e ora l'estate, ma a parte il caldo che è venuto dopo il freddo, per noi non è cambiato niente.*

Norina sbiancò.

L'urlo della madre si propagò di stradina in stradina. Donne e bambini arruffati si affacciarono allarmati alle finestrelle. Qualcuno cominciò a chiedere notizie, altri risposero con un'invettiva, una bestemmia.

Cara madre, caro padre, carissima sorella mia. La signora Venier ha buoni contatti con l'Ufficio per gli espatri in Australia. Essa dice che sono una bravissima sarta e che se lavorerò bene mi daranno i soldi e una casa a Melburn. *Mi hanno mostrato anche la fotografia. Sembra una casa molto bella. Ho fatto la visita medica e hanno detto che sono a posto e che posso andare. Due anni e dopo torno, ve lo giuro. Non posso spiegarvi tutto, ma vi tengo stretti nel mio cuore. Vi aiuterò, prometto.*

Il padre controllò sotto il materasso per vedere se c'erano soldi e ori. E quelli c'erano. Allora spedì Norina a cercare Nevia, come una volta padre e madre incaricavano Nevia di riportare a casa Norina. La mandarono in città come se fosse bastato svoltare l'angolo e andare sotto la Losa.

Norina si vestì velocemente, ma dimenticò di mettersi la sottoveste. Se ne accorse che era già fuori, diretta al gabinetto con la borsetta infilata al braccio. Passò spettinata, con movimenti da sonnambula, davanti a un gruppetto di donne e uomini che parlavano sottovoce, zittendosi con delle gomitate. Norina pensò che fosse per via della sottoveste o dei capelli in disordine.

Alla Stazione Marittima sentì una fitta pulsarle forte alla tempia, da non vedere e non potersi più muovere. Eppure il suo corpo sottile cercò di intrufolarsi nella folla. Fra uomini sudati che urlavano agitando il braccio, fra madri che si tenevano stretti i loro piccoli e altre che si soffiavano il naso. Fra vecchi che guardavano impassibili davanti a sé asciugandosi la fronte con un fazzoletto e coppie che si abbracciavano, e poi donne che nascondevano il viso nel collo di mariti o fidanzati, e intere famiglie sull'attenti – dal più anziano al più giovane – come in processione. Norina avanzò di qualche passo, senza sapere da che parte guardare, dove cercare. Si arrestò davanti a uno spesso muro di corpi.

La nave incombeva gigantesca, più alta dei palazzi della *cità vecia.*

Al fischio della sirena tutti cominciarono a spingere e ad accalcarsi. Anche la *Flaminia* ondeggiava sotto il peso del suo carico umano.

Norina premette con i pugni e fu ricambiata da uno strattone. Si alzò sulle punte dei piedi guardando da tutte le parti. Nella miriade di teste e copricapi, notò una chioma di capelli castani che ricadevano morbidi su spalle minute e dritte. Appartenevano a una donna che guardava immobile la nave. A Norina parve di riconoscere il colletto bianco applicato su un vecchio vestito, per rimodernarlo.

Urlò forte. Due uomini davanti a lei si voltarono squadrandola torvi, ma la donna non si girò. Norina richiamò. Qualcuno la spinse facendola barcollare e avanzare di pochi passi. Si rimise in punta di piedi e urlò disperatamente il nome della sorella. La donna si voltò. I suoi occhi erano piccoli e slavati. Aveva più anni di quel che sembrava di spalle. Si teneva un fazzoletto davanti alla bocca e singhiozzava. Non era Nevia.

La *Flaminia* si mosse, la folla ondeggiò e Norina ne venne schiacciata. Ancora qualche fischio e sbuffata di fumo, e gli emigranti in partenza, ammassati sul pontile, si misero a sventolare mani, braccia e fazzoletti. Dal piroscafo piovvero monetine. Tre ragazzi, con il cappello calcato sulla fronte e il sigaro in bocca, tenevano stretto uno striscione: *La madre arriva e i figli partono*. Mentre la nave si allontanava, Norina vide delle famiglie con la faccia seria, coppie che si stringevano esultanti, altri ragazzi. Ma non riuscì a scorgere nessuna donna sola appoggiata al parapetto della nave.

11. Il punto non è andare, ma restare

autunno 1956, Padriciano/Padriče (Italia)

Niente fu più come prima. Dopo la partenza di Nevia nemmeno svegliarsi al mattino nella baracca del Campo profughi fu lo stesso. Neanche dormire, se era per questo, cosa che Norina faceva a sprazzi, rimanendo aggrappata alla superficie del sonno agitato dai sogni. Una notte ne fece uno particolarmente brutto.

Le botti erano allineate nella *stanzia* andata a ramengo di sior Toni. Nel sogno, Norina indossava il vestito a fiorellini che le aveva cucito Nevia. Correva scalza per il campo, la terra umida pulsava sotto i suoi piedi. L'erba le graffiava i polpacci e il prato era disseminato di papaveri rossi e camomilla, piegati dalla brezza. Filari di viti che nessuno potava crescevano rigogliosi a cespuglio. Norina si appoggiò a una botte piena d'acqua torbida, che le rimandava una figura sfocata, a macchioline fucsia e azzurre. Non vide, ma sentì una mano afferrarle la nuca e spingerle la testa dentro.

Si svegliò incapace di muoversi, con il cuore in tumulto e un sapore rivoltante in bocca, come se l'acqua l'avesse bevuta per davvero. Da fuori arrivarono i primi rumori, che potevano essere passi, un abbaiare lontano oppure il rombo di un motore. Ascoltò il respiro pesante della madre e il fischio in gola del padre, e il terrore si sciolse nella desolazione.

Eppure bisognava che quel giorno cominciasse. Bisognava scaldare un po' di latte nel pentolino. Correre ai bagni stringendosi nello scialle. Vestirsi di malavoglia. Indossare le calze di lana. Prendere la corriera. Sentire le calze prudere e avere ancora freddo. Perdersi nel grigiore che si attaccava ai finestrini. Arrivare all'ultima fermata e sentirsi brancolare nel viavai della città. Poi di nuovo in baracca, fra sguardi che si eludevano e bocche che non sapevano che dirsi a fine giornata. E vedere la madre sbarazzarsi poco per volta dei vestiti di Nevia, ma poi aprire di nascosto il baule venuto via da Buie, dove c'era la macchina da cucire, come se potesse ancora servire.

Di Nevia era arrivata una breve lettera. Una soltanto. Che ripeteva: *Due anni e dopo torno. Ma torno anche prima, sapete, prima che potrò*. Diceva di essere in un posto chiamato Bonegilla. Nient'altro sulle sue condizioni di salute, sul perché non fosse a *Melburn*, sul lavoro che le avevano promesso, e dov'era ora quel lavoro?, sui soldi che avrebbe mandato. Di queste poche notizie bisognava accontentarsi.

Ma Norina non ci riusciva. Nevia era salita sul piroscafo dove si mescolavano disperazione e speranza, carico umano e merci di esportazione, per andare lontano, verso un'altra vita. Norina avanzava verso i suoi giorni e compiti sentendosi schiacciata da quella mano che, nel sogno, le aveva spinto la testa nell'acqua torbida di una botte, in un campo inondato di luce violetta.

Lavorare, aiutare la famiglia, risparmiare, uscire dal Campo profughi. E soprattutto farsi un marito. La madre non faceva che riempirsi la bocca di questo. Norina faceva sì e poi no con la testa, e guardava da un'altra parte.

La madre lavorava nella casa di due ricche triestine. Il padre sgobbava nei cantieri della città in costruzione. La sera gli venivano feroci attacchi di tosse a causa della polvere, del freddo che entrava nelle ossa e di quel lavoro che le sue braccia da contadino non sapevano, né volevano fare. Per non pensarci cominciò a fumare.

Una volta, dopo cena, pareva soffocasse. La madre andò a chiamare aiuto. Accorse *baba* Antonia con una boccetta di vetro marrone in mano. Lo mise in guardia sollevando l'indice delle sentenze: «'Ara che sta qua xe asma. Ti se devi far vèder de un dotor e sercarte un lavor al chiuso».

«Xe solo spissa in gola» ribatté lui dopo aver sputato esausto nel fazzoletto, «quel fiòl de un can!».

«Fame vèder». Antonia controllò il fazzoletto e inarcò le sopracciglia. «Xe come che digo mi. 'Ara che no xe de schersar».

La madre impallidì, ma il padre fece finta di niente e, testardo, si tenne lontano da cure e dottori. Ora, diceva, c'era da mettere via soldo su soldo e trovarsi un appartamento in città. In una di quelle zone dove si costruivano gli alveari, le nuove palazzine con un appartamento sopra l'altro e il giardino condominiale. Avrebbero avuto un balconcino, forse. Con vista sul Porto Nuovo se fosse stato agli ultimi piani. Così si sarebbero ancora affacciati sul mare di sempre, solo dall'altra sponda.

«'Ndemo, àlsite» intimò la madre di ritorno da Trieste. Diede una scrollata al corpo immobile di Norina, che si girò svogliatamente dalla sua parte. Aveva passato tutto il giorno raggomitolata sulla branda. «No ti pol andar avanti cussì».

La madre si tolse il cappotto, pronta a lottare perché ci fosse un futuro almeno per la figlia che le era rimasta. Ai due anni e dopo torno di Nevia non ci credeva più. Due anni. Erano un'eternità. E dove sarebbero stati loro fra due anni? Anche se la faceva soffrire, doveva sigillare la parte destra del suo cuore, chiamata Nevia, e spalancare quella sinistra, chiamata Norina. Era difficile vivere con solo mezzo cuore, ma doveva.

«Va, mòvite. Va a farte vèder de zìa. Ti son un steco».

La madre si lamentò del suo viso giallognolo, delle occhiaie scolpite, dell'impressionante magrezza. Bisognava fare qualcosa. Bisognava che Norina andasse dalla zia.

«E vedi de farte tornar un poco de color su quèle ganasse».

Norina ubbidì e fu presto fuori.

Passò davanti alle baracche con le porte spalancate sul niente che avevano lasciato i Delise e i Visintin dopo il trasferimento a Trieste. Accanto si trovava quella di *baba* Antonia, illuminata. La zia non si allontanava mai, tranne che per andare in bagno. Per pregare, non pregava, e a messa non ci andava. Si nutriva del latte buono e pastoso di Padriciano che le portavano le ragazze e le donne insonni del Campo, che poi ne approfittavano per chiederle un rimedio.

Norina bussò timida alla porta. Il pavimento scricchiolò. Antonia era seduta su una sedia vicino alla finestrella. Non c'era il tavolo e l'assenza di un oggetto così ordinario faceva impressione. Era impettita nel vestito nero che le arrivava alle ginocchia nude, tagliate dall'orlo dei calzettoni di lana. Sul collo taurino fasciato di nero era appuntata la spilla di madreperla che non si toglieva mai, nemmeno durante la profuganza.

«No li vojo più vèder» disse Norina buttandole ai piedi i sandali che era stata lei a comprarle una volta a Trieste, ai tempi in cui faceva i viaggi oltre confine: all'andata sporte stracolme di verdure istriane, al ritorno borse che scoppiavano di roba triestina da rivendere nella Zona B.

Baba Antonia scrutò Norina coi suoi occhi scimmieschi. «Sèntite» ordinò.

Norina si prese una sedia.

«Tu pare?».

«El tossi sempre».

«E tu mare?».

«Mejo».

«E ti?».

«Fasso sogni. E sti sogni xe sài bruti».

«Bruti quanto?».

«Tanto».

Norina aveva fatto un altro sogno. Lei e Nevia erano di nuovo insieme a Buie, nella loro camera da letto. Norina aveva abbracciato la sorella, le aveva accarezzato i capelli morbidi, ariosi, come mossi dal vento.

«A Nevia no ghe mancarà i problemi...» la interruppe *baba* Antonia. «No podemo far più njente per ela. Ti intanto pensa ai tùi».

Norina, angosciata, scosse la testa. «Ma no la xe finida qua».

Non sapeva come dirlo, ma le sue mani si erano avvicinate al collo della sorella e poi lo avevano circondato e stretto forte. Il peggio era il gargarozzo. Faceva un rumore… gli ossicini si rompevano sotto le dita come quando si sbriciolavano in bocca quelli delle galline dei sughi, che non potevi far altro che sputarli fuori. Norina era morta di paura, ma non voleva smettere.

«Scòltime ben» intervenne la zia severa. «Finìsila de piànzerte 'dosso. Nevia la xe andada e no la tornarà più».

«Ma la ga scrito che fra do ani…».

«E ancora ti ghe fili sora a sti do ani? Ti sa o no dove che xe l'Australia?».

«Ai antipodi».

«E 'lora?» la incalzò Antonia. «E 'lora quel che xe andado fin là no torna più indrìo. No pensar più che ti dovevi andar ti al posto suo».

Norina si morse le labbra, come presa in trappola. «Ma cossa posso far mi?».

«Ti lo devi saver ti».

«Volarìa andar vìa anche mi» rivelò alla zia con un filo di voce. Perché era questo che voleva. Partire anche lei. «Ma co i veci come fasso?».

«Andar, andar!» tuonò Antonia. «Perché, no semo andadi duti quanti? Fìchitelo ben in testa». Norina spalancò gli occhi. «El punto no xe andar; xe restar».

Restare, ma per fare cosa?

Norina abbassò lo sguardo per non indispettire la zia e soprattutto per cercare le parole che l'aiutassero a tirare fuori il vero male che aveva dentro. Non trovava il coraggio di pronunciare il nome delle sue pene. Nome inammissibile, appartenuto a un volto che non voleva ricomparire nemmeno negli incubi. Perché anche là sarebbe stato scandaloso.

«Franco» si decise a dire Norina sentendosi avvampare.

«Chi?».

«Franco Radonich».

«De Buroli?».

«Sì».

«Franco cossa?».

«El me piaseva» ammise Norina con un gemito. «Ma te giuro che jera amor».

«Quando?».

«A Buie».

«Cossa, do, tre ani fa?».

«Ma no so, zìa, prima de duto el scandal».

«'Ara che go sentido de le storie su de lu».

«Anca mi, ma no so se crèderghe».

«Sì, qua xe sài cìcole ciàcole».

«Ma le xe vere?». Norina si torceva le mani in attesa che la zia le dicesse la verità sulle chiacchiere che erano circolate al Campo.

«I me ga dito cussì».

«Cossa?».

«Che el xe partido». Norina smise di respirare. «Con quèla nave».

Partito. Con la stessa nave di Nevia.

«I disi che el xe in Australia anca lu».

Anche lui in Australia.

Norina fissò la zia con la bocca spalancata.

Ma come? Non era possibile.

«Sì, invesse».

A Norina balenò il ricordo di quando un giorno aveva sorpreso Franco e Nevia dietro ai lavatoi. Ma non avrebbe mai pensato che potessero, che volessero...

Nevia era appoggiata al muro. Franco teneva le mani in tasca e camminava su e giù. La giornata era calda. Il cielo infuocato del tramonto sembrava più basso.

Norina era uscita dalla mensa e, scorgendoli, aveva accelerato il passo, quasi correndo verso di loro. Nevia e Franco si erano divisi.

Sita, per l'amor di Dio! Nevia si era portata l'indice alle labbra. Norina le aveva afferrato i polsi, pronta a spezzarglieli. Nevia non si era difesa, non l'aveva respinta, non aveva neanche singhiozzato.

Aveva solo detto qualcosa. Che Franco le aveva chiesto di mettere una buona parola per lui con la signora Venier. Aveva debiti o chissà che altro diavolo. Aveva bisogno di soldi. Ma lei gli aveva detto che non poteva fare niente.

E allora?

Allora Norina non riusciva, si rifiutava di credere che Nevia e Franco fossero partiti tutti e due.

«Sì, invesse» ripeté *baba* Antonia dura.

Era questa la verità.

Norina si accasciò sulla sedia. «Me par de morir, zìa».

«De amor no se mori mai, purtropo. Tìrite su».

«No rivo».

«Ti devi».

«Ma cossa fasso 'desso de mi?». La voce di Norina era rotta dal pianto.

«Per intanto ciapa su quèle papusse scalcagnade e bùtile via». Norina si affrettò a raccogliere i sandali. «E 'desso va, che son stanca».

«Ti me pol dar qualcossa per dormir?» la implorò Norina.

«No go più njente, mi! Njente altro che ciàcole, no ti vedi?» urlò *baba* Antonia battendo i palmi sulle ginocchia.

«Ma almeno che rivo dormir un pochetin».

Antonia abbassò le palpebre. «Va ben, torna domani. E no dismentigarte el late».

«Arrivederci, zìa».

Norina chiuse la porta stando attenta a non far rumore. Si avvolse nello scialle. C'era aria di bora, di quella che ululava e sbatteva alle porte e alle finestre, spazzava i mucchi di foglie secche e sollevava e rivoltava tutto quel che trovava per terra.

Diede un calcio a una scatola di latta vuota e, prima di rientrare in baracca, si pizzicò le guance per farvi tornare un po' di colore e far contenta la madre. Si asciugò bene gli occhi e infilò i sandali sotto il cappotto.

Mariano era seduto davanti alla sua baracca con i gomiti appoggiati alle ginocchia. Fumava. Norina sentì il suo sguardo seguirla discreto. Anche se il Campo aveva messo tutti sullo stesso piano, Mariano provava ancora la vecchia soggezione di un tempo verso chi era stato più in alto. Smise di tirare dalla sigaretta. Lei fece finta di non vederlo.

Solo molti giorni dopo, Mariano avrebbe trovato un'occasione per salutarla e chiederle come stava. Per dirle delle cose che forse aveva in mente da tempo. Per raccontarle che stava frequentando la scuola serale per geometri. Che il lavoro in cantiere non mancava, bastava darsi da fare e, a lui, la fatica non faceva paura. Che si era abituato alla stanchezza brutta che lo assaliva la sera. Era fortunato. La sera piombava nel sonno e fino alla mattina dopo non ci pensava più. E poi la casa, le avrebbe detto anche della casa che voleva progettare e costruire con le sue mani. Due piani fuori città, in una dolina come quelle di Padriciano, vicino ai boschi di roveri delimitati dai muretti a secco, che era come non averli lasciati mai. Anche quello poteva essere un buon posto dove vivere. A Trieste c'era chi come lui aveva trovato più di quel che aveva lasciato. I sogni era ancora possibile farli a occhi aperti e non solo di notte, quando non potevano che essere brutti.

Norina non sarebbe stata a sentirlo, ma Mariano avrebbe continuato a parlarle dei sogni, della casa e della vita, che a un certo punto sarebbe cambiata anche per loro due.

12. Rivolgimenti

agosto 2004, Bristie/Brišče (Italia)

Nella casa di Bristie, che era venuta su come e dove Mariano l'aveva sognata, arrivò molti anni dopo la foto di Simon in allegato a una breve e-mail. Tutti fissavano il monitor. Amila e Mariano erano seduti vicini. Norina era rimasta in piedi dietro di loro, le mani fredde appoggiate sulle spalle di Amila.

Simon si trovava a Singapore, in attesa della coincidenza che l'avrebbe portato in Europa e poi, con un'altra coincidenza, a Trieste. Aveva mandato una sua foto perché Norina potesse riconoscerlo all'aeroporto, quando sarebbe arrivato.

Mariano non cliccò subito sull'allegato. Mosse la freccetta avanti e indietro. Amila lo invitò ad aprire la foto, l'avrebbero salvata poi. Lui annuì, ma sembrò volerci pensare ancora un po' su.

Infine si decise. «Eccolo!» disse.

Lo sfondo si annerì, poi apparve il nipote tanto atteso.

La stampante emise un ronzio e riprodusse su un foglio A4 il primo piano di un ragazzo biondo con gli occhiali e il cappello da laureato. Li guardava sorridente dallo schermo, per rispuntare nel cassetto della stampante, doppio e più sfocato. Quello era Simon.

Nella stanza calò uno strano gelo agostano.

Norina rimase immobile, strinse d'istinto le sopracciglia verso il punto dove convergeva il dolore quando le veniva il mal di testa. Non ci mise molto a riconoscere gli occhi dal taglio stretto.

Benché apparissero dietro a lenti sottili da studioso, erano di un indiscutibile grigio-azzurro, uno strano color del ghiaccio che nessuno nella loro famiglia aveva, che nessuno nel Buiese aveva mai avuto. Forse anche quelli erano occhi che assumevano sfumature diverse con il cambiare del tempo e ti lanciavano guizzi capaci di tenerti in pugno per la vita.

Ha!

Forse anche loro brillavano o si incupivano in quel modo là, che era poi tremendo.

Simon aveva gli zigomi dei Benci, del padre di Norina. Le labbra sottili erano distese in un sorriso di soddisfazione per niente tracotante. Aveva la pelle chiara e delicata. Quel volto ispirava fiducia e non soltanto bufera. C'era qualcosa di attenuato in lui, come Norina se l'era in fondo immaginato, che però si scontrava con gli occhi, di sicura appartenenza.

Simon era il nipote di Franco, suo nonno, almeno di sangue. *Ma el sangue non menti.* Questo Norina l'aveva sempre saputo.

Solo non aveva mai capito che Simon avesse preso proprio quegli occhi. Il problema era vederli ora. E ritrovarseli riflessi e ingranditi su un monitor, che nessuno lì dentro aveva il coraggio di spegnere.

Mariano fissava lo schermo. Impossibile che non gli

fossero passate per la testa certe idee, che non avesse capito. Ma erano pensieri scomodi anche per lui. Amila prese il foglio dalla vaschetta e si girò verso Norina.

«Suo nipote». Le porse la foto con un sorriso. «Su, la prenda».

Norina la afferrò senza staccare gli occhi dal monitor e si lasciò cadere il braccio lungo il fianco. Non aveva bisogno della foto. All'aeroporto suo nipote l'avrebbe riconosciuto fra mille ragazzi istro-australiani biondi e con gli occhiali.

«Mi vado in bosco» disse a bruciapelo. «Voi fe' come che volè».

Aveva bisogno di stare da sola con i suoi pensieri. Si cacciò il foglio in tasca.

«Su, andiamo» comandò a Luli, che dal tappeto si limitò a sollevare una palpebra e a richiuderla.

«A quest'ora?».

«Ogi se respira un fiatin».

«Ma senza mangiare niente?».

«No go fame, mi».

Mariano salvò la foto in una cartella senza aggiungere una parola. Norina batté due volte le mani. Luli si alzò malvolentieri. I lunghi giorni di afa, poi il temporale violento della sera prima, lo spavento per la grandine e i tuoni che erano seguiti dovevano averla stancata.

Norina attraversò la strada provinciale deserta e si fermò nella piazzetta. Sul muro di una casa disabitata notò una scritta malferma, cancellata in alcuni punti:

I VERI FANNULLONI SONO I PADRONI E I POLITIC... I LOR... AS...

Cosicché di nuovo a parlare dei fannulloni si stava.

Ma i politici, i fannulloni, i padroni si erano già presi una volta la sua giovinezza. Quelli assestavano i colpi e la terra sussultava convulsa. I passi di alcuni si adeguavano. Franco e Nevia avevano avuto la libertà sotto i piedi. Il futuro si era srotolato lungo la scia della nave che avevano preso, il loro sguardo era stato capace di fissare l'orizzonte. Per gli altri era stato un vano tenersi in piedi.

Il giorno in cui Franco l'aveva baciata sotto la Losa era stato uno degli ultimi momenti felici della sua vita, quand'era ancora una ragazza istriana libera di camminare diritta e superba sul selciato di Buie, conosciuto a memoria dai piedi avvolti nei nuovi sandali alla moda. Norina aveva amato Franco. Lui aveva promesso di amarla. La sua pessima reputazione avrebbe dovuto tenerla alla larga da lui, ma erano tempi incerti e succedevano cose mai viste prima.

A Norina non era mai passato per la testa che l'amore potesse essersi spento, da una parte sola. Per lei era stata soltanto colpa dei *rivoltamenti politici.* Quelli avevano cambiato tutto. L'Istria, prima occupata e poi passata alla Jugoslavia, il Campo profughi e gli espatri di massa per il nuovo continente, e di quell'amore non se n'era fatto più niente.

Quell'espressione Norina l'aveva sentita al telegiornale. *Rivoltamenti.* Le doveva essere ronzata all'orecchio come un moscone che poi aveva imboccato la finestra spalancata, per tornare a infastidirla ora. Il senso di quella parola difficile le si svelò tutto in una volta, guardando quella stupida scritta, sicuramente opera di uno dei ragazzacci del paese.

Perché erano stati gli eventi politici la causa delle sue disgrazie, anche della fine del suo amore. Se Buie fosse stata assegnata all'Italia, le cose sarebbero andate diversamente. E a questo non si sarebbe mai potuta rassegnare.

Norina imboccò il sentiero che portava al boschetto di pini, faggi e roveri, verso San Primo. Luli le camminava vicino, svogliata. L'erba era alta e secca. Quel tratto di bosco sembrava più selvatico del solito. Le chiome dei pini si sfioravano frondose, ravvivate dalla pioggia battente della sera prima. Il sentiero pietroso era invece già asciutto. Pioggia troppo violenta, non entrava nelle viscere. Povera terra.

Norina si fermò dove, alcuni giorni prima, era scoppiato un incendio sospetto. Ne aveva parlato tutto il paese. Il tronco di un rovere giaceva riverso carbonizzato. Sugli alberi rimasti in piedi si allungavano grosse bruciature nere. Le foglie si erano seccate a grumi. Luli annusò e fece pipì. La pioggia aveva lavato ogni cosa, ma non aveva ridato vita a quegli alberi.

Norina avanzò nel silenzio. Rallentò un poco il passo, ma i pensieri no, quelli non riuscì a frenarli. I pensieri fissi che ancora una volta la mettevano dinanzi alla verità di tutto quel che era successo nella sua famiglia e nella sua vita. La foto di Simon era una prova sconvolgente e terribile del fatto che Franco se ne fosse andato, che fosse partito per l'Australia con Nevia e che l'avesse messa incinta. Lui, l'unico uomo che Norina avesse amato. L'amore si era affacciato una volta sola nella sua vita e non era voluto riapparire una seconda. Col tempo Norina aveva invece visto inaridire, seccare, irrigidire tutto quel che le stava intorno. La sua giovinezza era rimasta un groviglio denso e palpitante in un ventre vuoto. E quell'amore, che non era voluto tornare, era diventato ormai vecchio, vecchio almeno quanto lo era lei.

Norina aveva aspettato due anni al Campo profughi che le cose della vita – un marito, dei figli – arrivassero. Era una ragazza, cos'altro poteva volere. Ma il problema era stato questo, aveva aspettato troppo. Che Nevia tornasse come aveva promesso, come aveva scritto nella prima lettera. *Due anni e dopo torno.* E che Franco si rifacesse vivo, in un modo o nell'altro, sempre se vivo lo era ancora.

Nevia aveva fatto sapere di aver sposato Carmine. Aveva assicurato che era un buon marito e un grande lavoratore. Aveva dato l'annuncio della nascita della sua prima bambina quando Ann aveva già due anni. Non aveva mandato neanche una foto, di lei, di loro due, di loro tre. Quanto ai soldi che aveva promesso, non erano arrivati, neanche pochi, *gnanca par forbirse el dadrìo.*

Suo padre Pietro contava in baracca con le dita di tutte e due le mani, provando a infilare i nove mesi della gravidanza di Nevia fra i mesi e gli anni che erano passati. E i conti non tornavano mai. Si grattava la fronte e fumava. Diceva che i *cabibi*, con le loro *cìcole ciàcole*, non li sopportava. Nevia sarebbe tornata con tutta la tribù?

Allora Pietro ricominciava a bisbigliare. Si portava il polpastrello alle labbra, se lo inumidiva e contava ancora. Era diventato grigio di capelli. Tossiva e sputava. E diceva che a lui non la facevano. *A scola jero un mus, va ben. Ma ciaparme par mona, po' no.* Per contare, sapeva ancora farlo. E i mesi e gli anni non erano quelli.

Cosicché sbatteva le mani sulla tavola, buttava giù un *ottavo* e si metteva a letto, mentre la madre Ederina piangeva china sulle stoffe. La figlia prediletta, dopo averla cancellata dal suo cuore, s'era rimessa ad aspettarla. Norina sapeva di non esserle mai bastata.

Dopo i due anni promessi da Nevia, Norina si era decisa a scriverle una lettera. Le aveva chiesto quando pensava di tornare, se aveva notizie di Franco, se anche lui era in Australia. Dov'era. Doveva dirle la verità, era l'unica cosa che volesse. L'unica che valesse.

Nevia le aveva mandato una busta gonfia a una casella della Posta Centrale. Norina si era seduta nella piazza, sui gradini della fontana. I rumori di macchine e motorette strombazzanti si mescolavano allo sciabordio dell'acqua.

Mia carissima Norina.

Norina si era lisciata i fogli sulle gambe e aveva cominciato a leggere avidamente.

Sì, è così. Ann è istriana come noi. È nostra.

Era dunque così. Ann era figlia di Franco. Nevia l'aveva avuta da lui, che non l'aveva mai riconosciuta. Franco non si trovava più a Melbourne. Era tornato in Europa, come inghiottito dai movimenti sconnessi delle cose o forse spinto dalla sua furia di prendere, lasciare, andare.

Ma per l'amor di Dio, Nevia si raccomandava di non svelare il suo segreto ai genitori. Ne sarebbero morti di crepacuore. Era però ora che qualcuno della famiglia sapesse. Nel caso le fosse successo qualcosa. Era giusto così.

Per il resto, Carmine si comportava come un vero padre. Lì da loro era possibile. Nessuno ti giudicava, semmai venivi aiutata. Carmine era un uomo generoso e tranquillo. Chiacchierone, be', pazienza. La vita di Nevia era al suo fianco. Anche se lui con loro non c'entrava niente e non sarebbe mai venuto a Trieste, così come lei non sarebbe mai andata in Calabria. Allora restavano fermi dov'erano. Nevia sognava una sartoria tutta sua. Non c'era altro posto, se non Melbourne, dove era ancora possibile avere dei sogni.

Norina aveva sempre pensato di crollare davanti alla verità tante volte immaginata. Ma quando se l'era vista scritta nero su bianco, le venne solo il freddo impulso di fare a pezzi la lettera. Si era alzata lisciandosi la gonna. E, risalendo via Roma, aveva deciso di sposare Mariano. Appena tornata al Campo era andata a bussare alla sua baracca e gli aveva detto sì.

Mariano l'aveva sollevata e fatta roteare nel vicoletto. Voleva far festa e pagare da bere all'osteria, ma a Norina era venuta una brutta emicrania e si era dovuta mettere a letto. Con calma avevano dato la notizia al padre e alla madre, e tutti insieme avevano cercato un alloggio in città. Fuori dal Campo profughi, loro quattro ce l'avrebbero fatta.

Solo qualche volta, la sera, quando Mariano le si avvicinava in modo inequivocabile, a Norina tornava lo stesso feroce mal di testa. Allora faceva uscire tutti dalla camera matrimoniale, oscurandola come l'inferno. Mariano la lasciava in pace e metteva a bollire il brodo. La suocera sbuffava a stare con le mani in mano, ma lui diceva che era compito del marito prendersi cura della moglie.

Norina non aveva rivelato a nessuno il segreto di Nevia. Mariano non aveva mai fatto domande. Solo Pietro aveva tratto le sue conclusioni. Le sue dita non sbagliavano e Ann era una bastarda.

Per lui questo era stato il colpo più duro. Ederina, invece, sdrammatizzava. *Mato ti son,* gli diceva. In segreto aspettava il ritorno della figlia con la nipotina. Non arrivarono mai.

Così Norina si era occupata da sola dei genitori fino alla fine. Pietro era morto in modo fulminante, cadendo dalle scale. Ederina per cancro, dopo tre mesi di agonia. Norina era riuscita a parlare con *baba* Antonia, l'unica a esserle rimasta, anche se lontana.

«No ti me ga scoltà» le aveva detto secca alla fine di un lungo discorso, seduta a una tavola come Dio comandava, con la tovaglia ricamata. In casa sua. «No ti sta vivendo la tua vita. E questo ti lo sa. Ma ti ga sièlto, no? E 'lora fòrbite el naso. Nissun te dirà grassie, ma almeno ti vivarà in pase. E la pase xe impagabile. Ti son una brava putela. Ma no dismentigarte de esser un poco felice anca ti».

Da quel giorno Norina si era alzata sempre presto la domenica. Aveva proposto a Mariano di portarla in gita. A Grado, Aquileia, Tarvisio, Udine. A vedere l'Italia. Si allacciava un bel fazzoletto e metteva gli occhiali da sole. Mariano non chiedeva di meglio e faceva gli straordinari per accontentarla. Si erano comprati una macchina. Era meraviglioso. La Fiat azzurra 850 poteva portarli dove volevano, anche lontanissimo.

La sera tornavano stanchi ma felici, come aveva ordinato *baba* Antonia. Norina entrava in camera da letto dopo il bagno. Indossava la sottoveste di pizzo sulla quale aveva spruzzato acqua di Colonia. Si slegava i capelli che le arrivavano fino alle spalle. Lisci, folti e con la frangetta andavano di moda. Mariano la teneva stretta fra le braccia, ma poi, negli occhi di quell'uomo grande e grosso che non si faceva abbattere da niente e nessuno, si dipingeva un'ombra di delusione. Norina non poteva farci niente. Non avrebbe saputo come spiegarlo. Qualcosa in lui rimaneva molle, qualcosa in lei era troppo ruvido, e le due cose non stavano bene insieme. Non andava.

Qualche volta Mariano la faceva gemere forte, quando osava a letto molto più di altri mariti con le loro mogli. Le donne non ne parlavano, ma Norina lo intuiva dalle loro facce insoddisfatte. Dopo l'amplesso appagante, Norina si ributtava sul materasso rossa e col fiatone, fissando il soffitto. Era questa la felicità di cui aveva parlato *baba* Antonia?

Possibile, e infatti Norina aveva espresso il desiderio di avere dei figli. Tutto era cambiato, allora, perché finalmente c'era un obiettivo, che non era soltanto l'amore. Quella sarebbe stata la salvezza.

Ma i figli non arrivarono mai. Neanche dopo il secondo, il terzo colloquio con un dottore specialista. Norina vomitava come un vulcano e correva all'ospedale. Tornava a casa vuota come una scatola di latta. Per lei non c'era felicità che tenesse. Proprio in quel periodo, Nevia aveva spedito l'annuncio della nascita delle gemelle Maria Vittoria e Louise. La felicità continuava a girare sempre dalla stessa parte.

I figli, la cosa più naturale del mondo, erano stati per Norina e Mariano impossibili. L'avevano detto anche i dottori. La natura aveva voluto così. La natura, che vede e provvede, ma spesso lo fa a casaccio senza che nessuno ci ricavi poi nulla. Ma Norina l'aveva in fondo sempre saputo che loro due non erano adatti. Con la natura andava d'accordo, lei.

TERZA PARTE

13. È oggi il giorno

agosto 2004, Bristie/Brišče (Italia)

Per oggi tutto bene. Norina si alzò prima di tutti, perlustrò impaziente e felice le stanze, aprì le finestre. La luce arrivava sempre più tardi, l'estate stava precipitando in una nuova stagione, che non era quella bella, ma a Norina andava meglio. Faceva più fresco, bisognava infilare un golfino con le maniche lunghe, un vero sollievo dopo tanto caldo. Fece un salto in panetteria e nella Panda si spanse un odore zuccherino di brioche al cioccolato. Arrivata al cancello, ingranò la retro fino al limitare del boschetto, mise di nuovo la prima e parcheggiò davanti al garage. Scese tenendo i due cartocci in mano come ori.

Tutto bene, dunque, almeno fino al rovere. Lì Norina si arrestò di colpo. Vide la chioma dell'albero muoversi, come se qualcosa l'avesse scossa da dentro. Forse erano le rondini, lo stormo che a inizio ottobre si fermava per fare tappa da lei prima della partenza per il sud. Quello era il momento più bello dell'autunno. E quella era la sua quercia migliore, forte e più vecchia di lei. L'unica rimasta del boschetto che era stato abbattuto per poterci costruire la casa. Era alta, un intrico di legno ruvido e rami frondosi. Il simbolo di casa sua.

Norina sentì un rumore e i rami si mossero di nuovo in modo brusco. Non potevano essere le rondini, no. Non era ancora arrivato il loro momento. Avanzò circospetta. Si accorse di una scala dall'altra parte della rete, in cima alla quale poggiavano delle scarpe di cuoio, logore. Sollevò lo sguardo. Adriano spezzò un ramo con un colpo secco dell'accetta scuotendo la chioma. Lo buttò per terra. Afferrò un altro ramo per la cima, uno dei rami della quercia di Norina, che si protendeva magnifica anche al di là della recinzione.

«Adriano!» urlò lei aggrappata alla rete. «Vien zo de là, manigoldo!».

La sua Ape era carica di assi, cassette vuote, pali di ferro e, in cima, fascine del rovere di Norina.

«Lassa star el mio albero! 'Ara che ciamo la polissìa!». Era quel che aveva sempre pensato di fare. «E el centro de igiene mentale, che i te porti in malora tua!».

Adriano lasciò andare il ramo.

Norina sentì un colpetto sulla spalla. Sussultò.

«Salve, zia!».

Simon non aveva gli occhiali, i jeans senza cintura gli ricadevano sui fianchi, la maglietta nera aveva una grande, indecifrabile scritta stampata. Era sceso a piedi nudi con una lattina in mano. Lingue verdi tatuate gli partivano dal polso e guizzavano lungo il braccio. Sull'altro gomito spuntava il tatuaggio più piccolo, un sole a punte dello stesso verde. Simon le sorrideva tranquillo.

All'aeroporto le era apparso con un borsone a tracolla e il cappellino a visiera. Le aveva sorriso dicendole «salve, zia» allo stesso modo, sciolto e allegro, con la voce melodiosa.

Norina non aveva mai pensato a come avrebbe potuto salutarla o chiamarla suo nipote. O alle sue parole, che avevano un vago accento istriano. Al «salve, zia», detto con la mano aggrappata alla tracolla. Le aveva fatto effetto sentirsi dire la cosa più ovvia del mondo – zia, lei era sua zia – anche se non si erano mai visti ed erano vissuti in due parti opposte del globo. La cosa più naturale, che a dire il vero era la più strana. Norina l'aveva infine abbracciato come un bene suo, della famiglia.

Anche adesso, sotto il rovere, il suo «salve, zia» le provocò un turbamento, uno sbigottimento. Gli porse i sacchetti della panetteria. Lui la ringraziò e bevve un sorso dalla lattina.

Era dalla sera prima che Norina guardava nei suoi occhi senza trovare quel che cercava. Perché gli occhi di Simon non erano più come nella foto. Il colore sì, era lui. Ogni tanto a Norina pareva di riconoscere una sfumatura, una piega, un brillio che erano stati di Franco, ma poi tutto scompariva e quelli rimanevano gli occhi di un ragazzo che la chiamava zia con una bella voce. Quanto ai gesti, non avevano niente della furia nelle mani che era stata di Franco. Lui era lento, attento, misurato.

Simon si guardò intorno curioso. Norina gettò un'occhiata sospetta verso Adriano. Era sceso, aveva portato via la scala e stava assicurando la sponda posteriore dell'Ape. Simon si avvicinò alla rete sollevando la faccia ossuta verso la chioma. Si grattò la nuca, perplesso. Aveva i capelli rasati corti, quasi non si capiva neanche più che fosse biondo. Era alto, ma non così tanto come nelle loro famiglie di stanghe o morlacchi.

Arrivò uno scooter. Amila scese, si tolse il casco, scosse i capelli. Li salutò con un cenno della mano.

«Che ci fate tutti qua?» chiese allegra. Norina aveva il muso lungo e Simon la guardava interrogativo.

«Adriano me ga spelà el rovere!».

«Ma dove?».

Norina le indicò i rami spezzati.

«Be', come lavoro di potatura non è venuto granché» ironizzò lei. Poi guardò Simon e lo salutò nella sua lingua.

«*Who's that bloke?*» le chiese lui.

«Come?». Amila si sentì confusa.

«*My aunt's very upset 'bout him*».

Simon parlava inglese con un accento britannico, ma nelle sue parole, che sembrava soffiare da una canna vitrea come grandi bolle, piovevano dei chicchi di grandine che le traforava. Amila era stata una volta in gita scolastica a Murano e aveva visto lavorare il vetro. Ma non aveva mai sentito nessuno parlare inglese con quell'accento.

«Ma che ti ha fatto, zia?» disse rivolto a Norina.

Allora Simon l'italiano lo capiva, capiva anche la parlata di Norina, una lingua che era soltanto sua, che nessuno parlava in città. Solo che, in italiano, le parole di Simon avevano un'aria da sottovuoto, scricchiolavano, pur emanando una naturalezza di chi se le era portate dietro dalla culla. C'era qualcosa anche del modo di parlare di sua zia, ma senza averne veramente le parole.

«L'uomo è il proprietario del terreno» spiegò Amila. «A

volte fa cose che danno fastidio. Ma è innocuo». Adriano era appoggiato alla sponda dell'Ape con una gamba incrociata davanti all'altra. «Be', vedi com'è qua. Siamo in un bosco di pietre e doline. E poi lascia sempre la sua roba dappertutto». Amila gli indicò lo scafo di una barca ricoperto di muschio, appoggiato alla rete. «E tua zia giustamente si incavola».

«*I see*» annuì Simon, ricominciando a parlare la lingua che doveva dargli più sicurezza.

«Vàrilo là de novo!». Norina richiamò la loro attenzione. Adriano sfregava un cerino che non prendeva. «El me impicherà un incendio! Chi lo ga impicà in bosco, chi?».

A Amila scappò da ridere, più per l'"impiccherà" che per la possibilità che fosse stato Adriano ad aver provocato l'incendio nel bosco pochi giorni prima. Anche Simon rise.

Solo allora Amila notò com'era vestito. Vide meglio i suoi tatuaggi e si accorse dei piedi nudi, sui quali ricadeva l'orlo sfrangiato dei jeans. Non avrebbe saputo spiegarlo, ma non se l'era immaginato così. Era un po' diverso nella foto o da come la ricordava. Le era sembrato un tipo perfettino, e invece...

«Ma c'è una strada qua dietro?» si informò lui.

«L'autostrada. È oltre il boschetto. Guarda che ti devi abituare» aggiunse Amila in tono leggero. «Qua è come essere in centro città. Passano macchine giorno e notte, anche se non si vedono che campi e alberi».

«Oh, be'. Io dormo come un sasso».

«Allora è tutto ok».

«Sì, ok».

Norina annuiva guardando ora l'uno ora l'altra, come se seguisse una partita di tennis, mentre Simon e Amila si scambiavano i loro sì e ok e oh be' alla velocità della luce.

«Comunque io mi chiamo Amila e tu sei Simon, già lo so. Allora sei pronto per il grande giorno? Oggi tua zia ti porta a Trieste».

«Trieste?».

«Sì, certo. Siamo a Trieste!».

«Trieste... *yeah!*» esclamò Simon contento.

«E Mariano?» si informò Amila.

«'Arilo là!». Norina indicò suo marito che li stava aspettando alla finestra. Li salutò muovendo il braccio nella loro direzione perché entrassero tutti in casa.

Dopo neanche un'ora, Norina aveva però il viso contratto e strizzava gli occhi. I solchi delle rughe intorno alla bocca si erano fatti profondi. Era per via dell'emicrania, una delle solite che la facevano soffrire. Teneva la testa appoggiata al pugno stretto. Luli le aveva messo il muso in grembo. Ogni tanto emetteva un guaito al quale Norina rispondeva con una carezza. Quelle due sembravano capirsi e parlarsi.

Amila le sedeva di fronte in cucina, preoccupata. Sul fuoco aveva messo a bollire dell'acqua per una tisana di menta del giardino. Forse avrebbe aiutato, di solito funzionava. Simon e Mariano erano andati di sopra, a cercare su Google maps la casa di famiglia di Melbourne, in attesa che il mal di testa passasse. Ma non passava.

«No» disse Norina soffiando nella tazza fumante. «Pròpio ogi no ghe voleva!».

«Questo succede perché si agita troppo». Amila appoggiò il cellulare sul tavolo.

«No xe vero njente. Xe i altri che me agita! E 'desso?».

Amila sospirò. «Provi con una Tachipirina da 500».

«Ma dove xe la Novalgina?».

«Nell'armadietto dei medicinali, immagino. Ma abbassa la pressione, non deve prenderla».

«La Tachipirina no me ga de njente».

«Perché? Non è amara abbastanza?».

Gli angoli della bocca di Norina si incresparono. «Quèle xe pastiglie e no goce».

Amila scosse la testa, si alzò e andò a prendergliele. Erano due mesi, ormai, che frequentava quella casa, ma le sembrava di essere lì da molto più tempo. Lei e Norina si erano abituate a parlare con un'aspra, affettuosa confidenza.

Quando le porse la scatoletta dalle strisce verdi e il bicchiere d'acqua, Norina le fece segno di sedersi e mettere tutto sulla tavola. Luli sonnecchiava con il muso su una zampa.

«Scòltime ben...» esordì Norina con tono grave.

«Ahia! Si salvi chi può!» provò a sdrammatizzare Amila.

«'Ara, pròpio ogi, no! No xe giornada».

«Va bene, va bene. Sono seria».

«Qua xe de portar el mulo de qualche parte».

Amila cambiò espressione. «Chi, Simon?».

«No posso miga lassarlo in casa duto el giorno!».

Amila scosse risoluta la testa. «Ma Norina, ho un impegno, non posso...».

«Come no?».

«Le avevo detto che potevo restare al massimo fino alle due».

«Andè a far un gireto fin le due».

Amila controllò il cellulare. Erano quasi le undici. «Ma non c'è abbastanza tempo!». Sbirciò preoccupata fra i messaggi. Ne era arrivato un altro.

Saremo al porticciolo alle tre. L'ora giusta per il bagno. Mare bellissimo, solo un po' di corrente.

No, questa volta no, Amila non poteva accontentare Norina, anche se non le aveva mai fatto richieste extra ed era sempre stata corretta nelle loro faccende di lavoro.

«Ti lo porti con la Panda» insistette Norina.

«Ma ci vuole mezz'ora solo per arrivare in centro» protestò Amila. «E poi ci sarà tutto il traffico del mare e idem al ritorno».

«Ti fassi le alte».

«È ancora più lunga».

Norina guardò l'orologio. «No fa njente, dove. Fin le due, come da orario di lavoro».

«Ma ci potete andare insieme domani! Guardi, torno se serve».

«No. Me servi ogi» disse risoluta Norina. «Xe ogi el giorno».

Peccato che anche per Amila fosse proprio quello, il giorno.

Anche da lei stavano per arrivare tutti. Papà Željko era in partenza. Mamma Selma e Majda stavano facendo i bagagli, avrebbero preso la corriera. Sua sorella le aveva mandato un messaggio da Sarajevo:

Si torna a casa, sorella!

Diceva di non poterne più di zii e genitori e di non avere nessun amico. Nell'estate in cui Amila non c'era andata, Marijin Dvor era diventato un covo di giurassici che parlavano solo della Jugoslavia. Anche Olga era rientrata a Vienna prima del tempo.

Amila si sfregò il pollice sentendoselo bruciare. Norina finì la sua tisana.

Anche per lei quello era l'ultimo, prezioso giorno dell'estate. Che per due mesi era stata sua, come aveva voluto.

Le giornate erano passate veloci. Molte erano state solitarie, trascorse nella sua spiaggia preferita, dove i sassi erano traforati di buchi e la parete di bosco cadeva a picco alle sue spalle. A volte aveva lasciato che il tempo passasse senza neanche sapere come, si toglieva il caldo di dosso con una nuotata e poi un'altra, finché le ore non viravano veloci verso il tramonto, il momento più bello. Amila usciva dall'acqua con la pelle d'oca nella luce che sfumava.

Ogni tanto si sentiva con Olga al telefono, che le chiedeva con chi stesse uscendo. Amila rispondeva evasiva: con qualche amica la sera. Olga trasecolava. Ma come? Le sembrava impossibile che non avesse ancora trovato un ragazzo, che non le piacesse nessuno.

Amila aveva incrociato compagnie di turisti e di bagnanti del posto. Di chiacchiere, chiacchiere da spiaggia fatte distesa sul telo dal quale non veniva neanche più via il sale, ne aveva fatte tante. Aveva studiato. Aveva anche scritto per il suo giornaletto *green*, ma con allegria, senza ansia di dover far meglio, prendendosela comoda per una volta.

Verso la fine di agosto era apparso un ragazzo. Un triestino più grande, che lavorava in banca, proprio come Olga. Lui alla Deutsche Bank di Trieste, lei alla Raiffeisen Bank di Vienna. Una coincidenza che le era sembrata curiosa e di buon auspicio. Trascorreva gli ultimi giorni di ferie. Veniva giù da solo per il sentiero con uno zainetto sulle spalle, proprio come lei.

Le aveva rivolto la parola con una scusa. Cosa leggi di così interessante, che cosa studi?

Erano stati vicini di asciugamano e avevano parlato per un intero pomeriggio delle cose che accadevano al mare, di quelle che si dimenticano subito allo sbocco del sentiero in Costiera. Ma si erano raccontati anche di cose che accadono nella vita, quando tutto torna alla normalità, via dal mare.

L'aveva guardata sicuro di sé. Dai suoi occhi traspariva un'intenzione. E a Amila non era affatto dispiaciuto. Anzi. Aveva finalmente sentito quel che voleva. Il cuore si era messo a battere forte promettendole che stavolta sarebbe stato diverso. Quella era l'occasione che aveva aspettato. Quello era lui.

Quando gli aveva detto il suo nome, il ragazzo le aveva chiesto senza scomporsi da dove veniva, complimentandosi, perché, così aveva detto, non si capiva affatto dall'accento e dal suo italiano perfetto, migliore della media dei triestini. Amila aveva riso, ma aveva anche incominciato a incespicare nelle proprie parole.

Poi le aveva chiesto il numero di telefono. Era il chiaro segnale che Amila aspettava. Forse il segnale di un inizio. Gli amori potevano cominciare anche a fine estate, non c'erano prescrizioni contrarie che lei sapesse.

L'aveva invitata a tornare in spiaggia per una festa. Sarebbe arrivato in barca con degli amici. Amila gli aveva risposto di sì, avvisandolo che sarebbe potuta scendere solo nel pomeriggio. Perché quello era il giorno che aveva promesso anche a Norina. Il primo giorno di Simon a Trieste.

«Xe ogi el giorno». Norina ripeté il concetto, come se Amila non lo avesse già capito da sola.

«Metta le gocce nel bicchiere e le butti giù» cercò di prendere tempo lei. «Sennò il mal di testa non le passa più».

Norina si premette forte la radice del naso. «Fame sto favor». L'occhio, che si sforzava di fissarla, fece il solito piccolo scatto deviante. «Per una volta volarìa che vadi duto lisso» disse ingollando il contenuto del bicchiere. «Per favor» le chiese ancora con granulosa dolcezza. «Solo ogi, e fin le due».

Amila sospirò e si sentì annuire, acconsentendo all'ultima cosa che avrebbe voluto per quel giorno. «E va bene, ma fino alle due e neanche un minuto di più».

«Ti son un amor».

E finalmente Norina liberò un sorriso di gratitudine dalla smorfia di dolore che le sfigurava il viso.

14. Yellow

agosto 2004, Trieste/Trst (Italia)

Eppure, quel viaggio a Trieste non si sarebbe dovuto fare. Già all'andata Amila sbagliò tutto. Scelse la strada panoramica in modo da cominciare bene e sbrigarsela e, ovviamente, trovò coda fra Miramare e Barcola. Ma almeno l'effetto sperato era stato ottenuto: il panorama.

«Immagino che tu non abbia mai visto una scena simile in vita tua». Simon osservava incuriosito frotte di corpi in costume sciamare o crogiolarsi sul marciapiede di cemento del lungomare, fra baracchini e fontane, dietro ai cespugli di oleandro. «Questa è la vera spiaggia dei triestini» gli spiegò Amila.

«Oh» commentò lui evasivo.

Ma intanto erano di nuovo fermi, dietro a una lunga coda di macchine.

«Guarda che non è così male, sai. Bisogna solo entrare nella mentalità».

«E tu ci vai?».

«No, mai. Anni fa mi sarebbe piaciuto, ma non potevo».

«Ah».

Sulle Rive, in centro città, Amila fece fatica a trovare parcheggio.

«Mi dispiace, ho un impegno alle tre. Non posso portarti a vedere tutto, ma piazza Unità vale più di qualsiasi altra cosa» lo avvisò ancora prima di scendere dalla Panda.

«Ok».

Ma quando gli propose il caffè più esclusivo con vista mare, Simon arricciò il naso. «Mi pare un po' snob» commentò, guardandola incerto sul da farsi.

«Va bene». Amila si rese conto dell'idea davvero stupida che aveva avuto. «Andiamo da un'altra parte».

Lo portò in Cavana, nella cosiddetta *cità vecia*, che fece a Simon un'impressione migliore. Osservava i palazzi dal basso verso l'alto. Si piazzò davanti a un edificio con un portico sorretto da colonne.

«Che cos'è?».

«Un bel palazzo storico. Dai, andiamo!».

Attraversarono la strada e si spinsero fino alla Biblioteca civica e piazza Hortis. Il giardino era quel che ci voleva per ripararsi dal caldo tornato a sorpresa. Lì, però, non c'era niente di panoramico. Da qualche arbusto si spandeva un odore dolciastro e fastidioso. I gatti si strusciavano fra le siepi polverose e i piccioni si abbeveravano a una fontanella annerita. Non c'era anima viva a parte loro, che trovarono una panchina pulita, non imbrattata dai piccioni.

Amila provò a raccontare un'altra storia, per rendere interessante quella che doveva essere l'ultima tappa del loro viaggio. «In questa biblioteca scriveva Italo Svevo. Un autore famosissimo del Novecento, forse ne hai sentito parlare».

Continuò con tutte le cose che aveva imparato al liceo, ma ne fece un sunto da Bignami, quel che a scuola non faceva mai. Sperava che a Simon potesse andare bene. Infatti lui sembrò interessato, anche troppo. Avanti di questo passo, Amila non sarebbe mai arrivata al suo appuntamento in spiaggia.

Quando fece per alzarsi, Simon fu più veloce di lei. Si stiracchiò e si offerse di andare a prendere un gelato dall'altra parte della strada. Era ora di pranzo. Non lo si poteva lasciare senza mangiare. Che altro si poteva fare?

«Che gusto vuoi?».

«Indifferente».

Simon non si muoveva. Amila stava sbagliando tutto. Per fare presto, la stava facendo più lunga che mai. «Una pallina di variegato Nutella. Sennò pistacchio».

Simon tornò con tre palline per lei, tre più panna per sé. Ecco cosa succede a parlare veloce. Glielo diceva anche mamma Selma, che poi gli altri non ti capiscono più. O travisano il senso delle tue parole. Anche Norina la rimproverava: *Duta sta premura! E dopo mi no capisso più un'òstia.* Però i gusti, almeno quelli, erano giusti.

«Come ti trovi da Norina?» buttò là Amila, tanto per ingannare il tempo. Ci avrebbero messo almeno un quarto d'ora per finire il gelato.

«Oh, bene. Solo non sono riuscito a dormire stanotte».

«Per il jet lag, immagino».

«Sì». Simon allungò le gambe. Portava anche lui delle All Stars, ma nere, che avevano l'aria di essere da battaglia. «E poi per via delle bambole che mi hanno fissato fisso per tutta la notte».

Che lo avevano fissato fisso. Amila scoppiò a ridere. Si

immaginò le bamboline dagli occhi tetri e vitrei di Norina, allineate sulla mensola sopra il letto, fare delle smorfie scandalizzate per via di quell'ospite inatteso con i tatuaggi sulle braccia che dormiva sotto il copriletto rosa imbevuto di ammorbidente.

«Ma non avevi detto che dormivi come un sasso?».

«Intendevo senza le bambole».

«Eh, certo! Dev'essere stato un duro colpo!».

«Stasera però finiscono sotto il letto».

«Ma domani mattina le devi rimettere a posto. Tutte. Sennò Norina la senti poi tu. Con le sue bambole non si scherza!». Simon rise. «Senti, ma a parte per le adorabili bamboline, come mai sei venuto a Trieste?».

«Oh, sto facendo un viaggio in Europa e volevo vedere il posto dov'è nata mia nonna».

«La sorella di Norina?».

«Sì, nonna Nevia».

«E come ti sembra qua? Non ti immaginare chissà che, eh?» proseguì lei senza neanche aspettare la risposta. «Anche se la mitizziamo tutti la nostra città. La multiculturalità, l'Impero asburgico, città di confine e bla bla bla. Ne siamo innamorati».

«Be', piace anche a me».

«Ma se non hai ancora visto niente! Sì, in effetti come guida turistica non valgo granché» si scusò Amila. «Guarda in che posto ti ho appena portato!».

«Ma no...».

«Ma sì».

«Be', allora sì. Però è lo stesso interessante. Solo un pochetto diverso».

«Da cosa?».

«Da come mi immaginavo io».

«Cioè?».

«Diverso da ciò che mi ha raccontato mia nonna».

«E cosa ti ha raccontato?».

«Oh, racconti su racconti su racconti. Lei parla solo di Trieste».

«E non ci torna mai?».

«No».

«Perché?».

«È vecchia e qua è troppo lontano. Quand'era più giovane aveva altri problemi e così...».

«Però tua nonna e Norina non sono nate a Trieste, giusto?».

«No».

«E dove allora?».

«A Buie».

«E dov'è, in Slovenia?».

«No, in Croazia, ma vicino al confine con la Slovenia».

Tutto era sempre vicino a qualche confine.

Amila si ricordò di quando papà Željko, per rassicurare la famiglia sulla loro scelta di rimanere a vivere a Trieste, aveva tirato fuori la faccenda del confine dicendo che avrebbe permesso loro di stare più vicini. Così avrebbero tenuto d'occhio il loro vecchio Paese andato in pezzi dalla porta accanto. Mamma Selma, però, aveva protestato: *Perché, non ti è bastato quello che avevamo prima? Sempre vicino a un confine ci tocca vivere a noi!*

«Ma prima era in Jugoslavia» lo corresse Amila.

«Lo so, lo so. Però quando sono nate loro c'era l'Italia».

«Eh, già» disse Amila, che finì il gelato e si sforzò di ricordare qualcosa che doveva averle raccontato Norina, ma che forse non era stata ben a sentire. Maledetta fretta. Ma Norina diceva sempre Istria e che era italiana, e che per ciò era tornata in patria. Questo le era sembrato il succo della storia della sua vita.

Adesso, però, facendo uno più uno, vale a dire Italia+Jugoslavia+tutte le nuove repubbliche autonome, un conto che si sarebbe potuto fare anche all'indietro o cambiando il segno più con meno, capì che lei e Norina avevano una storia in comune. Anche Norina era venuta via da un posto e forse anche lei si rapportava sghemba alle trasformazioni di un Paese che era stato, ma non era più, ed era diventato qualcos'altro, ritagliato dall'intersezione di confini vecchi e nuovi. Il Paese rimasto indietro.

«Ma di questa Buie tua nonna non parla mai?».

Simon scoppiò a ridere. «Oh, molto più che di Trieste!».

«Allora sei proprio ben messo».

«Esatto».

Esatto. Solo che si era fatto così tardi che per riportare indietro Simon Amila dovette andare di corsa. Scelse la strada per le alte, come le aveva consigliato Norina, anche se era più lunga. Simon parlava, Amila era concentrata sulla guida. Poi arrivarono i Coldplay.

Una stazione radiofonica trasmise *Yellow*, che uscì in modalità gracchiante dalla vecchia autoradio con mangiacassette di Norina.

«Meraviglia!» esclamò Amila mentre partiva la chitarra acustica di Chris Martin e poi si innestava quella potente e ritmata di Jonny Buckland.

«*The best!*» le fece eco Simon.

«Perché, piacciono anche a te?».

«I miei preferiti!».

«Ma dai?».

Amila continuò ad avere quella musica in testa anche quando lasciò la macchina davanti al garage di Norina. Nel frattempo mandò un SMS e si rimise in sella allo scooter per imboccare felice la discesa di Santa Croce che portava in Costiera.

Parcheggiò che erano già le quattro passate. Trovò un buco nella fila di macchine arroventate dal sole. Spinse con uno scatto il motorino sul cavalletto. Era un po' tardi, ma era arrivata. Controllò il cellulare, non c'erano nuovi messaggi.

Lungo la discesa del sentiero, le tornarono in mente le parole di quella canzone meravigliosa.

I swam across
I jumped across for you

La distesa marina si faceva sempre più vicina. I raggi del sole la fendevano, accendendola in alcuni punti.

'Cause you were all yellow.

Amila si sistemò i capelli, si fermò per una passata di Labello sulle labbra e proseguì ancora più veloce con lo zaino che pendeva da una parte, casco e giacchino sotto l'altro braccio.

Giù l'aspettava il ragazzo che le aveva dato appuntamento al porticciolo per le tre.

E lì, infatti, Amila lo trovò.

And it was all yellow.

Lo trovò, ma le mancò il coraggio di scendere gli ultimi gradini per avvicinarsi alla barca a vela ormeggiata davanti al baracchino del pesce. Amila si appiattì al muretto cercando di calmare il fiatone. E *Yellow* si spense in un attimo nella sua testa.

Il ragazzo sorseggiava da un bicchiere, era seduto rilassato, il braccio allungato sul bordo della barca, solo sul bordo, ma a fianco di una ragazza in bikini alla quale stava parlando, secondo Amila con le stesse movenze che, in spiaggia, le avevano fatto capire di un'"intenzione" nei suoi confronti. Passeggera, dunque?

Il braccio abbronzato sembrava volersi spingere verso la ragazza.

Amila ripercorse d'istinto la scalinata all'indietro, come un gambero. Strisciò lungo il muro, un passo lento dietro l'altro. Era sudata.

Si fermò davanti alla rete del primo pastino appena falciato. Riusciva a vedere ancora giù e la scena non stava cambiando, anzi, lui sembrava essersi avvicinato ancora di più alla ragazza.

Amila si girò e risalì il sentiero con il respiro strozzato in gola. Si fermò per riprendere fiato, appoggiata al parapetto di un pastino incolto. L'erba alta e secca pareva risucchiare gli ulivi cresciuti selvatici.

Quel ragazzo era stato una delusione. E nemmeno la delusione che le aveva provocato valeva granché. Non si meritava la sua pena, anche se Amila si sentì lo stesso salire le lacrime agli occhi. Guardò ancora una volta giù. Il mare sembrava più verde che azzurro, la spiaggia di sassi si allungava fin quasi alla barriera degli scogli. C'era un'insolita bassa marea. I bagnanti erano piccoli e si muovevano lenti. La città sul golfo sembrava una composizione di mattoncini bianchi e rossi avvolta da una leggera foschia.

Amila sospirò. Ora, per consolarla ci sarebbe voluta solo sua cugina Olga. L'unica che sapesse risolverle i problemi di cuore.

Immaginò Olga stringere le palpebre e osservarla con il suo sorriso sornione, poi tirare forte tre volte dalla sigaretta sotto quello che chiamavano il "platano piangente" di Marijin Dvor. Si sarebbe sistemata i capelli, picchiettando decisa la cenere. Infine le avrebbe chiesto: «Come hai detto che si chiama questo idiota?».

«Guido» le avrebbe confidato Amila. Il ragazzo si chiamava Guido.

Olga sarebbe allora sbottata nella sua risata cristallina.

«Guiiiido!» avrebbe urlato con voce cavernosa al loro cielo contornato dalle mura del quadrilatero. «*Puši kurac, Guido!*».

Che Guido si fumasse il cazzo, così avrebbe detto Olga, come solo lei sapeva dirlo, con le loro parolacce uniche al mondo. E avrebbe fatto bene. Perché quando ci voleva, ci voleva. E loro, bosniaci, in certe situazioni non andavano di sicuro per il sottile.

A Guido, Amila augurò di sfumazzarselo tutto, fino al filtro, mentre le venne anche un poco da ridere, ma poi di nuovo da piangere e si sentì invadere da un fiotto di nostalgia.

La sua estate era finita con una disfatta bruciante. Le sembrava di essere stata una stupida a non essere andata a Sarajevo neanche un giorno, neanche per fare un salto, per stare magari un po' con Olga e Majda e far contenta mamma Selma. E tutto per trovare alla fine uno come Guido.

Si sentì presa in giro da troppe assurde coincidenze. Perché invece di un bel viaggio in barca, era stata tutta una corsa fra il Carso, la città e il mare. E invece che con Guido, aveva passato la giornata con Simon, che non c'entrava niente e per lei era solo lavoro. Lui era il nipote australiano di Norina ed era stato la causa indiretta dello sfacelo. Ma meglio così, se Guido era un tipo del genere.

Cosa avrebbe però riferito a Olga delle sue vacanze?

Non avrebbe mai avuto il coraggio di dirle la verità. Che cioè aveva fatto ancora un buco nell'acqua e che la Bosnia questa volta non c'entrava. Che tutto era successo a Trieste, in Italia, dov'era rimasta puntando i piedi, mettendo in atto la sua piccola rivolta, dove aveva rotto il patto di famiglia sulle vacanze, fregandosene anche dell'appartamento vuoto di Zvornik.

L'Italia era un Paese dove non tutto andava bene, dunque, ma questa era ovviamente una cosa che non bisognava neanche dirla. Né a Olga, né a nessun altro.

15. È il colmo

maggio 1996, Trieste/Trst (Italia)

Eppure, nei molti anni a Trieste, Amila i suoi conti e sogni li aveva fatti, e le parole le sapeva dire a voce e a testa alta. Aveva lottato perché le cose andassero per il verso giusto, proprio come voleva. Ma a volte bastava poco per rovinare tutto. Un contrattempo, un inciampo nella lingua o anche, banalmente, dire il proprio nome e cognome, ed era fatta. Le cose potevano volgere al peggio.

Oh, certo, il suo primo nome funzionava benissimo in Italia, con le vocali necessarie e le sillabe ben scandite. Peccato che qui nessuno si chiamasse così. E ogni volta era come se Amila si dovesse scusare o giustificare a causa di se stessa.

C'era stato un professore alle medie che la chiamava Amina, come per un ostinato lapsus. Papà Željko però diceva sempre: «Mai correggere i professori. Sono creature suscettibili. Te lo dice uno di loro».

Il prof era un tipo bonario, grassottello. Amila-Amina aveva lasciato perdere perché le stava simpatico. Rispondeva sollecita al nuovo nome, come se avesse ricevuto il battesimo.

Poi era stata la volta del cognome. Impronunciabile per tutti gli insegnanti delle medie e del liceo. Quando facevano l'appello e arrivavano a lei, si fermavano di colpo. Hadžigrahić Amila c'era scritto sul registro, ma senza i segni sopra le lettere, tolti dalle segretarie. Così era diventata una *Adzigraik*. E questo era stato un altro battesimo.

Solo una volta, la professoressa di inglese del liceo le aveva chiesto come si pronunciasse il suo cognome. Si era fatta scivolare gli occhiali sulla punta del naso, guardandola dritta negli occhi, disponibile al dialogo. Sulle prime era stata brava. *Hagìgrahich* aveva detto. Era una che sapeva bene le lingue. Poi però avevano riso tutti in classe. Così, nella confusione generale, non c'era stato tempo per imparare un cognome bosniaco.

Solo la maestra Sandra, corpulenta, col grembiule blu e spettinata, integerrima e severa, aveva parlato chiaro: «Qua siamo in Italia. Questi segni noi non li abbiamo. Non devi usarli più».

Era stato il primo battesimo, quello decisivo, impartito già in quarta elementare a Jesolo. Amila aveva imparato a fare tutto senza segni sopra le lettere, anche quando scriveva il nome sui test o si presentava direttamente con il suo nuovo cognome.

Quel che non era riuscita a mettere a posto era il nome, che doveva lasciare così, perché tutti lo dicevano giusto, con naturalezza quasi. Però, se qualche sua compagna di classe si chiamava Jenny o Sharon, nessuno batteva ciglio. Il nome "Amila" faceva invece sempre scattare una perplessità e lo sforzo per trattenerla. In quei momenti si sentiva sotto esame, ma dallo screening del suo volto, dei suoi vestiti, del suo italiano non usciva niente di particolare. Allora cedeva lei per prima.

«Sono bosniaca» diceva tranquilla, facendo ticchettare nella sua testa i classici dieci secondi di silenzio imbarazzato.

Uno, due, tre... Dall'altra parte ci sarebbe stato sollievo perché l'avrebbero potuta incasellare, anche se dispiaceva che il suo fosse un Paese così disgraziato. Dispiaceva anche a lei, comunque. Ma Amila era più forte, del suo Paese e del dispiacere della gente, del suo nome e del suo cognome. E dei professori e dei maestri suscettibili. E della scuola, naturalmente, dove tutto era iniziato.

«Ho deciso, sai. Cambio scuola» aveva detto un giorno a Lazar, il suo amico di sempre, quello che poi sarebbe diventato una specie di fidanzato, con cui solo una volta avevano osato abbassare la zip dei jeans.

Ma allora, quando Amila gli aveva fatto quel discorso, era verso la fine della seconda media. Lazar sarebbe cresciuto ancora di dieci centimetri e avrebbe sfiorato il metro e novanta. Aveva le spalle larghe, da giocatore di basket, lo sport che praticavano entrambi. Portava occhiali dalla montatura spessa, fuori moda.

Si trovavano in piazza Garibaldi, erano stravaccati sulla panchina all'angolo. Dietro, pigolavano i soliti piccioni infestanti. Di fronte, una bancarella improvvisata esponeva stoffe, tessuti di pizzo o merletti, stipati alla buona anche sul cofano di una vecchia Onda parcheggiata in mezzo alla piazza. Amila e Lazar tenevano le mani nelle tasche dei jeans. Si lanciavano occhiate e masticavano gomma americana.

«Che fai, cambi in terza? Ma che te ne frega se poi andiamo alle superiori?». Lazar doveva essersi già preso una cotta per lei, ma Amila non se n'era accorta. Tipico suo.

«Sì, però io non andrò all'istituto tecnico».

«No, sei brava tu».

«In questa scuola mi annoio, lo capisci, Lazzarone? Non si impara niente». Amila aveva fatto scoppiare una bolla di gomma americana.

«Ma che caz...».

«Ehi, prima di dirmi le parolacce, ti sei per caso guardato intorno?».

Gli uomini in piazza erano raggruppati per lingua serba o albanese. La loro giornata di lavoro era finita. Fumavano e chiacchieravano fuori dai bar. I cinesi stavano dentro i negozi. Le senegalesi, avvolte in stole sgargianti, erano sedute sulle panchine. Spingevano avanti e indietro le carrozzine dei bambini. Il sole gettava un riflesso arancione sui platani in fiore. Stava calando dietro i palazzoni. Intorno, il caos delle macchine ferme al semaforo. Erano su un'isola pedonale, dove svettava una Madonnina d'oro che sembrava intimare l'alt, a chi non si sapeva, visto che lì era tutto un indifferente movimento di cose, persone e piccioni.

«Ma che cavolo, alla Furlan dispiacerà. Sei la sua preferita». Lazar era rimasto fermo nella stessa posizione. Amila staccò la schiena dalla panchina per costringerlo a guardarla.

«Sì, ma io sono stufa dei suoi film sugli immigrati, dei suoi gay e dei progetti sul commercio equo».

«Ma se è forte, la Furlan! E poi sempre meglio di tutta quella roba che ci fanno leggere gli altri nei libri di testo».

«Io voglio andare all'università, lo capisci?».

«E a che ti servirà l'università se poi non saprai nemmeno chi sei?». Lazar era diventato tutto rosso.

Amila era scoppiata a ridere. «Oh, che discorsoni! Ma sei intelligente, sai, Lazzarone? Dovresti venire con me nella nuova scuola».

«Io sto bene qua. E poi non mi va di lasciare gli altri».

«Però Nenad è andato in Germania».

«È diverso. Suo padre ha trovato lavoro là».

«Be', senti. Sono l'unica bosniaca della classe. Sono sola comunque».

«La mamma di Alex è bosniaca».

«È croata, credo».

«E allora?».

«E allora sono stufa del ghetto».

«Si sta bene fra noi».

«Ma l'Italia sta fuori».

«Oooh, tutta 'sta Italia! E che te ne farai, dopo?».

«Avrò una vita migliore». Questo le aveva promesso una volta anche suo padre.

«E poi?».

«E poi e poi... ma non capisci proprio niente!».

«Capisci tu!».

«Ma se hai appena detto che sono intelligente».

«No, sei tu che l'hai detto a me. Io ho solo detto che sei brava a scuola».

«Allora siamo pari».

«Perfetto».

«Batti cinque!». Lazar aveva sollevato il palmo della mano senza grande entusiasmo. «Adesso, però, fammi gli auguri. Stasera devo lavorarmi per bene mio padre».

«Perché?».

Si erano alzati dalla panchina, era ora di tornare a casa. «Non gliel'ho ancora detto, e mia madre di certo non vorrà».

«Allora non è sicuro che cambi scuola?».

«È sicuro al cento per cento, Lazzarone» aveva risposto Amila tenendolo alla distanza del braccio teso con un sorriso di sfida.

Ma, quando Amila aveva annunciato nell'appartamento di via Pascoli la sua intenzione di cambiare scuola, era successo esattamente il contrario di quel che si era immaginata.

Il volto di Selma, e non come previsto quello di Željko, si era rischiarato come dopo aver appreso una buona notizia. Il che per Amila non aveva molto senso, conoscendo sua madre, che aveva sorriso soddisfatta, dimenticandosi perfino di mettere la mano davanti alla bocca per nascondere i denti neri.

Molte persone imputavano il suo problema dei denti alla guerra, ma Selma si stringeva nelle spalle e spiegava che, alla fine degli anni Ottanta, si era fatta fare delle otturazioni con un amalgama di argento, mercurio e piombo. Si usava così in Jugoslavia, era quello che scuriva i denti.

Se ne curava uno al mese, il giorno in cui le davano la paga, e questa storia stava andando avanti da parecchio tempo. Prima le devitalizzavano il dente e le applicavano un perno. Poi bisognava pagare la corona. Era quella che costava e perciò Selma si era messa a fare le pulizie nelle case. *Ma per l'ultima volta nella vita*, diceva, anche se poi era l'eterna penultima.

Željko aveva buttato giù il rospo perché il suo stipendio non bastava a pagare anche i denti. In quel periodo non era molto felice a Trieste.

Ma i suoi genitori avevano uno strano modo di equilibrarsi. Sempre. Per esempio mamma Selma ritrovava l'entusiasmo quando a lui veniva meno l'umorismo. Allora dispensava avvertimenti: *Bada che, se non la smetti, ti mando a fare anche le pulizie. E sappilo, Željko Hadžigrahić, che lo faccio per me e non per te. Non sono arrivata fin qua per vederti piantare il muso. Guarda che me ne torno da dove sono venuta!*

Il che era un paradosso, naturalmente, ma funzionava. Perché si finiva sempre sullo stesso discorso, sul fatto che erano arrivati a Trieste, ma che in un momento qualsiasi se ne sarebbero potuti anche andare, come se la loro vita non potesse mai diventare definitiva.

La famiglia al completo era riunita intorno alla tavola in noce delle discussioni e delle grandi occasioni, con il centrino in mezzo. E la novità di Amila sulla scuola sembrava costringere tutti a esprimere un ennesimo voto favorevole o contrario alla loro permanenza in Italia.

«Mi sono scelta il miglior istituto di Trieste» aveva spiegato Amila mangiandosi le parole, un vizio che manteneva anche nell'altra sua lingua.

«Ma io non sono d'accordo» aveva ribattuto secco papà Željko. «Nella tua sezione, che è la migliore, fanno già il latino. Dimmi in quale altra scuola media della città lo si studia».

«Papà, in questa scuola siamo solo immigrati».

«Questa è la scuola del futuro» aveva risposto lui senza scomporsi.

«E allora com'è che tutti gli italiani del rione scappano?».

«Non è un problema mio».

«Ma è mio. Il livello è troppo basso».

«Ascolta, bambina. Non puoi giudicare tu il livello. Sei una brava studentessa. Quella scuola ha bisogno di te».

Suo padre era per la giustizia sociale e, la sera, era stanco perché lavorava pure al sindacato, benché mamma Selma dicesse sempre che no, non doveva immischiarsi nella politica di un Paese che non era il loro, non doveva andare in piazza contro il governo. E poi no, non doveva rubare tempo alla famiglia. Cioè a lei.

«Ma questo è il colmo!».

Selma aveva preso in mano le redini del discorso senza bisogno di strascicare la voce nel lamento o mettersi la mano davanti alla bocca. Stringeva forte i pugni sul legno, dritta come un soldato. Tutti si erano voltati dalla sua parte, anche se il suo sguardo era solo per Željko e da lì non si sarebbe mosso.

«Se le piace studiare, che vada in una buona scuola. Siamo qua per questo, o no?». Selma sembrava felice di tornare a essere quel che erano sempre stati. Una famiglia devota alla scuola. «E tu che sei maestro dovresti essere più informato sulle scuole triestine. Ma tanto hai deciso di stare fuori dal giro. Allora saprà ben Amila, che va a scuola tutti i giorni, cos'è meglio».

La luce che Amila aveva visto dipingersi sul volto di mamma Selma all'inizio della discussione non era stato un abbaglio, dunque. Selma stava dando il suo voto palese a favore di Trieste, e senza scomodare il Dio nella lingua italiana, con annessi i soliti sicché, dacché, poiché.

Ma suo padre aveva scosso deciso la testa. Neanche lui avrebbe cambiato idea.

Allora a Amila non era rimasto che il suo ultimo asso nella manica: la Bosnia.

Anche questo era un trucchetto ben rodato in famiglia. L'Italia, Trieste, casa loro. Il Paese dove si erano fermati a vivere. L'amavano? Sì e no, come si amano i posti ai quali si appartiene, indipendentemente dalla percentuale di diritto acquisito per nascita. Solo che loro, al bisogno, potevano ricorrere anche all'altro Paese, come a un'entità immaginaria, l'altra memoria, la vita che non avevano avuto, ma che poteva sempre essere.

«Guarda che a Zvornik o a Sarajevo» aveva attaccato Amila decisa «non mi avresti mai mandata in una scuola *così* avanzata».

Aveva enfatizzato il "così", pronta alla possibile risposta di suo padre. Che poteva essere: *Semplice. A Zvornik o a Sarajevo non ci sono immigrati. Solo* dijasporci *come noi, che tornano e sono avanzatissimi perché hanno studiato in mezza Europa.*

Ma suo padre quella frase non l'aveva detta. Si era massaggiato la radice del naso, gli occhiali si erano sollevati sulla fronte. Forse aveva pensato che Amila gli fosse cresciuta troppo in fretta. A causa della guerra, ovvio, così diceva spesso lui.

E in parte era vero. Amila, a neanche tredici anni, lo sfidava come un'adolescente grande, infliggendo un duro colpo alla sua giustizia sociale, la cosa di cui andava più fiero. E non per via della guerra, ma perché quella era la sua vita e per sé voleva una terraferma, qualcosa di cui andare fiera anche lei.

Fortuna che, a sdrammatizzare, era intervenuta Majda sventolando l'indice sotto gli occhi di tutti. «Ah, guardate che con me non funzionerà, sappiatelo!». Si erano voltati dalla sua parte. «A me la scuola degli immigrati sta benissimo. Io resto là, non mi muovo».

A neanche undici anni, Majda stava dichiarando la sua neutralità. Era a favore del minimo sindacale, della dolce vita, ovunque si stesse ad abitare. Anche lei avanzava a passi veloci nella sua età. Ma Majda era più libera, forse perché aveva preso il naso aquilino di suo padre e gli occhi grandi di sua madre, e non era come Amila che invece sembrava figlia solo di Željko. E poi Majda assomigliava soprattutto a se stessa. E, nella loro famiglia, c'era sempre un tratto di qualcuno che veniva fuori al momento giusto, perché tutto si riequilibrasse.

Papà Željko aveva ascoltato pensieroso anche la tirata sulla scuola di Majda, senza il lampo di ironia negli occhi che di solito anticipava la battuta con la quale chiudeva la bocca, e i discorsi, alle donne della sua famiglia. Il suo era dunque un inequivocabile segnale di resa. Željko si era alzato da tavola e si era limitato a dire la frase di tutti i padri sconfitti del mondo, sebbene lui non fosse di quella specie. «Fate come volete» aveva pronunciato poco convinto.

Amila, Majda e Selma si erano lanciate uno sguardo complice, esultanti.

Era allora deciso. Amila avrebbe cambiato scuola. E

per una volta avrebbe potuto fare una cosa davvero semplice, come allungare una mano verso un qualche sogno che parlasse di stare e non di andare, di appartenenza e permanenza. Un sogno che secondo lei si trovava dalla parte giusta. Era da quella parte che voleva rimanere.

16. Burqa

gennaio 1997, Trieste/Trst (Italia)

Presto, però, Amila avrebbe dovuto imparare che per ogni passo avanti ce n'era un altro da fare indietro, per ogni sogno realizzato ce n'era uno che rimaneva chiuso nel cassetto. E che per la sua istruzione migliore, come per ogni cosa e ogni sogno, c'era un prezzo da pagare. E pure salato.

«Elisabetta Sancin mi ha chiesto se sono serba, croata o musulmana» aveva riferito una sera a tavola. Si trovava già da alcuni mesi nella nuova scuola.

«Non sarà stato difficile rispondere, immagino...» aveva ribattuto papà Željko tirando rumorosamente dal cucchiaio.

Era tornato tardi, dopo il turno allo sportello per gli immigrati del sindacato. Amila gli aveva portato un piatto di brodo bollente. Mamma Selma stirava. Majda era seduta sulle ginocchia davanti al tavolino del soggiorno. Faceva i compiti sempre all'ultimo momento.

«Sì, ma dovresti vedere che faccia ha fatto!». Elisabetta aveva spalancato gli occhi, scandalizzata, come se non potesse essere vero. Già, proprio Elisabetta, l'unica amica che aveva. «E poi mi ha chiesto se abbiamo origini arabe».

«Oh, *sant'Iddio*!».

All'uscita da scuola, Elisabetta si era allontanata, aveva salutato Amila con un sorriso distaccato che, invece di dissimulare, rivelava il suo imbarazzo, il suo sconcerto. E tutto per via della religione di Amila.

«Perché non le dici che arrivi dagli Emirati Arabi, dall'Arabia Saudita o dall'Afghanistan?» aveva risposto dopo un attimo Željko. «Ci sono tanti di quei posti dai quali arriva la gente...».

«Papà!».

«Anzi...». Suo padre aveva lasciato il cucchiaio nel piatto e si era appoggiato comodo allo schienale. «Tiriamo fuori il *burqa* dall'armadio per domani, così la tua Elisabetta la facciamo contenta!». Poi aveva addentato di gusto un pezzo di pane comprato sotto casa, dal turco. Lì si trovava una buona qualità di *somun*, altrimenti andava bene qualsiasi altro tipo di *hljeb* o *hleb* dei serbi all'angolo. Poi rosette, filoncini, *struzze*. Anche se il vero giorno di festa era quando il pane lo faceva mamma Selma.

«Tutto è iniziato per colpa della Calogiuri» aveva spiegato Amila, «che ha detto in classe che nella ex Jugoslavia c'è stata una guerra fratricida».

«Diciamo che non è esattamente scoppiata in nome dell'unità e fratellanza fra i popoli» aveva ribattuto Željko.

Mamma Selma passava e ripassava il ferro sulla manica di una camicia di Željko. Era nervosa.

«Che insegna la Calogiuri?» aveva chiesto Željko tranquillo tagliandosi una fetta di *pita*.

«Italiano, storia e geografia».

«È la supplente, no?».

«Lei dice che non è supplente di nessuno, che è soltanto precaria».

«E chi non lo è al giorno d'oggi!» aveva continuato suo padre masticando e ridendo.

«Papà, smettila di scherzare!».

«Finiscila!» le aveva fatto eco Selma, concentrata sulla camicia, alla quale dava energiche lisciate con le mani.

«Ma che vuoi che faccia?». Suo padre aveva appoggiato spazientito il tovagliolo sul tavolo.

«Vacci a parlare e spiegale la nostra storia».

«Si può forse spiegarla in un quarto d'ora? Certe cose sono troppo complicate, ragazza, non si possono capire. E non puoi pretenderle nemmeno da una supplente di italiano».

«Ma qualcosa glielo devi andare a dire lo stesso, sennò io ho chiuso in classe. Non sai come mi guardano adesso. Deve rimettere lei le cose a posto. Ha ricevimento venerdì dalle 11.00 alle 11.54».

«Mmm... precisini, in questa scuola».

«Lei dice che ha tanti studenti e che non può concedere più di cinque minuti a genitore. Che i minuti che fa in più non glieli pagano. Quindi devi andare alle 11.00 o prima, sennò c'è la fila e ti manda via».

«Tu mi prendi in giro, ragazza. E sarebbe questa l'ottima scuola che ti sei scelta?». Adesso il discorso cominciava a farsi serio.

«Ma non potevo scegliermi io anche le insegnanti precarie o le compagne di classe!».

«Sempre fortunati, noi!» aveva commentato mamma

Selma con una delle sue note dense di dramma. «E adesso? Che facciamo?».

«Voglio cambiare sezione. Si potrebbe?». Amila aveva cercato un'alleata in sua madre.

«Guarda che qua stiamo perdendo la pazienza» aveva risposto però lei secca. Era nervosa e stanca, come tutti. «E lascia in pace quelle unghie!».

Amila aveva proprio sbagliato serata.

«Aspetta, aspetta». Suo padre aveva interrotto il battibecco per mettersi a ragionare con calma, il che significava altri guai in vista per Amila. «E con quale motivazione dovrei andare, secondo te, dal preside a chiedergli di metterti in un'altra sezione? Non posso certo dire che non ti piace la prof di italiano».

«Ma questa prof è scema! E non mi dirai che è normale che i professori siano scemi. O forse sì, visto che a dirmelo è uno di loro?».

«Io ti difendo in casa mia, ma fuori...».

«Se mi dici che dobbiamo comportarci bene, giuro che mi metto a urlare».

«No, no...».

«Bell'aiuto che mi dai a integrarmi in Italia!».

«Te lo sto dando. Adeguati ai prof e allo stato delle cose» aveva detto suo padre allungando il braccio verso il giornale.

«Lascia in pace tuo padre! E tu lascia in pace Amila!» aveva gridato Selma da dietro l'asse da stiro.

«Ho finito, io vado» aveva approfittato per annunciare Majda, sgattaiolando via con i quaderni sottobraccio.

«Dove vai, tu?» l'aveva ripresa mamma Selma.

«A guardare la tele in camera vostra».

«E chi ti ha dato il permesso?».

«In questa casa c'è troppa confusione. Parlate sempre tutti insieme, siete chiassosi. E noiosi».

«Però per i compiti la confusione non c'era!».

«Oh, sono talmente una barba che perfino voi mi conciliate».

Mamma Selma aveva seguito Majda come un secondino. Ora Amila doveva sbrigarsela da sola con suo padre.

«Papà, puoi sempre dire che non mi sono integrata in classe. Che poi è la verità».

«Ma non ti hanno invitata a un compleanno sabato?».

«Sì, è di Elisabetta». Era il primo invito che aveva ricevuto, e questo appena alla fine del quadrimestre.

«È già un passo avanti, no? E pensavi di andarci?».

«Pensavo di sì». Anche se, dopo quel che era successo a scuola, Amila non ne era più tanto sicura.

«Ma dimmi, ragazza» le aveva chiesto Željko pronto a chiudere il discorso. «L'italiano te lo insegna bene la Calogiuri, sì o no?».

«Normale» aveva detto Amila facendo spallucce.

«Be', questo deve fare. E nell'ultimo compito, quanto hai preso?».

«Sette e mezzo. Ma la Calogiuri dice che più di otto non dà».

«Allora è un ottimo voto».

«Ma così avrò solo sette in pagella!».

«Che discorsi! C'è sempre qualcosa che potrebbe andare meglio. E per quanto tempo rimane la prof?».

«Fino a giugno. Te l'ho detto che non è una vera supplente».

«Bene, così ci sarà continuità didattica». Amila aveva sbuffato forte. «Dai, giugno arriva presto e i ragazzi dimenticano ancora prima. Vedrai che gli amici non mancheranno. Poi alle superiori cambia tutto».

«Sarà». Amila non ne era troppo convinta.

«Ascoltami, ragazza. Devi imparare l'italiano da questa prof. Il resto lascialo perdere. Dante, capito? E non Andrić. Lui lo leggerai per conto tuo. Ancora meglio, sai. Così darai un'interpretazione personale e non quella che ti impongono i prof».

«Sempre bei consigli mi arrivano da uno di loro!».

Ma suo padre non abboccava alle provocazioni sulla sua precedente professione. «E più avanti capirai meglio un po' tutto, anche la nostra storia». Željko aveva aperto il giornale.

«Comunque, se è per questo, Andrić l'ho già letto».

«Ah, sì? E cosa?» aveva chiesto sorpreso, appoggiando il quotidiano sulla tavola.

«*Lettera del 1920*».

«E quando?».

«Be', sta fra i tuoi libri, quelli che mi suggerisci di leggere».

«Appunto».

«Eh».

«Brava, ragazza, hai fatto bene. Non è ancora un testo adatto... Ma, insomma, ti è piaciuto?».

«Non lo so. C'è troppo *destino* in questa storia». "Destino" Amila l'aveva detto in italiano.

«Mmmm... *destino* è una parola difficile. Dove l'hai imparata?».

«Ma a scuola!».

«Ah, vedi!» aveva esclamato suo padre nuovamente di buon umore. «Vedi che alla fine i conti tornano sempre!».

«Però questa cosa del destino non mi piace lo stesso».

«Sei solo in terza media. Non puoi capire». Željko aveva ripreso il giornale e si era messo a scorrere i titoli.

«Papà?».

«Sì?».

«Guarda che ho capito benissimo».

Proprio benissimo, talmente bene da sapere anche che l'anno scolastico sarebbe stato come diceva lei: un disastro. Amila era rimasta l'unica straniera della classe e per tutto il secondo quadrimestre non aveva smesso di sentirsi diversa. Non aveva più legato con nessuno, mentre gli amici della vecchia scuola, a parte Lazar, la prendevano per una che si dava arie. Così nemmeno loro la invitavano più alle feste. E al compleanno di Elisabetta Sancin non ci era andata. Aveva finto con mamma Selma di avere il mal di pancia ed era rimasta a casa.

Aveva dovuto aspettare giugno perché le si ripresentasse un'occasione sociale come si deve. Ma quella era stata solo la cena di classe prima degli esami, dalla quale nessuno poteva venire escluso o autoescludersi. I suoi genitori non le avrebbero permesso di rimanere a casa e di comportarsi come una straniera che si mette in disparte, lasciando compagni e professori chiacchierare nei corridoi e interrogarsi sul perché una dovesse fare così. Amila lo conosceva bene il perché. Se glielo avessero chiesto, avrebbe saputo come rispondere.

Papà Željko le aveva imposto di andarci. Senza immaginare che quella sarebbe stata la prima volta in cui sua figlia si sarebbe vergognata di lui. Vergognandosi anche di poter o dover provare una cosa del genere. Anche se questo le aveva insegnato a prendere diversamente la misura delle cose. Anche di se stessa.

Amila se n'era stata abbastanza zitta durante la cena, ma si era sentita letteralmente sprofondare quando Željko era venuto a prenderla e, secondo lei, si era comportato come un immigrato doc. Suo padre aveva fatto il giro della tavolata per dare la mano ai professori e ringraziarli sotto gli sguardi incuriositi di tutti. Gli altri genitori, invece, salutavano con un distaccato e frettoloso cenno della mano, infilavano la porta con i figli al seguito e la scusa della macchina in divieto di sosta.

A salvare la situazione era stata la Calogiuri che, così aveva voluto il *destino*, stava seduta proprio vicino a Amila. L'odiata prof di italiano si era alzata e aveva stretto la mano a suo padre, sfoderando il suo sorriso equino dal quale spuntavano grandi incisivi. «Questa ragazza ha talento» aveva detto con la sua voce da fumatrice, mentre Željko sprizzava orgoglio da tutti i pori. «All'inizio mi sembrava un po' incerta. Poi la scrittura è sbocciata e l'ho premiata con l'otto in pagella, che, guardi, preso da me, è come se fosse un dieci. Fatela studiare, per lei prevedo un futuro radioso».

«Sìsì sìsì sì». Željko aveva annuito varie volte, come se in casa loro nessuno avesse mai studiato niente.

Ma suo padre era fatto così. Era per il rispetto. Verso i professori, gli adulti, i ragazzi, le donne, le altre culture. Era un originale, uno che andava dritto per la sua strada. Anche alla cena di classe aveva fatto di testa sua. Perché era normale che un padre, anche se era maestro, andasse a ringraziare i professori, e semmai anormale che gli altri non lo facessero. Tanto più se maestri non erano. Amila era stata ingiusta con lui. Ma Željko le aveva impartito una bella lezione su quel che voleva dire essere uguali o diversi. E tutto serve nella vita. Così diceva sempre suo padre.

17. Mašala kćeri

agosto 2004, Trieste/Trst (Italia)

Queste erano le tipiche conversazioni fra Amila e Željko, ciò che li aveva sempre uniti.

A volte Amila pensava di aver imparato a parlare veramente solo da lui. E di avere una lingua padre e non madre, oltre alla parlantina, che era ben nota in famiglia e si adattava a tutti i tipi di idiomi. Papà Željko sembrava leggerle nel pensiero e la spingeva ad analizzare a fondo il significato delle parole. Il ragionamento prima di tutto, diceva, perché ogni cosa potesse andare per il meglio.

«E l'appartamento a Zvornik?» gli chiese Amila in macchina. Era venuto il momento di affrontare le cose serie, quelle che per lei potevano andare peggio.

«Mah, alla fine è andato tutto bene». Željko era tornato la sera prima da Sarajevo e ora erano fermi al semaforo rosso di piazza Libertà.

«Cioè?» insistette Amila. Era suo diritto sapere.

«Abbiamo fatto le stime per la ristrutturazione» spiegò Željko sistemandosi la stanghetta degli occhiali. «Costa meno che da noi, è ovvio. Non sarebbero più di quindici o ventimila marchi. Poi ci sarebbero da comprare i mobili o almeno gli arredi per il bagno e la cucina. Dobbiamo vedere».

Sicché in due mesi i suoi genitori non si erano decisi a fare niente di speciale di quella vecchia proprietà di famiglia. Che avevano fatto tutta l'estate? Se l'erano spassata immaginando una ristrutturazione importante in una casa inabitabile in Bosnia, pensando di continuare a vivere in un appartamento in affitto in Italia?

Suo padre scosse la testa, in segno di dubbio e incertezza. Nessuno aveva ancora deciso di trasferire le estati, o peggio ancora la vita, a Zvornik, Amila poteva stare tranquilla. Ma la storia sarebbe andata per le lunghe, e questa, per lei, non era certo una buona notizia.

Era diventato verde, papà Željko mise in moto. Entrarono nel parcheggio fra la stazione ferroviaria e quella delle corriere. Amila notò come suo padre si fosse stempiato e molti fili grigi gli fossero spuntati fra i capelli. Era impaziente di rivedere Selma, anche se si erano separati solo due giorni, e non due anni prima, a Sarajevo.

Quell'estate Željko aveva lasciato perdere gli impegni del sindacato ed era rimasto fino all'ultimo in Bosnia per dedicarsi all'appartamento di Zvornik. Come da tradizione, era tornato da solo in macchina per farci stare il boiler e un nuovo ripiano per la cucina di via Pascoli, pezzi di casa che giù costavano meno, oltre ai vari bagagli e a qualche provvista alimentare per l'inverno.

Sulla banchina tamburellava le dita sui jeans in attesa della corriera. Era questo tipo di impazienza ad averlo mantenuto giovane a dispetto degli anni, dei capelli, delle tragedie e dei lunghi viaggi.

Quando mamma Selma e Majda apparvero con gli occhiali da sole in mezzo a un gruppo di lavoratrici transfrontaliere, fu Amila a essere al centro delle loro prime attenzioni. Mamma Selma esclamò il suo «ohhh!» vivace e gioioso, abbracciandola forte. Le toccò il viso e le spalle, come per sincerarsi che fosse tutta intera.

«Come sei bella, figlia mia! Questo colore ti dona proprio!».

Ma Amila era già sbiancata di cinque strati, uno per ciascuno dei giorni in cui non era stata più al mare. Com'era difficile sembrare qualcosa di diverso da quel che si era.

Selma si fece avvolgere dall'abbraccio di Željko. Ripeté il suo «oh!» e si strinse ancora di più a lui. Quello dei suoi genitori era un amore grande, che schiacciava. Forse per questo Majda era diventata così superficiale, mentre Amila era sempre così esigente, incontentabile.

Majda esclamò: «Ave, terra!» e le diede due baci sulle guance. Accostò il braccio a quello di Amila. «Panna e cioccolata. Ti è andata bene, eh, sorellona?». Ma Amila non abboccò alla provocazione.

«Be', allora, come andiamo?» esordì Selma in macchina, mentre Željko faceva manovra per uscire dal parcheggio. Finora si erano scambiate solo brevi informazioni al telefono sulle reciproche vacanze. Adesso mamma Selma era impaziente di raccontare tutto. Di quel paio di facciate risistemate a Marijin Dvor, di come procedeva la Biblioteca, dei vicini e dirimpettai che mandavano tanti cari saluti, degli zii, di una nuova panetteria in via August Braun, dove facevano il *burek* più buono del mondo. Su Zvornik glissava abilmente. Ma quello non era un argomento facile da affrontare per nessuno.

«E come sta Norina?» chiese infine, come se quello fosse stato il fulcro dell'estate di Amila.

«Bene, bene».

«Ma non è ancora finito il lavoro?».

«Be', no. Ma ho un invito oggi per pranzo».

«Ah, e come mai?».

«Fanno una specie di festa. È arrivato un suo nipote dall'Australia».

«Australia? E perché non ci vai?».

Cristo santo, mamma! avrebbe voluto urlare Amila. Avrebbe voluto solo urlare lì dentro e dire che in luglio e agosto era andata a fare il bagno ogni giorno in una spiaggia bellissima, cosa che loro non avevano mai fatto, pur abitando da anni in quella città. E spiegare come poi si fosse tutto svuotato di colpo, con la fine di un amore neanche iniziato, che rendeva ancora più insopportabile il ritorno alla normalità.

Željko suonò il clacson perché la macchina davanti si spicciasse e non gli facesse perdere il semaforo verde per via Milano.

«Che domande, mamma! Siete appena arrivate» fu tutto quel che riuscì a dire Amila con un po' di risentimento, di cui Selma non parve accorgersi.

«Ahh!» esclamò lei con tono retorico. «Ma da me, per pranzo, non avrete che qualche spalmata di *pašteta* sul pane. Siete avvisati, gente! Ho viaggiato tutta la notte, che credete?».

Papà Željko fece l'occhiolino a Amila. Il pranzo era già pronto.

«*Pašteta*, bleah!» protestò Majda.

«Zitta, tu, che contiene ferro!» rimbrottò vivacemente Selma la figlia più piccola. «E il ferro non deve mancare».

Selma recitava un pochino la sua parte, con euforia. Era sempre così dopo aver fatto il suo pieno di Bosnia. Parlava attingendo ancora per un po' alla sua memoria estesa, dai mobili confini. Quello era il suo modo speciale di sintonizzarsi sulle frequenze triestine mantenendosi ancora per un po' su quelle di Sarajevo. Era un momento di felicità.

«Quanto a me, non mi vedrete per tutto il pomeriggio» avvertì Majda. «Dopo un'estate di patimenti, mi merito un po' di vacanza anch'io!». Stava già mandando messaggini dal cellulare a tutti gli amici.

«Allora forse faccio un salto da Norina dopo pranzo, se siete tutti così impegnati» decise a voce alta Amila. «Sennò mi sa che ci rimane male. Non fanno tante feste lassù».

«Mandale i nostri saluti!» disse mamma Selma con quello speciale buon umore che lasciava correre ogni cosa.

«Basta che non le mandi anche le tue scatole di *pašteta*!» esclamò Majda scoppiando a ridere, mentre mamma Selma si ispezionava il viso nello specchietto dell'aletta parasole. La chiuse soddisfatta e si mise a ridere anche lei, di quella sua tipica risata squillante dei vecchi tempi, che non aveva più bisogno di nessuna mano davanti alla bocca.

Amila lasciò mamma Selma distesa sul divano, del quale aveva ripreso pieno possesso insieme a Željko. Majda era uscita subito dopo pranzo, approfittando della temporanea svagatezza di Selma, che sarebbe durata al massimo un giorno. Insomma, chi doveva recuperare il tempo perduto, chi si beava del rientro ma solo perché era rientrato da poco, tutti avevano qualcosa di meglio da fare. Amila si sentì stonata lì dentro e uscì anche lei. Inforcò lo scooter e si diresse a Bristie.

Le bastò varcare la soglia per capire che il posto dove aveva lavorato tutta l'estate non era più il covo di due anime sperdute, ma una vera casa inondata di sole. Era un giorno insolito, di festa, anche da Norina.

Amila venne accolta come in famiglia. Un'energia positiva fluiva da un capo all'altro della tavola. Gli occhi di Mariano brillavano. Intorno al suo bicchiere era rimasto un alone della vinaccia rossa e aspra che, così le aveva spiegato lui una volta, si chiamava Terrano. La tovaglia era cosparsa di briciole, le salviette appallottolate. Norina tese le braccia e le stampò un bacio umido sulla guancia. Con Mariano si scambiarono una stretta di mano. Simon teneva le mani incrociate dietro la nuca e si dondolava sulle gambe della sedia. Anika l'abbracciò affettuosa. Le lasciava il posto, stava andando via. Ma Amila si sentiva stonata anche là.

Norina si diresse in cucina esclamando festosa: «Riva el dolce!». Chiese con un'enfasi cantilenante: «Chi me vièn a jutar?». Simon ritornò veloce sulle quattro gambe della sedia, si alzò e la seguì in cucina. Luli sbucò da sotto la tavola dimenando la coda, forse pensava che fosse arrivata l'ora del bosco.

«Come andiamo?» si informò Amila.

«Bene che mai!» fu la risposta di Mariano, che insistette con la mano perché si sedesse. «E i tuoi? Sono arrivati bene?».

Alle sue spalle non c'era il girello. Mariano aveva i pantaloni raccolti alle ginocchia, i polpacci nudi erano magri e solcati da vene blu. Il piede gonfio e fasciato era appoggiato sulla ciabatta.

Quell'uomo le era sempre piaciuto in modo particolare. Un signore con la giacca marrone di un'epoca passata che portava nel mondo un corpo alto, ossuto e sbilenco. E con il quale era interessante parlare.

Lui sapeva molte cose di attualità anche se non usciva mai di casa. Le raccontava di quel che leggeva in rete, i fatti più disparati, dalla scoperta dell'acqua su Marte alla nascita di Firefox, dalla morte di Marlon Brando al riscaldamento globale. La politica, invece, lo faceva solo arrabbiare.

Si interessava degli studi di Amila. Che cos'era la sintassi profonda della frase, le chiedeva. Sapeva ripetere le parole difficili, anche straniere. Si sforzava di capire i diagrammi ad albero che Amila gli disegnava, benché quella fosse la materia che le piaceva meno. A lui invece incuriosiva, perché era tecnica e prevedeva che si tracciassero delle linee dritte e squadrate sulla carta, come doveva aver fatto nel suo lavoro di prima.

Mariano leggeva i suoi articoli, si inorgogliva se superavano la pagina, un po' come papà Željko, che non si limitava mai a una sola lettura, mentre mamma Selma esultava solo se c'era la sua firma in grassetto.

Poi però Mariano si immergeva curvo fra i bagliori di uno schermo a venti pollici. Amila pensava fossero troppe le ore passate così, mentre al piano di sotto Norina guardava imbambolata i programmi d'intrattenimento dei politici contro i quali si infervorava suo marito.

Adesso Mariano sembrava lontano dalle sue occupazioni solitarie davanti allo schermo. Il dolce di Norina emanava un profumo buono, benché fosse lievitato di più da una parte. Attirò lo stesso sguardi ammirati, complimenti esagerati. Aveva un ripieno fumante delle prugne grosse, rosse e tonde dell'albero di Anika. Norina doveva aver sudato per mettere insieme la sua *polentina alle susine*, lei che quand'era davanti ai fornelli incassava il collo nelle spalle e si passava affranta il dorso della mano su quelli che chiamava i *mostaci*.

Simon continuò una conversazione iniziata in cucina. Spiegò che Melbourne andava bene per lavorare e studiare, ma la gente viveva in case grandissime fuori città. Norina misurò circospetta le dimensioni della sala. Simon posizionò la macchina fotografica all'altro capo della tavola, in mano aveva un piccolo telecomando per l'autoscatto. Amila si fece da parte, ma Mariano insistette offeso: «Su, dai!». Accettò l'invito e si sistemò vicino a Norina, che si fece più dritta e sorrise. Fra i due anziani che si sfioravano appena si infilò la testa di Simon. Posò loro le braccia intorno alle spalle.

Quando guardarono com'era venuta la sequenza di foto, Amila disse: «Questa mi piace». Norina non sembrava d'accordo, e quando Mariano propose di mandarla in Australia per Nevia, si alzò da tavola con il suo «bon» che chiudeva i discorsi. Doveva portare fuori Luli, almeno per un giretto, altrimenti la pipì gliel'avrebbe mollata sul pavimento. Il gruppo si sciolse. Mariano decise di spostarsi sul divano. Simon lo seguì, ma Mariano non ebbe bisogno di appoggiarsi al suo braccio.

«Fumi?» chiese poi gettando un'occhiata a Amila, che, rimasta sola a tavola, guardò l'ora.

«Qualche volta». Il training che aveva fatto con Olga nel loro quadrilatero a Marijin Dvor le dava il diritto di affermarlo.

Simon tirò fuori dalla tasca posteriore dei jeans un pacchetto di tabacco, filtri e cartine.

«Be', noi andiamo un attimo» annunciò.

Mariano gli fece un cenno di assenso, ma si raccomandò: «Prima che torni tua zia».

Amila e Simon si sedettero sul muretto sotto il rovere, lì c'era già un portacenere. Appoggiarono la schiena alla rete. Le suole delle All Stars slacciate di Simon toccavano il tronco spesso e ruvido dell'albero, quelle delle scarpe identiche, ma rosa, di Amila erano appoggiate a terra.

«Dove vai, tu, sempre così di fretta?» si informò Simon allegro, rollando una sigaretta.

«In un posto» rispose vaga Amila.

Dalle domande che le rivolgeva, era come se Simon fosse al corrente di molte cose sul suo conto. Era ovvio che Norina gli aveva detto che Amila faceva i lavoretti, i servizi, e che stava con Mariano a ore per soldi. Che era una specie di badante, ecco. Che altro ci faceva, sennò, da loro? Anche se Amila si era sempre smarcata da una parola tanto orribile e sapeva che Norina non la chiamava certo così. Norina usava altre parole. Tutt'al più esclamava *ma benedeta fia!* scrollando le spalle. Dopo tanti battesimi, era uno dei nomi più belli che le avessero mai dato, anche perché sembrava una diramazione dialettale della lingua di sua mamma, la cui interiezione preferita dopo *sant'Iddio!* era *mašala kćeri.*

Simon doveva sapere che il suo nome era di una specie particolare e che lei non era veramente italiana, anche se finora non le aveva fatto domande al riguardo.

«E che posto sarebbe?» si informò porgendole una sigaretta extra *slim.*

«Oh, giù al mare».

«Ed è bello come a Barcola?».

Amila rise. «Nooo! È tutt'altro».

«Ma dov'è?».

«A dieci, quindici minuti da qua».

«Mi piacerebbe andarci» rifletté lui a voce alta.

Amila scosse d'impulso la testa e disse la prima cosa che le venne in mente. «Non ho la roba da mare».

«Magari facciamo una passeggiata». Simon strinse un po' gli occhi e sbuffò fuori il fumo. «Non fa così caldo».

Amila non ci era più stata dall'ultima volta con Guido, che doveva aver finito le ferie e ripreso a lavorare. Lui non si era fatto comunque più vivo.

Nel frattempo Norina era tornata dalla sua breve passeggiata. «De quando in qua ti fumi?» chiese a Amila lanciando a Simon un'occhiata di secco rimprovero.

Lui spense subito la sigaretta. «Zia, va bene se vado con Amila a vedere la spiaggia?».

«Indove?».

Amila accartocciò la sigaretta nel portacenere e accarezzò Luli. «Giù a Canovella» disse.

«Mama mia, quanti ani che no vado!».

Simon la invitò a unirsi a loro, ma Norina scosse la testa. Potevano però prendere la Panda se volevano.

Amila pensò che Simon fosse un tipo simpatico con il quale si poteva parlare tranquilli, uno dei soliti ragazzi che capitavano a lei, un potenziale amico che a Trieste non conosceva nessuno e che voleva distrarsi un po'. Andava bene.

Quando Simon mise in moto, Norina e Mariano salutarono i ragazzi dalla finestra. Era la prima volta che Amila li vedeva affacciati insieme per il rituale congedo, come una coppia di anziani con ancora una vita da condividere. Bella o brutta che fosse, la cosa non sembrava più tanto importante. Perché per la prima volta erano veramente in due e non solo uno più uno, che faceva sempre e appena uno.

18. Zemlja

agosto 2004, Canovella de' Zoppoli/
Pri Čupah v Nabrežini (Italia)

Quando giunsero alla fine del sentiero, a Amila si stemperarono incertezze e malumore, come sempre quando di mezzo c'erano il mare e uno degli ultimi giorni in cui poterci andare. Era in arrivo l'estate delle streghe, un modo per dire l'autunno e le parentesi di bel tempo nelle quali era possibile sperare.

Simon si fermò sotto la targa incastonata nel muro. Sollevò lo sguardo con un interesse da turista pensoso. Amila gli lesse i versi ad alta voce:

Naj kdorkoli kdaj te vpraša,
kdo živi na zemlji tej,
vedi: zemlja ta je naša,
tvoji dedi spijo u njej,
zanjo bori se naprej!

«Che vuol dire?».
«Parla della terra».
«*Land?*».
«No, di quelli che vivono su questa terra».
«*Earth?*».

«No, *zemlja*. È un'altra cosa».

«E cosa?».

«Sono i versi di un poeta di queste parti, Igo Gruden».

«E che dice?».

«Che qui riposano i suoi nonni e che bisogna continuare a lottare. Per la propria terra».

«È la tua lingua, vero?».

Simon allora sapeva dell'altra lingua che interferiva con il suo italiano.

«No, è sloveno. Ma anche noi diciamo *zemlja*».

«Questa lingua ti dona».

Nessuno le aveva mai detto niente di simile. Ma Simon diceva con naturalezza cose che erano fuori misura, dando l'impressione di scivolare sulle parole o di afferrarle da un fuori-contesto. I suoi occhi avevano un colore inusuale, un azzurro picchiettato di vaghe trasparenze che lo facevano sembrare sincero.

«Dai, vieni!» lo esortò Amila.

Simon la seguì lungo il passaggio rimasto libero dagli asciugami. «Ma la tua lingua è il serbocroato?».

«O il croatoserbo?» lo provocò lei. «Attento qua. O passiamo dietro lo scoglio, oppure si entra in acqua».

Simon si tolse le scarpe, ma non si arrotolò i jeans e l'orlo si bagnò. Si fermarono davanti alla cinta merlettata di scogli che fuoriuscivano a pelo d'acqua. Il sole stava per immergersi dietro la linea brumosa, solcata da guizzi arancioni, della laguna di Grado. La folla assiepata all'inizio della spiaggia si era diradata.

«Il serbocroato era un'unica lingua fino alla guerra. Dopo te ne potevi portare a casa quattro, come al discount: il bosniaco, il croato, il serbo e il montenegrino» gli spiegò Amila mostrandogliele su ciascuna delle dita della mano. «È stato un vero affare. Ora possiamo metterle tutte nel nostro curriculum vitae». Rise.

«E tu le parli tutte tutte?».

«Ma certo! Ci sono delle differenze, ma mica ci vogliono i sottotitoli per capirci».

«Ah... E come si chiama la città da dove vieni?».

«Trst» gli rispose Amila divertita. «Si dice uguale in bosniaco, croato, serbo, montenegrino e anche in sloveno» spiegò riprendendo il gioco delle dita della mano.

Simon non capì lo scherzo.

«Dai, è Trieste!». Amila gli fece cenno di seguirla.

Camminavano fianco a fianco con le scarpe in mano. Amila riconosceva la familiare forma delle pietre porose e ruvide che premevano sotto la pianta dei piedi. Le aveva calpestate per tutta l'estate. Simon invece traballava un pochino.

«Ma io intendevo l'altra tua città».

«La città che *fu* mia, allora».

«Sì».

«Si chiama Zvornik». Amila affrettò il passo. Qui le pietre erano più grandi e i tronchi portati dal mare erano privi di rami e terminavano in un groviglio di radici irrigidite.

«E dov'è?».

«In Bosnia».

«Sì, ma dove?».

«A est» rispose Amila controvoglia. «Al confine con la Serbia».

«Vicino a dove?».

«Bijeljina, per esempio».

Simon non la conosceva, ma insisteva.

«Ok, senti, se intendi un'altra città famosa per i suoi orrori macabri, allora non eravamo lontani nemmeno da Srebrenica. Sono quarantacinque minuti in macchina. Arrivo giusto dal cuore della tragedia, se mai da quelle parti ci sia stato un cuore. Contento adesso?».

Amila prese a camminare spedita. Simon la raggiunse e a lei dispiacque di averlo aggredito. «Non ti preoccupare, dai. Rimangono sempre tutti male, ma ci sono abituata». Simon però non era rimasto male, non come intendeva Amila. Era come se la stesse cercando oltre quel nome scomodo. E poi non era così vero che ci fosse abituata. Faceva fatica a pronunciare certi nomi. E, se poteva, li disinnescava con una battuta di riserva, pronta all'uso.

Tale e quale tuo padre! Sempre a ridere delle cose gravi, si lamentava di lei mamma Selma, che preferiva tenere per sé la sua parte drammatica. Anche se pure lei faceva qualcosa di comico. Drammatizzava la tragedia.

«Ecco. Qua è più bello».

Simon sollevò lo sguardo. Dalla fitta boscaglia che digradava nella spiaggia fuoriusciva uno spuntone di roccia.

«Wow!» esclamò ammirato.

La spiaggia si interrompeva poco dopo, in prossimità di una villa, e proseguiva lungo una stradina asfaltata, orlata da scogli, in prossimità di un alto muro. Amila si arrotolò i jeans fino al ginocchio ed entrò in acqua.

«E non ti viene mai voglia di tornare a casa tua?».

«Ci sono già». Amila lo spruzzò. «È qua casa mia».

Simon si scansò dagli spruzzi. Entrò in acqua tenendosi in equilibrio per non scivolare, ma si inzuppò ancora di più i jeans. «Allora intendo l'altra tua casa».

«Oh, è una storia complicata. Per molti anni abbiamo trascorso le vacanze in un appartamento in affitto a Sarajevo».

«Dev'essere una bella città».

«Sì, molto. Ma nel frattempo abbiamo avuto indietro anche il nostro primo appartamento nella mia città che fu. Ci sono volute domande in carta bollata. E adesso ci vogliono molti soldi per ristrutturarlo. E così è là, vuoto, malmesso, e i miei non sanno bene che farne. Ma né io, né mia sorella vogliamo tornarci».

Quel pomeriggio, prima che Majda uscisse, Amila le aveva chiesto sottovoce, in camera sua, come le era sembrata Zvornik. Majda aveva risposto con una smorfia: «Una città bosniaca». E se n'era andata sbattendo la porta.

Per un po' Amila e Simon guardarono il mare in silenzio, appoggiati a un grande tronco liscio e sbiancato. Al largo ballonzolavano le boe variopinte degli allevamenti di cozze. In lontananza, verso l'orizzonte, un mercantile sembrava una nave giocattolo ferma nello stesso punto.

«E come sei arrivata in Italia?».

«Profuga».

«Dev'essere stata dura» commentò lui serio.

«Ma guarda che siamo dei duri anche noi!».

Simon le sorrise pensieroso. Lanciò una pietra in acqua. Poi ne prese un'altra. La sfregò con il pollice ripercorrendo le trame multiformi incise dal mare. La marea avanzava, le onde si frangevano sulla battigia poco lontana dalle loro scarpe da ginnastica. I sassi smossi e rimescolati producevano un sottofondo cullante.

«Ma senti, voi invece, a Melbourne, state bene, siete integrati?» gli chiese Amila.

«Oh». Simon tentennò la testa. «Sì e no, come in tutto il mondo. Stiamo bene di soldi».

Ma questo lo diceva sempre anche sua cugina Olga, eppure a Vienna non si sentiva a casa.

«Sono australiano, sono nato lì. *That's all*». Lanciò un'altra pietra in acqua.

«E i tuoi genitori?».

«Italiani tutti e due».

«E come fate di cognome?».

«Monforte mio padre, Benci mia madre». Per Simon i cognomi italiani prendevano una naturale storpiatura inglese. Uno dei due stava anche scritto senza storpiature sulla targhetta del cancello di Norina, sotto la telecamera rotta.

«Scusa, ma Benci non è il cognome di Norina?».

«Eh, sì. E pure di nonna Nevia».

«E perché ce l'ha anche tua mamma?».

«Perché mia nonna l'ha avuta da un uomo con il quale non era sposata».

«E chi era?».

«Oh, un compaesano, un istriano». Amila sgranò gli occhi. «L'ha messa nei guai ed è andato via. Ma nessuno sa dove».

«Nemmeno tua nonna?».

«Oh... mia nonna parla di tutto, ma mai di questo. E mia mamma non parla veramente di niente».

Simon raccontò una storia in inglese, ma Amila non fu sicura di capire ogni cosa. Anche perché cominciò con san Nicolò, una delle sue stranezze.

Sì, perché in dicembre arrivava solo san Nicolò, che non c'entrava niente con *Santa*. San Nicolò *el riva co'l saco de i regali per i fiòi boni, co'l saco de'l carbon per quei cativi*. Così diceva sua nonna.

«*San Nicolò de Bari, la festa de i scolari, se'l maestro no ne dà festa*... La conosci?».

Amila scosse la testa. A lei san Nicolò non aveva mai portato niente. Era arrivata a Trieste troppo grande e i suoi genitori non avevano capito chi fosse.

Simon spiegò di aver avuto sei o sette anni al tempo di quella storia. Erano tutti in casa di nonna Nevia per ricevere i regali di san Nicolò.

Le donne della famiglia indossano una t-shirt, sono sedute davanti al caminetto spento. Gli uomini fumano in veranda. I bambini sono a letto. Come da tradizione aprono una vecchia scatola di biscotti contenente delle foto che a Nevia piace sistemare una vicino all'altra, come in un puzzle. Di solito lo fa sul ripiano della lunga tavola di vetro della sala da pranzo, invece quel giorno le foto passano di mano in mano.

Zio Mariano. *Why the hell is bloke hugging you?* Ma la giovane abbracciata a Mariano, in posa davanti alla Fiat azzurra 850, è Norina!

How many boys did ya have, mummy? Zia Maria Vittoria incalza nonna Nevia e le chiede dei suoi fidanzati. La nonna non risponde. Ann monta su tutte le furie.

Sì, perché nonna Nevia ha conservato le foto di Gesù,

Maria, dei santi e dei patroni, di frotte e battaglioni di zii e cugine e nipoti calabresi, di tutti i compaesani che è riuscita a scovare a Melbourne e perfino a Sidney o che contatta a Trieste e in Istria a ogni festa comandata. Ha collezionato foto per tutta la vita ricostruendo l'Istria rimasta, spostata a Trieste o emigrata, ma non ne ha nemmeno una del padre. Del padre di Ann. Che si chiama Franco e non è Carmine, anche se nessuno sa chi è.

Simon è nascosto dietro la porta a vetri. Trema dal freddo.

Ti pol no fumar qui dentro, cara?

Oh, shit! sbotta Ann accorgendosi di Simon. Si precipita da lui e lo trascina a letto per il bavero del pigiama.

È stato così che Simon aveva scoperto la vera storia di sua nonna.

«Ma mia mamma è una depressa cronica e quando si tratta di me è un'isterica ossessiva».

«Forse perché non ha mai conosciuto il suo vero padre?».

«E chi lo sa!».

«E i tuoi zii, sanno qualcosa?» chiese Amila dopo una pausa. «L'avranno conosciuto».

«Non lo so. Era di un altro villaggio, ma questo me l'ha raccontato un'amica di mia nonna».

«E chi è?».

«Un'altra istriana. Una vicina di casa».

«E come mai te l'ha raccontato?».

«Oh, be', l'ho pregata io».

«Perché?».

«Ascolta...».

«Sì».

«No, ascolta veramente».

«Ma io ascolto sempre!» protestò Amila.

«Sì, ma poi parli troppo veloce».

«Lo so, me lo dicono tutti». La sua era un'onda elastica, sprigionata dal movimento sotterraneo di due zolle linguistiche.

«Se ti dico un segreto, prometti di non dirlo a nessuno?».

«Un segreto?».

«Sì».

«Hai un segreto?».

«Allora, vuoi sentirlo sì o no?».

«Sì, certo».

Simon fece una pausa, poi disse: «Be', mi sono appena laureato in legge, ma non voglio più fare l'avvocato. Lo vuole solo mia mamma. E mio papà, che le va dietro come un cagnolino. Anche se poi è sempre via per lavoro».

«Ah» rispose Amila, alla quale non sembrava tutto questo gran segreto. «E allora che farai?».

«L'avvocato». Simon rise. Ma Amila continuava a non capire lo scherzo. «E lo scrittore» aggiunse imbarazzato. «Sto scrivendo un romanzo».

«Davvero?» esclamò Amila stupita. «Ma è una cosa bellissima...». Si bloccò di colpo. «Aspetta, non me lo dire... e di che cosa dovrebbe parlare questo romanzo?».

«Della mia famiglia».

«La storia della tua famiglia?».

«Più o meno».

«Sarai mica venuto a Trieste per questo?».

«In parte. Ma voglio andare anche a Buie».

«Ma qualcuno lo sa?».

«Nooo, sei matta!».

«Ma perché vuoi scrivere proprio di questa storia?».

«Guarda...». Simon trattenne un sorriso. «Perché so tutto e non ne posso più di lei. Ma mi manca il punto».

«Quale punto?».

Adesso Simon era serio. «Mio nonno. Devo almeno provare a immaginarlo».

A Amila sembrò una cosa interessante, tutto le sembrò di colpo così. Il crepuscolo sembrò accendere ogni cosa lì intorno.

«Ma senti, che c'è da quella parte?». Simon indicò verso la villa.

«Oh, un mucchio di scogli e la spiaggia FKK» rispose Amila in automatico.

«Che?».

«Ef ka ka. *Freikörperkultur. It's the nudist beach*».

«Scusa, puoi ripeterlo?».

«Che cosa?».

«Quella parola in tedesco».

«*Freikörperkultur?*».

«No, perché lo dici così bello che non sembra neanche tedesco».

«Per forza». Amila rise. «Ho frequentato il miglior liceo linguistico della città!».

«Oh, sì» disse Simon con aria canzonatoria. «E scommetto che eri la più brava della classe. La migliore, ovvio».

Simon sapeva un mucchio di cose sul suo conto, e

queste non poteva avergliele riferite tutte Norina. Le vedeva da sé, e ci vedeva benissimo.

Amila socchiuse le labbra come per mettere il punto fine alla conversazione o per protestare, ma si sentì sbalzata indietro da un'onda di calore e stupore.

«Senti, perché non ci andiamo?».

«Alla spiaggia naturista?» chiese confusa.

«Nooo!» la rassicurò Simon. «A Buie».

«E che ci andiamo fare?». Amila era davvero sorpresa.

«A cercare mio nonno».

Amila scoppiò a ridere. «Tu sei matto! Un matto completo!».

Simon le stava chiedendo di andare in questa Buie, e Amila non capiva se la stesse invitando a uscire con lui. Forse era qualcosa di più, forse qualcosa di meno, ma tutto combaciava perfettamente con le stramberie e delicatezze del venerato nipote di Norina. Olga si sarebbe complimentata, le avrebbe dato una pacca sulla spalla, le avrebbe detto che chiodo scacciava chiodo e che la sua estate a Trieste, alla fine, era servita a qualcosa. Ma quella non era un'occasione come poteva intenderla sua cugina. Amila non capiva bene che tipo di occasione fosse, se non che stava completamente su un altro pianeta e forse per questo le sembrava ancora più bella.

19. Alle spalle dell'attimo presente

settembre 2004, Buje/Buie (Croazia)

«È come se volessi recuperare la parte istriana che c'è in te, no?» domandò Amila sbattendo la portiera della Panda.

«Perché, tu vuoi recuperare quella bosniaca?».

«Che c'entra. Io ce l'ho assegnata d'ufficio. Sono nata altrove».

«Be', in ogni caso, no, non esattamente».

Vero. Le storie sulle origini complicate non si potevano sempre capire, né raccontare sfilandole come bandoli da una matassa. Soprattutto se le origini non erano più terraferma, ma un luogo oscuro e pericolante che attirava con i suoi richiami talvolta inopportuni e molesti, talvolta vitali e necessari. Amila lo sapeva bene.

Camminava insieme a Simon con passo leggero. Era una bella giornata. Alla fine Amila aveva colto l'occasione e l'aveva seguito a Buie. A Norina avevano detto che sarebbero andati a Grado. Invece si stavano inerpicando per le calli strette, ombrose e fresche della città dov'era nata lei.

Salirono al duomo e si fermarono sotto il campanile veneziano. Nella piazza assolata spirava una leggera brezza. Si guardarono intorno, non c'era nessuno. Simon passò a Amila una vecchia guida. «Iugoslavia» c'era scritto sulla copertina verde scuro.

«E questa? Da dove salta fuori?». Il nome ammuffito, scritto all'italiana, la fece sorridere.

«Oh, l'ho trovata in casa di mia zia. Ma ho anche questa».

Simon aprì un taccuino e le mostrò una mappa in formato A4 scaricata da internet, con delle crocette segnate con il pennarello in prossimità di nomi cerchiati e riscritti. Mise la macchina fotografica in modalità video. Era una sorpresa per la nonna, benché per lei esistessero ancora le foto da "sviluppare" e volesse solo quelle.

«Ricordi?» disse Simon. Le foto nella vecchia scatola di biscotti. E i tasselli del puzzle della vita di nonna Nevia che ancora mancavano. «Be', glieli porto io».

Sistemò l'obiettivo e puntò la macchina verso un edificio: SCUOLA ELEMENTARE E MEDIA. Gli scuri chiari scrostati erano aperti di qualche fessura, come se il tempo rimasto immobile, rappreso fra le aule vuote e in disuso, volesse sbirciare fuori.

Apparvero dei ragazzini dietro a un pallone. Si esortavano con parole croate e venete. Era lo stesso dialetto che parlava Norina e che, in quel luogo, appariva un'eco naturale delle strette vie, delle pietre, del selciato sbalzato in alcuni punti. Qui però prendeva anche una melodia vivace e allegra che Norina aveva perso. A Trieste la sua lingua si era irruvidita e imbastardita con il nuovo dialetto.

Simon mostrò a Amila il percorso che secondo lui avrebbero dovuto compiere. Bisognava scendere verso le mura per ritrovare la vecchia casa. Una donna dai capelli lunghi e ariosi apparve alle loro spalle.

«Dieci kune per salire sul campanile» propose.

«Non siamo turisti» le rispose Simon.

Amila spiegò che la nonna di lui era nata là. La donna si informò dei nomi e dei cognomi, ma poi scosse la testa. Il suo croato aveva la stessa intonazione del dialetto italiano, sembravano due lingue contenute in uno stesso accento.

Nelle mura di pietra che cingevano la parte vecchia della città si aprivano feritoie, finestrelle. Amila si avvicinò. La campagna si allungava fino all'orizzonte.

«Dov'è Trieste? Di là?». Amila indicò davanti a sé.

«No, credo di là». Era oltre le colline, verso un monte intarsiato da minuscoli quadratini di varie dimensioni. In basso si scorgeva in modo più nitido un gruppo di caseggiati.

«Zio Mariano doveva vivere da qualche parte laggiù» disse Simon. Guardò di nuovo la mappa per sicurezza e menzionò una stazione, benché non se ne scorgesse alcuna. Sistemò l'obiettivo e fece ancora qualche scatto.

Davanti a loro, una casa tranciata a metà, sventrata e senza tetto, fece capolino fra altri edifici abitati. La biancheria era stesa ad asciugare su una corda fissata a un gancio infilato nel rudere: la vita che sopravviveva o spuntava fuori come un impertinente ciuffo d'erba stretto fra le pietre. Ce n'erano tanti così.

Nonna Nevia aveva detto a Simon di andare verso la Villa, non poteva sbagliarsi, anche se sulla mappa di Google c'era scritto Belvedere e San Martino. Le targhe blu bilingui riportavano nomi croati o vecchi toponimi dall'origine mista.

Erano però le case a segnare il tempo che era passato o ad averlo trattenuto fra le loro mura. Sembravano instabili, abbarbicate com'erano l'una all'altra, costeggiate da un selciato che in certi punti scoppiava, ripassato qua e là da una gettata di cemento o rabberciato da una copertura di pietre lisce e scivolose.

Secondo Simon dovevano cercare dietro il palazzo più antico. Nonna Nevia diceva che la sua era "la casa con l'alberello di rosa". Si fermarono davanti a un edificio a tre piani più il pian terreno. Le finestre diminuivano via via in grandezza. Le ultime, direttamente sotto la grondaia spiovente, erano poco più che lucernari. Il portone di legno scuro, sorretto da un semplice cornicione di pietra, si apriva su un pavimento di mattonelle lavorate e impolverate che conduceva a una scala. Vicino alla porta, da un'aiuola che era una protuberanza ricavata dal muro stesso, si snodava un'alta pianta di rosa rampicante con fitti ombrelli di corolle fucsia. L'ultima festosa buttata prima dell'autunno.

«La nonna mi ha chiesto di vedere se ci sono ancora». E loro, le rose, c'erano. Le aveva trovate. La casa era quella.

Simon appoggiò un piede sulla soglia, ma lo ritrasse subito. La casa cercata, immaginata, quella che avrebbe potuto essere, stava davanti a lui. La casa di una volta, dei se e dei ma, dei perché e dei chissà. Simon sembrava guardare oltre e alle spalle dell'attimo presente. Si trovava in un fragile, oscillante punto d'intersezione. Qui il passato toccava il presente, l'immaginazione si sovrapponeva alla realtà, l'eredità si ramificava verso il futuro. Lui era lì, forse stupito di essere finalmente arrivato.

«E che ci farai con tutte queste cose?» gli chiese Amila, incerta se rompere il silenzio. «Pensi di metterle nel romanzo?».

Simon annuì.

«Ma chi sarà il personaggio principale?».

«Mia mamma. Sarà lei a tornare al posto mio».

«Per cercare suo padre?».

«Eh, sì». Simon sorrise. «E per raccontare la storia di sua madre, cioè mia nonna».

«Ma dimmi una cosa. Alla fine tua mamma lo troverà?».

«Be', dipende».

«Da cosa?».

«Immagino da cosa troverò io».

Simon indugiò ancora. Poi si mise al lavoro e scattò moltissime foto. Infine si decise a lasciare la casa che in qualche modo gli apparteneva.

«Dai, andiamo» disse senza più voltarsi indietro.

Trg Slobode/Piazza della Libertà era il nome riportato da una targa, lì dove ora si trovavano. Un'altra diceva Ulica/Via Sotto la Losa. Si scorgeva un gruppo di case rifatte, dall'intonaco colorato e il tetto spiovente. MATER MISERICORDIAE. Sulla facciata adiacente alla chiesa apparve il graffito W TITO. Sbiadito di qualche tonalità, ma chiaro e contemporaneo nel suo intento provocatorio. Amila sorrise per quel singulto di jugonostalgia.

Simon aveva altri punti di orientamento. Piazza Le

Porte e Sotto la Losa, ripeteva guardando la mappa fatta in casa. Ma la nuova città, in parte abbandonata, si sovrascriveva giocoforza alla vecchia, rimasta intatta solo nella memoria di sua nonna. Poco distante, una targa di marmo ricordava le vittime del fascismo e i combattenti nella LPL.

«Che vuol dire?».

«Lotta popolare di liberazione» tradusse Amila da NOB e dalla sua seconda memoria, la memoria di riserva, dove si conservavano sfocate reminiscenze della sua prima scuola elementare.

«Guarda, c'è anche un Potleca, come mio zio!».

«Eh, già» rispose Amila, colpita dalla coincidenza.

Via Sucolo c'era sempre e si chiamava ancora così. Lì Amila e Simon erano attesi da Livio e Orietta Barbo.

«La nonna racconta che Livio aveva il naso grande e per questo non l'aveva voluto sposare. Ma dice anche che, se l'avesse fatto, non sarebbe arrivata in Australia. Non ho mai capito se questo è per lei un rimpianto oppure no».

Livio apparve alto e magro sulla soglia insieme a Orietta, una donna dai capelli lunghi ondulati, di una tinta color rame, che la facevano sembrare più giovane di lui. Il volto dell'uomo era proporzionato, il naso non era poi così grande, solo un pelo rincagnato.

I due ragazzi furono accolti nel soggiorno al primo piano come se fossero stati dei lontani parenti. Le linee di contatto che Nevia aveva intessuto per cinquant'anni avevano retto bene, seppur fra mondi così lontani e separati.

Il legame venne suggellato dall'offerta della grappa di casa, che Amila e Simon sorseggiarono appena. Erano estranei all'usanza, ma non potevano rifiutare. Livio e Orietta risero come davanti a due turisti delicati di stomaco.

A Livio premeva informarsi delle cose. Di Nevia, Norina e Mariano. Parlarono di figli e nipoti, del loro lavoro e delle università, di zii e nonni, e soprattutto della salute. Nevia aveva una brutta asma, spiegò Simon. A Mariano era venuta l'ulcera e doveva operarsi all'anca e Norina... be', no. Norina stava benone.

Orietta rise scuotendo i capelli. Anche loro due stavano bene, assicurò, a parte i reumatismi che si facevano sentire con l'umidità.

Livio sospirò. «Ma quanto tempo è passato! E noi vi guardiamo di qua, voialtri ci guardate di là, ci salutiamo col pensiero e avanti così» disse lui alludendo al mare che bagnava le due terre giustapposte. Lì si affacciavano i loro sguardi che solcavano terre e rilievi per cercarsi, come se Nevia non fosse andata in capo al mondo, ma si trovasse appena dall'altra parte della penisola.

Livio raccontò orgoglioso degli ulivi e delle vigne. Le sue mani erano abituate a stare nella terra. Alla sua età la lavorava ancora. Orietta imbandì la tavola a festa, aveva preparato i fusi, disse, con un denso sugo marrone, i cappucci, il prosciutto, neanche fosse stata ora di pranzo. Il loro vino e olio li vendevano ai turisti italiani e tedeschi, raccontò allegra. Da un po' anche a sloveni e cechi.

«Chi l'avrebbe mai detto!».

Se occorreva, affittavano stanze, la pensione non bastava a pagare tutto. Livio non era molto convinto della democrazia che era seguita alla Jugoslavia. «L'uomo resta bestia. Appena ha dieci vuole subito cinquanta quando cambia il potere, e dopo, quando il potere cambia ancora, ne vuole acchiappare più di cento».

«Ma perché non siete andati via anche voi?».

«E dove?» chiese Livio. «Questa è casa nostra. Su un'altra terra non saremo più uguali, abbiamo pensato noi quella volta».

Simon ammutolì. Poi si schiarì la gola. Amila abbassò lo sguardo.

«E Franco?». Eccolo arrivato al punto.

«Franco chi?».

«Franco Radonich» rispose Simon. Sembrava pronto ad andare dritto verso il suo punto.

«Chi, Franco Bacàn?» lo corresse Livio sorpreso.

«Era anche lui di qua, no?» ribadì Simon, quasi a giustificare la sua domanda. «Nonna Nevia si ricorda qualche volta di lui».

«Ma va?».

«Be', è venuto anche lui in Australia...».

«Ma, benedetto figlio, è tornato da anni!».

Simon sbiancò.

«Sì, ma non da tanti anni. Sarà da prima della guerra» lo corresse Orietta.

«Ma abita qua?» chiese Amila d'impulso.

Livio rimase in silenzio, come se si stesse chiedendo qualcosa sul suo conto, ma per discrezione tacesse. Probabile che la stesse prendendo per la fidanzata un po' esotica – bosniaca, dal nome lui non poteva non sapere che fosse bosniaca – del nipote della donna che un tempo avrebbe voluto sposare, ma che poi era andata via.

«Franco non è di qua. È di Buroli» puntualizzò Livio con tono sostenuto, come a voler ricacciare Franco fuori dalle loro mura.

«Come?». Simon gettò una rapida occhiata a Amila.

«Ma no'l starà miga più a Buroli!» disse Orietta a Livio.

«E chissadìo!» le rispose lui. Simon era rimasto impietrito. «Vardè, fiòi...» continuò. «Qua è tutto uno scandalo».

«Ha avuto dei guai» spiegò Orietta. Livio annuì.

«Che guai?» chiese Simon. Gli tremava l'angolo della bocca.

«Aaahhh, schèi. Sempre quèi!» rispose Livio enfatico.

«Soldi» si affrettò a tradurre Amila sottovoce.

Simon le lanciò un'occhiata confusa, ma non si arrese. «Guai, in che senso?».

«Guai» ripeté Livio spazientito con un cenno della mano che voleva dire: lasciamo perdere, sono storie nostre, di qua, storie che voialtri non potete capire.

La curiosità allegra di Amila svanì. Cominciò piuttosto a preoccuparsi. Non erano certo buone notizie, anche se il nonno scomparso di Simon poteva trovarsi nel suo villaggio.

«Però peccato che Norina e Mariano non vengono più» cambiò discorso Orietta, ricordando il tempo in cui i due vecchi amici tornavano in Istria per far visita alle tombe. Adesso era Nevia che le manteneva in terra straniera, perché non andassero a ramengo e lo Stato non gliele portasse via. Spediva i soldi per i lavori e il disturbo, in primavera. E, anzi, Simon si ricordò di dover consegnare una busta per la primavera che sarebbe venuta.

«Ma possiamo andare a vederle?» chiese.

«Come no! Finite di mangiare e andiamo!» rispose Livio, tornato di buon umore.

Amila e Simon capirono che quel ben di Dio sulla tavola era per loro e che il discorso su Franco era chiuso. Livio e Orietta rimasero a guardarli mentre mangiavano.

Sulla soglia di casa Orietta strinse le guance a Simon. «'Arlo qua, el mulo de Nevia... e che mulo!». Simon rise imbarazzato. «A noi ci tocca sempre salutare i nostri che partono» disse Orietta con un vago moto di nostalgia. Abbracciò anche Amila.

Livio si offrì di far loro una foto in piazza. Per ricordo. Simon impostò la macchina e cinse le spalle a Amila. Lei reclinò la testa.

«Pronti? Ciiiis...».

Livio scattò solo una foto e prima del *ciiis*.

Si incamminarono verso il cimitero. Passarono per la parte nuova della città e se la lasciarono alle spalle. Arrivarono in un luogo silenzioso dagli alti cipressi e la vista su un'ampia campagna. Nel prato spuntavano file di lastre bianche, grigie e nere con la solita alternanza di nomi italiani e croati. Su una lapide di pietra bianca era incisa una foto ovale in bianco e nero di un uomo dal volto serissimo, coi folti baffetti scuri e la testa incassata nelle spalle squadrate.

NICOLÒ BENCI
D'ANNI 61
MORTO IL 12 NOVEMBRE 1954

LA FAMIGLIA ED I PARENTI
IN SEGNO D'IMMENSO AMORE
QUESTA MEMORIA
POSERO

«Questo era il nonno di Nevia, dunque tuo trisnonno, diremo. Almeno lui è rimasto. A casa sua e in pace». Accanto a Nicolò apparve la foto di una donna talmente bella da sembrare un'attrice d'altri tempi. «La moglie» spiegò Livio.

Simon contemplava le immagini dei suoi antenati in silenzio. Non sfiorò neppure la macchina fotografica appesa al collo. Amila si sentì vacillare, benché si trovasse accanto a Simon per fargli da spalla nella sua strana avventura con il passato. Forse era a causa delle parole di cordoglio che si leggevano sulla tomba e che sapeva retoriche, anche se ciò non ne intaccava la bellezza. O per il messaggio di *immenso amore* inciso in una pietra che qualcuno continuava a pagare da oltreoceano. O forse a commuoverla erano le storie dipinte sui volti muti, per sempre separati dai familiari emigrati. O gli occhi inquieti di Livio e le sue mani logore che racchiudevano la terra nella quale era rimasto, anche se più solo, senza gli altri. Lei non aveva tombe alle quali tornare. Le vecchie erano state distrutte e le nuove si perdevano in una spianata disseminata di stele bianche. Ma lì non c'era mai stata, né sarebbe voluta andarci. Quando si arrabbiava per davvero, mamma Selma la rimproverava di essere cresciuta senza rispetto. Ma Amila non cambiava idea sulle tombe.

Livio li condusse davanti a un'altra lapide.

QUI GIACCIONO LE SPOGLIE IMMORTALI
"Baba" Antonia Bernes,
amata e compianta tale e quale una madre
1905-1983

Si trattava di una donna dal volto arcigno, vestita di nero con appuntata una spilla sul colletto, le folte sopracciglia corrugate, gli occhi profondi che soggiogavano con la loro severità.

«Ah, questa era una zia di Nevia, in verità cugina della sua povera mamma» spiegò Livio strappando un ciuffo d'erba. Aveva lasciato il Campo profughi di Padriciano ed era tornata a Buie. L'unica ad averlo fatto.

Livio spiegò che, finché *baba* Antonia era viva, Norina tornava regolarmente in Istria. Le era molto affezionata e per lei aveva voluto una tomba che non fosse meno bella delle altre. Quella volta, Norina e Nevia avevano avuto una discussione per via dei soldi o di qualche altro accidente. Ma Norina era fatta così, anche se alla fine, negli ultimi anni, era stata Nevia a sobbarcarsi le spese. Norina aveva tagliato tutti i legami. Perfino con le sue tombe.

Simon rimase immobile e teso, le labbra leggermente socchiuse. A Amila venne voglia di stringergli la mano. Era sudata e si lasciò stringere, aggrappandosi alla sua.

Ecco, adesso erano davvero vicini e insieme. Dentro la loro storia dai mobili confini.

Livio li riaccompagnò alla rotonda perché potessero scendere e tornare al parcheggio e lui risalire e rientrare fra le mura della sua città. Abbracciò prima l'uno e poi l'altra. Poi disse sereno: «Tornate l'anno che viene, se saremo ancora vivi. Ogni bene!».

20. Anche quello era un posto. Era mondo

settembre 2004, Buroli/Buroli (Croazia)

«Come va, bene?» chiese preoccupata Amila quando si trovò da sola con Simon nella Panda. La macchina l'avevano parcheggiata fuori dalle mura, su una rampa in battuta di sole. I sedili scottavano.

«Be', andiamo in questa Buroli, no?». Simon guardava davanti a sé.

«Prima mi dici se è tutto ok».

Si girò verso di lei. «Ok».

Amila strinse le labbra e scosse la testa.

Simon appoggiò una cartina geografica sul volante e l'aprì. «È che... insomma, chi se lo immaginava così» ammise.

Si sistemò gli occhiali per riuscire a leggere meglio. Sembrava confuso.

«Ma sei proprio sicuro di volerci andare?».

«Sicuro sicuro». Strinse gli angoli della bocca.

«Però Orietta ha detto che forse tuo nonno non abita più in quel villaggio».

«Appunto, forse. Perciò tutto può essere».

«Ma se lui è là, che facciamo?».

«Non lo so. Ne parliamo dopo».

«Eh, no! Ci pensiamo adesso». Amila si irrigidì. Dove

diavolo voleva portarla? «Orietta ha detto che tuo nonno ha avuto dei guai, non so se te lo ricordi».

«Ha parlato di soldi, no?».

«Appunto!».

«Ma è mio nonno!».

Amila si abbandonò sullo schienale. Ora Simon non lo capiva proprio.

Vero, Franco era suo nonno. Ma che voleva dire questo? Era l'uomo che aveva piantato sua nonna e lasciata orfana sua mamma. Uno sconosciuto, poteva essere chiunque. In più, doveva essere successo qualcosa. Che andava cercando Simon, anche se lui diceva che era per il romanzo?

«E poi, scusa, che cosa significa che ha avuto dei guai?» riprese polemico Simon.

«Potevi chiederlo a Livio».

«Ma non hai visto che non gli andava di parlare?». Amila taceva. «Senti, ho studiato legge» proseguì fermo. «E ho già visto gente piena di guai. È solo gente come altra. E ne vedrò per tutta la vita, se non mi sbrigo a scrivere il mio libro. Tanto vale cominciare con uno di famiglia...».

A Amila la battuta non fece ridere. «Ma almeno pensiamo a qualcosa perché non ci sbatta la porta in faccia... e poi vestiti così!». Simon si guardò perplesso la maglietta nera. «Fidati, a naso non ho torto. Ho il fiuto della giornalista».

«Perché, sei giornalista?».

Amila evitò il suo sguardo. «Non ancora. Ma lo diventerò».

«E me lo dici adesso?» ribatté offeso, come se glielo avesse tenuto nascosto.

«Sì».

«Ma non andavi all'università?».

«Certo. Ma scrivo anche per un giornale. Uno piccolo...».

«Ah... mi sembrava strano...».

«Cosa?».

«Capisci troppo bene le cose».

Amila rise. «Questa l'ho già sentita».

«E di cosa scrivi?».

«Oh... di alimentazione sana, terapie di bellezza e per la salute, omeopatia, piste ciclabili. Cose così. Ma sono ancora una volontaria, la strada è lunga e... E, senti, adesso andiamo via. Te lo racconto più tardi o un'altra volta. Mi sto arrostendo qui dentro».

«Guarda, adesso vorrei solo una Coca Cola fresca».

«Finalmente una bella idea. Ci fermiamo a prenderla da qualche parte e ragioniamo sul da farsi».

«Ok» disse lui conciliante. Riavvicinò il viso alla cartina geografica e seguì con il dito un percorso di strade. «Eccolo, eccolo!» esclamò. Posò l'indice su un punto denso di nomi minuscoli. «Sta scritto qua».

Amila avvicinò il viso, il suo indice smangiucchiato sfiorò quello di Simon.

«Buroli. È giusto, no?».

«Penso di sì. Segui tu la cartina?».

«Prima la Coca, però».

«Ok».

Simon mise in moto e fece la retro. Inserì la prima e partì.

«Ma dai!» esclamò poi lui con un tono più leggero.

«Uno scrittore e una giornalista! Formiamo proprio una bella squadra».

Amila non capì bene se alludesse a una "squadra squadra", come avrebbe detto in quel suo modo originale di parlare, oppure a qualcosa di differente.

Proseguirono per una discesa seguita da una serie di curve. Iniziò la campagna e la terra cambiò colore. Era rossa come la ruggine e faceva da contrasto ai vigneti rigogliosi, carichi di grappoli gialli e viola. Da quella parte, oltre i due confini, uno fra Italia e Slovenia, uno fra Slovenia e Croazia, il cielo sembrava più ampio e terso.

Svoltarono. La macchina sobbalzò sull'asfalto dissestato, orlato da pietre carsiche sporche di terra. Imboccarono stradine senza nome lungo viali di roveri ombrosi. Due case di pietra, una di fronte all'altra, segnalarono la soglia di un borgo da attraversare. Le insegne stradali gialle continuavano a rimandare indietro, Buie, Umago, ma Buroli non appariva.

Si fermarono in una *konoba* lungo la strada. Entrarono. Il locale era buio e rustico. Reti da pesca, stelle marine e un calendario di *Playboy* erano appesi alle pareti di legno compensato. Molte delle panche erano state rivoltate sui tavoli. Nell'aria si spandeva un odore pungente di ammoniaca.

Vennero serviti da un uomo corpulento, che si sfregò le mani sul grembiule nero parlando in dialetto. Simon rollò una sigaretta. La porse a Amila, ma lei gli fece di no con la testa. Allora la fumò lui. In un angolo del locale sedeva un gruppetto di vecchi con addosso pantaloni da lavoro e camicia. Al centro della tavola troneggiava una brocca di vino rosso, quel rosso scuro e trasparente che doveva essere ancora Terrano. Giocavano a carte e lanciarono occhiate curiose ai forestieri. Il proprietario, a braccia conserte dietro al bancone, buttò là un commento sul gioco, nello stesso dialetto che aveva usato con Amila e Simon, aggiustandolo con qualche imprecazione spinta in croato. Le casse appese agli angoli del soffitto macinavano canzonette italiane.

Nel locale c'era di che sentirsi fuori dal mondo, eppure sembrava di poterlo osservare diversamente. Meglio perfino. Tutti là dentro condividevano una forma di italianità sbilenca. Gente di confine, razze mescolate, vecchie e nuove migrazioni. Sostavano in un locale senza nome disperso nella campagna istriana. Un luogo di approdati per caso, arrivati, spazzati via, con le radici per aria, oppure trapiantati. Ma anche quello era un posto. Anche quello era mondo.

Simon fumava nervoso senza spiccicare parola. Ogni tanto beveva a grandi sorsi dalla lattina. Rifletteva e studiava la cartina.

«Allora, che si fa?» gli chiese Amila.

Sollevò la testa. «Chiediamo dov'è Buroli. Fallo tu che parli meglio».

«Direi di no. Sono paesi. Si conoscono tutti».

«Allora si va» decise Simon.

«Prima però mi dici a fare che cosa. A incontrare un uomo che forse non sa neanche di avere avuto una figlia?».

«Credo di sì. Lo sa».

«Credi? E che gli dirai?».

«Gli parlerò».

Amila scosse la testa.

«Senti, io voglio andare». Simon si sfilò il portafoglio e attirò l'attenzione dell'oste. «Se vuoi, aspettami qua. Vado da solo». Finì la lattina.

«Sarebbe meglio?». Simon scosse la testa. «Allora vengo con te».

Simon le sorrise. Pagò e lasciò una mancia esagerata.

Proseguirono in silenzio per strade tutte uguali fra boschi e sterrati con l'impressione di girare in tondo. Era impossibile seguire sulla cartina il dedalo in miniatura di strade che si intersecavano, scomparivano e poi rispuntavano. Infatti si trovarono a uno stop sulla statale, macchine e camper sfrecciavano davanti a un campeggio con bandierine colorate sventolanti all'ingresso. Sulla costa tirava altra aria. Il cielo sembrava sbiadito e lungo. Simon mise la retro.

Però, dopo qualche giro ancora, ci furono eccome. BUROLI, diceva l'insegna coperta da una frasca all'ingresso di un paesucolo. Simon frenò bruscamente. Forse erano già passati di là senza accorgersene.

Parcheggiarono in uno spiazzo vicino a un edificio diroccato, adiacente a un altro intonacato di zecca, ma con il tetto piatto e il balcone senza parapetto.

Proseguirono e videro altre case, questa volta di pietra, alcune più piccole e più vecchie, con l'orto. Altre rimodernate, da sembrare finte. In molti cortili si ergevano gelsi dal tronco centenario e la chioma espansa. Davanti ai cancelli erano posteggiate macchine con la targa tedesca. Galline raspavano libere sul bordo terroso della strada che costeggiava rimesse per attrezzi agricoli e pollai.

Stalle, forse. Seguiva un terreno spianato, un deposito di vecchie automobili e trattori.

Simon affrettò il passo verso due ragazzi in tuta da lavoro che parlavano e fumavano appoggiati a una Zastava bianca. Amila rimase indietro.

«Salve!». Andò dritto verso di loro e dritto al dunque. «Cerco la casa di Franco Radonich». Che razza di avvocato sarebbe diventato Simon?

I due lo squadrarono da capo a piedi, senza rispondere. Poi guardarono Amila.

Lei sentì batterle forte il cuore. Uno dei ragazzi spense la cicca per terra, diffidente.

«Chi siete?».

«Parenti dall'Italia».

Quello della cicca si rivolse interrogativo all'altro, che scrollò le spalle. Poi indicò con il mento la direzione da seguire. «Qua insima, de pièra vècia, l'ultima verso el bosco».

Il ragazzo si accese una nuova sigaretta. Simon si fece ripetere tutto ancora una volta. Il ragazzo mostrò le case che non erano quella. Una, due, tre e su, verso di là, su un lato che non era più in paese.

La casa alla quale erano stati indirizzati era un intarsio di pietre irregolari e spuntoni che sembravano spingersi fuori a forza. E aveva quattro finestre dagli scuri di legno marrone, ridipinti a nuovo. Sbarrati. Uguale la porta, orlata da un arco di pietra. Chiusa con il chiavistello e un grosso lucchetto. Il prato davanti era incolto. Su un lato si infittiva il bosco. Non c'erano macchine parcheggiate. Il basso cancello era chiuso.

Simon rimase impalato con le braccia ciondolanti lungo i fianchi. Si mordicchiò il labbro.

«Ehi, senti. Sarebbe stato troppo facile trovarlo così» gli disse Amila sfiorandogli una spalla. Simon si ritrasse brusco. «Ma che credevi, eh?» aggiunse lei risentita. «Pensavi di arrivare in un giorno qualsiasi e trovare tuo nonno proprio nella sua vecchia casa, in un paese fantasma? E poi scrivere direttamente un best seller di fama mondiale?».

Simon socchiuse le labbra, ma non disse niente. Forse Amila l'aveva ferito.

«Ok, dai. Scusa».

«È che mi dà un fastidio che non ti posso dire» replicò lui fissando la casa. «C'eravamo quasi quasi, capisci?».

«Forse anche no. Chissà da quanto tempo non vive più qua. Chissà quanto siamo lontani da lui». Amila si guardò intorno per capire se ci fosse qualcuno. Ma non c'era nessuno. «Per favore, non fare foto, eh?». Simon si sfilò la macchina dal collo e gliela porse.

«Ehi, che fai? Sei impazzito?».

Simon scavalcò il cancello con un balzo. Si avviò con passo deciso verso la porta e bussò forte.

«Io me ne vado!» urlò Amila. Simon si diresse verso il retro della casa.

Amila tornò alla Panda, davanti al rudere dagli scuri smangiati e pencolanti. Reti metalliche coprivano i buchi delle finestre. Si guardò intorno per paura che potesse arrivare qualcuno. Simon tornò senza dire una parola, senza neanche guardarla. Aprì la portiera ed entrarono in macchina. Appoggiò le mani sul volante. Aveva il fiatone.

«Allora?» domandò dopo una breve pausa Amila.

«Allora niente». Simon continuava a guardare davanti a sé. Infilò la chiave nel cruscotto e appoggiò le mani sulle gambe. Respirò profondamente, per calmarsi, stringendo i jeans.

«Guarda, è proprio così che doveva andare».

«No, non così». Simon si voltò verso di lei. «Ma grazie lo stesso. Sei una tosta, tu». Si tolse gli occhiali, li appoggiò con cura sul cruscotto e la tirò a sé.

Amila fu colta di sorpresa da un bacio lungo e profondo. Ma quella non era una situazione da baci. In un momento simile, poi. Avrebbe potuto aspettarsi tutto tranne quello. Ma era ciò che voleva, giusto?

Allora gli cinse forte le braccia intorno al collo e si sentì spingere la lingua nella sua bocca.

Si guardarono sorpresi, come per riprendere fiato. Simon mise in moto. Amila tremava un poco. Andarono via, ma Simon accostò di nuovo in uno slargo lungo la strada. Disse: «E va bene. Fine della storia con Franco Radonich». La strinse forte e la baciò di nuovo. E disse: «Ok. Inizio della storia con Amila *Hagriahich*». Il suo nome lo pronunciò meglio di chiunque altro. Quasi giusto. Risero. E si baciarono ancora. Dappertutto.

Dappertutto davvero. Su una spiaggia di lastroni lisci che digradavano in un'acqua cristallina e fresca, quella di un altro mare. Distesi con l'orlo dei jeans arrotolato fino al ginocchio in una caletta solitaria di pietre lisce e bianche, all'ombra di enormi ciuffi di canne piantate nella terra rossa. Poi in giro per i campi affacciati sul mare e lasciati a maggese, punteggiati da fiori selvatici viola scuro dall'odore aromatico. E dove gli scogli erano massi enormi e proteggevano da occhi che non erano i loro. Là arrivava la brezza del bosco di pini dalle ampie chiome, protesi verso il mare. Quella era una punta e la stessa bora che soffiava a Trieste doveva averli fatti crescere in quel modo. Sbilenchi sulle radici che resistevano nella terra.

Si baciarono mille volte durante il giorno e poi anche la sera. Dappertutto.

Amila sentì il suo corpo respirare, aprirsi e crescere. Dappertutto. Non le importava più in quale punto o posto del mondo si trovassero e se la terra fosse ferma o traballasse. Era come se fossero lì e dappertutto. E questo, per una volta, le bastava.

21. L'amore ha le sue regole

settembre 2004, Trieste/Trst (Italia)

Norina infilò i piedi nudi nelle scarpe da ginnastica e si avvolse lo scialle intorno alle spalle. Andò in giardino dopo cena, dopo aver lavato i piatti e aspettato che Simon uscisse. Il buio arrivava sempre prima, bisognava abituarsi al suo calare precipitoso. Preferì non accendere la luce fuori dal garage. Si guardò circospetta intorno. Da dietro la cinta del mirto sentì gli sbuffi sonori del riccio che passava ogni sera. Rimase in ascolto. Il riccio smise. Doveva aver avvertito la sua presenza ed essersi appallottolato nell'unico, commovente gesto di difesa che conosceva. Norina estrasse dalla tasca una manciata di crocchette di Luli e gliele lasciò vicino all'aiuola. Proseguì fra l'erba umida che le solleticava le caviglie. Si fermò accanto alla rete. Le silhouette delle rose, spettacolari alla luce del sole, apparivano spettrali al buio. Le erbacce erano ricresciute folte e alte.

Nei giorni di trambusto, respiro e felicità appena trascorsi, nessuno era stato più dietro alle cose della casa, che erano tante e non finivano mai. Amila era distratta. L'esame, l'articolo da scrivere per venerdì, diceva. Passava meno spesso a Bristie, ma con Simon, a Trieste, si vedeva. Norina sapeva e su questo non aveva niente da ridire, anzi. Anche quella sera i ragazzi erano fuori insieme, ed era meglio così. Norina aveva bisogno di stare per conto suo. Rimestava con la punta del bastone grosso e liscio fra i ciuffi di parietaria. Non cercava niente di particolare, era giusto per fare. Cercava più che altro fra i suoi pensieri, con un senso di allerta.

All'arrivo del suo ragazzo, una tenda si era abbassata sulle cose solite e abituali. Ora la tenda si stava lentamente rialzando e tutto era tornato come o peggio di prima. Gli intonaci della casa, sbiaditi e cadenti. La mattonella delle scale, sempre traballina. I ragazzi saltavano il gradino allungando le gambe agili, mentre lei, quando vi appoggiava il piede, si aggrappava al passamano. E le cacche di piccione, violette e bianche, sul davanzale della terrazza. Norina aveva smesso di accanirsi, appostata alla finestra, contro i volatili infestanti che odiava e ai quali lanciava spruzzi d'acqua da una ridicola pistola giocattolo. Di loro, anche se li vedeva becchettare in giardino o posarsi sul marmo bello lucido, non si era più curata. Lasciali fare, si era detta scrollando le spalle. Ed era stato un sollievo. Ma ora era di nuovo tutto imbrattato.

E poi aveva molti dubbi. Per esempio: Simon era stato bene da loro?

Oh, sì, pareva proprio di sì. Quante chiacchiere avevano fatto. E la stava ad ascoltare sempre, lui, anche se poi parlava e parlava. Le aveva raccontato tante cose, di sé, di Melbourne, di Ann, di Nevia, ma con una speciale delicatezza, senza voler apparire troppo grande nella storia, fermandosi al momento giusto. Forse perché vedeva Norina irrigidirsi, anche se lei si sforzava di sorridere, ma poi sentiva gli angoli della bocca stringersi.

Però, certe volte, era come se Simon fosse stato per dire o fare qualcosa che poi si rimangiava. Come se avesse avuto sete e fosse stato troppo riguardoso per chiedere un secondo bicchiere d'acqua. Ecco, era come se a Simon, da lei, fosse mancato un bicchiere d'acqua nonostante tutta la Coca Cola che gli comprava.

Norina andò verso il rovere e si appoggiò al muretto. Chiuse gli occhi e si lasciò cullare dal fruscio lieve delle foglie. Li riaprì, distratta da un rumore fra i rami. Sollevò la testa. Doveva essere passato uno scoiattolo o un topolino. Svelto come un fulmine. Allora pensò che forse il problema era suo. Perché immaginava sempre troppo come potessero andare le cose laggiù, da Nevia. Tutto grande, tutto in tinta, sempre migliore. Loro di Trieste non potevano che perdere. Lo sentiva, lo sapeva che Simon aveva voluto risparmiarle la vergogna di essere rimasta nella fetta sbagliata di mondo.

Norina inspirò l'aria a pieni polmoni. Dalla terra umida si spandeva l'odore della menta che cresceva a grandi ciuffi nelle aiuole.

Che cosa le sarebbe rimasto nella casa di nuovo vuota?

Simon stava per partire, doveva proseguire il viaggio.

Da quando era arrivato, Norina metteva ogni giorno una crocetta sul calendario, per non confondersi e perdere il conto. Mancavano solo due segni in prossimità di una linea tirata per lungo con il pennarello. Simon avrebbe preso un treno e poi un aereo e sarebbe andato a fare windsurf in Grecia, come programmato.

«Un amico di Melbourne mi aspetta» le aveva spiegato a cena sollevando lo sguardo dal piatto.

E all'improvviso Norina aveva riconosciuto gli occhi. Il taglio, il colore, il guizzo. Erano loro. Ma era stato solo un attimo. Simon si era alzato da tavola, aveva fretta di prepararsi per andare da Amila. Norina aveva ritrovato quegli occhi proprio quando stava per perderli un'altra volta.

Al piano di sopra, la luce nella camera di Mariano era accesa. Lì da loro era diventato tutto uno spedire messaggi e foto con la posta elettronica, e squilli del cellulare dalla mattina alla sera. Non era mai accaduto che l'Australia entrasse con una simile prepotenza in casa sua. Norina, quando poteva, sgusciava via come una serpe, si scansava, oppure diceva sì, no e *avanti indrè*. Si negava a Nevia e a tutta la sua Australia come aveva sempre fatto, ecco.

Nevia aveva sperato che Simon potesse rimettere a posto le cose fra loro due, come le aveva scritto nella lettera di giugno. Ma per una volta che era arrivato qualcuno, Norina non aveva voluto spartirlo con nessuno. Simon e Norina si erano conosciuti per quel che erano nel loro presente, ed era stato bello. Mentre le cose del passato erano passate, è vero, ma erano anche state, e lei non le aveva dimenticate. E se non poteva avere, non voleva neanche dare. Per questo aveva chiuso con tutti: familiari e compaesani, vivi nelle loro case di qua o al di là del confine o dei due mondi, oppure morti nelle loro tombe. Che riposassero in pace.

Ora, però, aveva conosciuto suo nipote. Lui non l'aveva delusa, anzi. Norina aveva sentito forte e chiara la forza del legame di sangue e di un presente che poteva riempire la vita e non solo svuotarla. Una cosa possibile e non impossibile, e questa non era una nostalgia da vecchia.

Poi, poco prima di uscire, Simon era passato in cucina e le aveva fatto una domanda.

«Che fine ha fatto mio nonno? Tu lo sai, zia?».

Norina si era sentita imperlare il labbro di sudore, aveva arricciato la bocca e deglutito, aveva mollato lo straccio umido e si era appoggiata al ripiano della dispensa. Aveva guardato negli occhi limpidi e calmi del suo ragazzo.

«No so. Nissun sa njente» si era affrettata a dire, mentre sul viso di Simon, che lì da loro aveva preso un bel colore, si era dipinta un'espressione di delusione. Gli aveva dato subito un bicchiere d'acqua, che aveva fatto scorrere dal rubinetto perché fosse fresca e andasse via il cloro.

Cos'altro avrebbe potuto raccontare sennò al ragazzo? Che Nevia si era portata via tutto, Franco compreso, perché le cose belle della vita arrivassero in quantità doppia solo per lei?

Franco, però, Nevia non era riuscita a tenerselo. Lui era andato. Per sempre. Dove, Norina non lo sapeva. Poteva essere tutto o niente, vivo o morto. Sì, aveva sentito qualcosa negli anni. Che era stato in Sud America. Voci, voci. Erano corse voci, ma il mondo era troppo grande per lei. Allora aveva smesso di pensare a tutti quei posti lontani.

Solo quando le arrivavano i ricordi, la sera, quando non riusciva a prendere sonno, si interrogava. E immaginava qualcosa. Vedeva Franco, sempre lui, prendere la vita per come veniva, prendere anche Nevia con leggerezza, come se fosse stato tutto suo, e poi rifiutare.

Nevia, invece, non era mai riuscita a capirla. Che cosa l'aveva spinta verso di lui? L'amore? Ed era stato grande?

Questi erano i fatti, gli unici che le interessassero della vita di sua sorella, rimasti senza una spiegazione.

E poi c'erano altre domande. Una la tormentava in particolare. Simon sarebbe tornato a trovarla, magari fra un anno o due?

Norina si premette la fronte. Era prematuro pensarci adesso, anche se forse una possibilità c'era.

E se fosse stata Amila a farlo venire a Trieste? Se Simon si fosse innamorato di lei, avrebbe voluto rivederla e sarebbe tornato anche da Norina.

Qualcosa stava per succedere, Norina ne era certa. I due ragazzi stavano combinando qualcosa, anche se non era del tutto convinta che fosse amore.

Simon stava per partire, no? Gliel'aveva pur detto che andava in Grecia con un suo amico.

Dunque, un amore non si lascia per strada, anche se i tempi erano cambiati e tutto era diverso con i cellulari, le cuffie nelle orecchie e *internét.* Ma non era quello il punto. Perché per Norina l'amore aveva le sue regole. Valevano in eterno. E non cambiavano.

«Sì, torni, torni. E poi?».

«Poi non so. Facciamo qualcosa».

«Per un pomeriggio? Mmm, non so se ti conviene. È un lungo viaggio».

«Oh, ma io viaggio sempre».

Amila e Simon erano seduti su un muretto davanti al padiglione che di giorno serviva da laboratorio di ceramica per gli utenti del centro di salute mentale. Sorseggiavano una birra, lì intorno non c'era più nessuno. Il bar stava chiudendo.

Amila portava Simon in luoghi particolari, fuori dalle rotte turistiche. Quella sera avevano fatto un giro fra edifici bui, austeri, in parte abbandonati. Erano entrati guardinghi in un padiglione pieno di macerie. Amila aveva urlato alla vista di un grosso topo appostato dietro a una trave caduta per terra e l'aveva fatto scappare fra mucchi di rottami. Simon aveva ripercorso con le dita le chiazze crepate di un muro ocra. Avevano guardato i graffiti. Si erano fermati davanti alla famosa scritta LA VERITÀ È RIVOLUZIONARIA.

«E se ti dicessi che è per una cosa dell'amore?» continuò lui leggero.

«Ti risponderei: oohhh». Amila lo disse con l'aria più spensierata e scherzosa che poteva. «E ti chiederei se magari hai intenzione di mettermi in un tuo prossimo romanzo».

«Mmm... non ci avevo ancora pensato».

«A cosa?» domandò Amila esitante.

«Ai miei prossimi libri».

«Be', dovresti. Anche perché ormai è certo che diventerai uno scrittore».

Simon le aveva dato da leggere i suoi racconti brevi, mai pubblicati. Amila aveva trovato dei personaggi indimenticabili, ritratti con poche pennellate decise nel momento in cui le loro piccole, ordinarie esistenze stavano per essere travolte da un evento che le avrebbe cambiate per sempre. Le piaceva la fragilità eroica di quei personaggi, le sembrava che il modo di Simon di parlare della vita potesse chiamarsi talento. E poi leggerlo in inglese era così diverso. Aveva scoperto un lato di lui che finora le era sfuggito, come se fosse sbucato dal nulla. Era quello, soprattutto, a essere per lei bellissimo.

«Però voglio rivederti ancora una volta». Simon accartocciò la lattina di birra. Si tolse gli occhiali, li appoggiò sul muretto e le si avvicinò.

Amila si scostò. «Guarda che ho capito che sei miope! Ma se continui così li romperai quegli occhiali».

«Oh, sì» disse lui divertito strizzando gli occhi.

Era una bella serata e stavano bene insieme. Erano in vacanza, ma la vacanza stava per terminare. Simon doveva tornare a casa, in un altro continente, ma si comportava come se avesse un appartamento vicino alla Western Union, all'angolo di via Pascoli.

Simon le pizzicò le labbra con le sue. Amila lo lasciò fare, ma era confusa. Lui sarebbe partito e lei rimasta. Che cosa voleva dire questo?

«Parto da Atene, arrivo a Milano. E a Milano prendo un treno per Trieste. Dobbiamo assolutamente vederci» continuò lui a mezza voce. Le sfiorò la guancia con il naso e poi con le labbra, le accarezzò i capelli.

«E ce la farai a tornare a Milano per l'aereo?».

«Sì».

«E va bene» cedette Amila.

«Allora ci vediamo fra otto giorni e mezzo». Simon le

infilò le mani sotto la maglietta. «Ma ti interessa almeno un pochettino?».

Amila lo allontanò. «Sì, certo. Solo che vorrei capire delle cose».

«Tipo?». Simon si fermò.

E va bene, pensò Amila. Glielo doveva dire. «Tipo quello che provo io, quello che provi tu e come faremo adesso che vai via».

Simon non sembrava affatto turbato dall'argomento. Amila temeva di apparire un personaggio da nulla, da romanzetto. Ma i discorsi, come diceva sempre papà Željko, andavano affrontati.

«Be', per me in qualche modo si farà» rispose, come se fosse la cosa più ovvia del mondo. Anche se era immensa e forse non bisognava neanche dirla.

Amila scosse la testa, lo osservò perplessa. Poi chiuse gli occhi e sospirò. «Ok». Li riaprì. «Si farà». Che lei sapesse, le storie iniziavano, finivano. Ma potevano anche continuare e durare.

«E poi non ho ancora risolto, no?».

«Che cosa?».

«Oh, il romanzo, la storia di mio nonno». Infatti avevano provato a cercare ancora il nonno di Simon, questa volta in internet, dal computer di Mariano, ma neanche lì avevano trovato un Franco Radonich, o almeno Radoni, che fosse ancora vivo o che corrispondesse al luogo dov'erano stati. «Perciò devo tornare presto».

«Ma non avevi detto che avevi chiuso con quella storia?».

«Sì, ma così avrò una scusa per rivederti».

«Allora vediamo di non farlo riapparire troppo presto questo tuo nonno, sennò poi non avrai più scuse» lo provocò lei.

«Be', ne troveremo delle nuove. O siamo scrittori e giornalisti per niente?».

«Infatti. Bravissimi a raccontare un mucchio di frottole».

«Fantasticamente bravi. *Fifty fifty?*». Simon le strinse la mano.

«*Fifty fifty*» disse lei spingendolo giù dal muretto. «Però guarda che non sarò più da Norina. Anch'io avevo bisogno di una scusa. Sai, per non dover andare in Bosnia con i miei. Ma l'estate è finita e non mi serve più».

«Be', ma io non andrò sempre da mia zia. E tu dove sarai?».

«Come, dove sarò? A casa mia».

«E dove?».

«Davvero non l'hai ancora capito?». Simon scosse la testa divertito, ma per Amila quello era l'argomento più serio di tutti. «In via Pascoli! In centro città».

22. I contorni della felicità

settembre 2004, Trieste/Trst (Italia)

Amila contava i giorni che mancavano al ritorno di Simon dalla Grecia e i giorni passavano in fretta solo quando finivano.

Camminando una mattina per le vie affollate del centro, vide un abito verde nella vetrina di un negozio. Era di raso, con un motivo a disegni geometrici colorati e le maniche lunghe. Leggero, bellissimo e soprattutto costoso.

Nel suo armadio non c'erano abiti del genere, nemmeno una gonna decente aveva, come protestava mamma Selma. Le gonne era riuscita a mettergliele solo quando Amila era piccola. Avevano ancora un paio di foto dai bordi consumati e spiegazzati che testimoniavano di un'epoca di vestitini bianchi e gonne a balze. Ma era stato appunto in un'altra epoca, in Jugoslavia, e lì la memoria si perdeva come in un gorgo. Poi, come sosteneva con rammarico papà Željko, Amila era andata di filato verso l'adolescenza e i jeans. E oltre, all'università. E di gonne e abiti non se n'era fatto più niente.

Amila avrebbe presto incontrato Simon per l'ultima volta, ma avevano detto che non sarebbe stata l'ultima, e si immaginò vicino a lui in un vestito che non aveva mai avuto. Non ci pensò due volte ed entrò nel negozio.

Si riprovò l'abito davanti allo specchio grande del corridoio di casa. Per la fretta, non si tolse neanche i jeans. Controllò la lunghezza delle maniche, il taglio delle spalle, il modo in cui cadeva la gonna.

Ehi, cosa fai lì impalata? È solo uno specchio! Di solito era Majda a ridere delle sue goffaggini.

Prese la gonna ai lati e l'allargò. Incrociò una gamba davanti all'altra, tentò una giravolta sui talloni e tornò al punto di partenza. Lasciò andare la gonna e si rilassò.

Non era vero che gli abiti non le piacessero o non le stessero bene. Quello che indossava era perfetto e lei si sentiva felice. Quasi da averne paura.

Andò alla scrivania. Forse Simon le aveva scritto una mail dal Surf Club di Limnos. Di solito lo faceva all'ora di pranzo.

Il computer era rimasto acceso da prima e lo schermo le rimandò una pagina di Yahoo che doveva aver dimenticato aperta. Nel motore di ricerca appariva il nome Franco Radonić.

Amila aveva avuto l'idea di provare a scriverlo nel modo che le era più familiare, diverso da come lo digitava Simon con la -ch finale. Sotto il nome seguiva una serie di titoli blu. Alcuni erano in viola e ciò significava che li aveva spuntati con il mouse, ma senza trovare niente di speciale, solo una data di nascita e di morte, una residenza priva di attinenza con la sua ricerca, o il nome e cognome in neretto ma staccati, insieme ad altri nomi e cognomi.

Amila aveva continuato a cercare informazioni sul nonno di Simon un po' per gioco, un po' per noia. Per una sua curiosità innata e ostinata. E soprattutto perché, se avesse trovato qualcosa, Simon sarebbe tornato in Europa non più per una mezza giornata soltanto.

Si sedette scorrendo i titoletti già visti. E per la prima volta si accorse che Radonić compariva più spesso accanto a un nome che non era Franco, ma Franjo, e che i due avevano una forte assonanza.

D'impulso scrisse a Simon un SMS. Le tremarono le mani.

Per caso tuo nonno potrebbe chiamarsi Franjo?

Amila reimpostò il motore di ricerca con il nuovo nome. Dei trafiletti si srotolarono veloci davanti ai suoi occhi. C'erano delle notizie.

La principale risaliva a giugno ed era apparsa in alcuni giornali e portali croati, anche di lingua italiana. Amila provò ad aprire. Si trattava in buona sostanza di un locale di cui l'uomo era proprietario, un night club alle porte di Zara, chiamato Eldorado, dov'era scoppiato un incendio per cause non specificate. La struttura era stata messa sotto sequestro.

Simon rispose.

Che nome sarebbe?

Amila ne approfittò finché era in linea.

Croato, forse serbo, non so. Potrebbe aver cambiato nome?

Non l'ho mai sentito.

Amila insistette.

Prova a chiedere a tua nonna.

Perché?

Forse ho trovato qualcosa.

Scherzi? Ti chiamo immediatamente!

Ora non posso rispondere. Chiama tua nonna.

Sarà già a letto.

Non so cosa dirti.

Amila proseguì veloce. Cliccò, aprì, diede una scorsa e tornò indietro. Non trovò altro. Saltò un paio di pagine, pagina 5, pagina 6. Si fermò al titolo di un articolo scaricabile in pdf: *Fiamme nella notte al club Eldorado gettano luce su un businessman della guerra.* C'era anche un primo piano di lui: capelli corti e brizzolati, occhi chiari dal taglio lungo e stretto, l'espressione di uno che se la rideva sotto i baffi.

Franjo Radonić era il proprietario del locale notturno dove si era sviluppato l'incendio per motivi probabilmente dolosi. Si trattava di un posto per un pubblico adulto, esclusivo e chic. Aveva un secondo locale molto popolare a Salvore: For fun. Era vicino a Umago, dove Amila era stata con Simon. Poteva essere un dettaglio importante.

Arrivò l'avviso della suoneria del cellulare.

Mia nonna era ancora sveglia. Dice che sì. Si chiama Franjo.

Franco era solo il suo soprannome.

Ma ti giuro che non lo sapevo.

Cosa hai trovato? Posso chiamarti?

Amila lasciò il cellulare sul tavolo.

L'articolo tratteggiava la biografia di un uomo che si era fatto da sé, in un percorso non tanto lineare che l'aveva portato per lunghi anni in Argentina, per poi concludersi in Croazia.

Franjo Radonić era titolare di una società di autotrasporti, fondata insieme a un certo Danko Bukić, uomo d'affari, politico e poi generale dell'esercito croato, un personaggio di spicco della guerra di indipendenza. Il Tribunale internazionale dell'Aia aveva emesso un anno prima un mandato di estradizione nei suoi confronti, ma Bukić era morto per un malore nella sua casa di Spalato senza che le autorità l'avessero consegnato alla giustizia.

Il cellulare squillò. Amila allontanò il telefono.

Reimpostò il motore di ricerca inserendo questa volta i due nomi insieme: Radonić e Bukić. Aprì finestra dopo finestra, cliccò febbrilmente su dei link che la rimandarono a notizie dalle quali non trapelava niente di nuovo. Poi si imbatté in un titolo che la fece sussultare: *Un ge-*

nerale che non potrà essere processato e un affarista suo complice.

L'articolo era apparso su un settimanale croato indipendente. L'autore descriveva un sodalizio che andava ben al di là di una partnership nel settore dei trasporti fra un uomo d'affari e un generale. Radonić aveva fornito un quantitativo enorme di camion e mezzi a quattro ruote di ogni tipo. Bukić li aveva dirottati nei territori della guerra fra croati e serbi, per assediare e saccheggiare un'area del retroterra dalmata, mentre la popolazione inerme scappava terrorizzata a bordo di trattori, macchine private, a piedi, in mezzo alle bestie lasciate vagare o morire, in quella che in pochi giorni era diventata terra bruciata. I fatti avevano procurato al generale Bukić un mandato di arresto con l'accusa di crimini contro l'umanità. Omicidio, persecuzione e deportazione.

Amila sentì di avere bisogno di respirare, come se fosse stata troppo a lungo sott'acqua e ora dovesse tirare fuori la testa.

Nei confronti di Franjo Radonić non c'era stata nessuna accusa internazionale, ma il suo ruolo di gregario di Bukić era evidente, come noto era quello di zelante intermediario in una vendita lampo delle case abbandonate dai profughi ai nuovi ricchi del Paese.

Attualmente Radonić risultava proprietario di due popolari locali notturni. La vecchia società Za.dr.Transp non era più attiva. Era possibile che si fosse avvalsa dello schermo giuridico di una compagnia estera per l'esportazione dei capitali. Dopo l'incendio all'Eldorado, Radonić si era reso irreperibile. *Sta di fatto che i bombardamenti, gli assedi e le espulsioni avevano ancora una volta creato le condizioni ideali per la formazione di una banda di trafficanti, contrabbandieri, criminali di guerra. Non solo profittatori del conflitto, ma figure con un ruolo decisivo per il suo determinarsi e alimentarsi sfruttando le questioni dell'identità etnica e religiosa.*

Amila si sentì soffocare dall'acqua torbida nella quale si era ostinata a nuotare senza interruzione. Quell'uomo che poteva essere il nonno di Simon era implicato, complice o quanto meno aveva avuto una parte in una brutta storia. Oggetto di una tesi, perfino. L'ennesima tesi sulla dissoluzione dell'ex Jugoslavia.

Trasalì come una colpevole quando mamma Selma e Majda la chiamarono. Si alzò di scatto, sfilò il vestito, lo buttò sul letto e indossò la prima maglietta che aveva sottomano. Selma e Majda la sorpresero accanto all'armadio.

Mamma Selma cambiò espressione. «Che hai? Dio mio, stai male!».

«Non è niente» mormorò Amila.

Selma si avvicinò confusa. «Basta tutto questo studiare, ti fa venire gli occhi pesti!».

«Sì, mamma» le rispose Amila in modo meccanico. Selma continuava a osservarla preoccupata.

Majda notò il vestito sul letto, lo raccolse e lo accostò a sé, lisciò la gonna e lanciò alla sorella uno sguardo di complicità senza ottenere risposta.

«Cos'è? Che bel vestito».

Majda lo ripose con cura. Le si avvicinò con uno sguardo interrogativo.

«Dov'è papà?» tagliò corto Amila.

«Dove sta sempre quando da noi è ora di pranzo o di cena».

Il cellulare squillò dalla scrivania. Amila fece finta di niente.

«Che c'è ragazza?». Selma era in agitazione. «Perché non rispondi al telefono?».

Amila fece cenno di no con la testa. «Sto bene. Ho bisogno di stare un attimo da sola».

«Ma se sei sempre sola! È successo qualcosa?».

«No».

«Va bene, ma fra poco pranziamo».

«Che c'è per pranzo?» si informò Majda senza staccare gli occhi da Amila.

«Niente, se qualcuno non mi aiuta a metter su qualcosa alla svelta» rispose Selma. «Siamo andate a prendere i moduli per l'università» continuò con un tono di finta normalità. Majda e la facoltà che avrebbe scelto. Scienze politiche oppure Storia. In casa non si parlava d'altro. «Su, non è niente». Mamma Selma le accarezzò il braccio.

No, non era niente.

Amila si avvicinò alla scrivania. Controllò il cellulare. Simon le aveva scritto un altro messaggio.

Ma si può sapere che succede?

Il fatto era che non lo sapeva bene neanche lei.

Mosse il mouse e sullo schermo riapparve l'ultimo dei molti articoli che aveva letto con tensione febbrile. Lo salvò. Le informazioni lì contenute vorticarono nella sua testa. E in una parte assopita del suo cervello si risvegliò un vecchio lessico familiare che un tempo l'aveva avvolta come una seconda pelle. Amila era cresciuta lì dentro, sforzandosi di ricavare uno spazio per sé tra i fatti avvenuti nella Bosnia nordorientale e gli anni in cui lei e i suoi avevano vissuto in un centro di accoglienza e poi in una casa del Nordest italiano. Incollati notte e giorno alle notizie in arrivo da quella che era ormai l'ex Jugoslavia. Abituati a parlare di violenze e morte e poi a buttare là frasi del tipo: *ci trasferiamo a Trieste, prendiamo un appartamento in affitto e ti iscriviamo alle medie; no, a Zvornik no, non si può tornare; che sport ti piacerebbe praticare?*

Neanche quando papà Željko e mamma Selma si erano concentrati di più sui TG regionali e nazionali, trasmessi in prima serata dalla RAI, erano riusciti a sbarazzarsi del loro lessico di base, anche se, a quel punto, tutti in famiglia avevano cominciato a parlare in modo diverso e non solo in un'altra lingua. Amila era ormai al liceo.

Spense il computer. Gettò un'occhiata al vestito nuovo riposto sul letto.

Dove l'aveva portata Simon? Ma la domanda andava riformulata. Dove lo stava portando ora lei?

Di colpo sentì stringersi il perimetro della felicità nel quale si era mossa troppo agilmente. I suoi contorni si erano spostati mentre attendeva che il tempo passasse, si comprava un vestito nuovo e troppo costoso per distrarsi e sognare, cercava informazioni in internet e si svelavano misteri e verità che forse non avrebbe dovuto neanche toccare. E quei contorni sembravano ora diventati confini.

Majda la chiamò da oltre la porta, il pranzo era pronto. Amila si sentì muovere un passo e poi l'altro. Aprì.

«Ehi, che c'è sorellona, tutto bene?».

«Sì, sì, tutto bene».

Amila la seguì in soggiorno. Sul tavolo troneggiava una terrina di pasta fumante.

«Al burro, eh? Quel che passa il convento» annunciò mamma Selma guardandola di sottecchi. «Su, dammi il piatto!».

«Quando arriva papà?».

«E chi lo sa, benedetta figlia!».

«Solo un boccone per me, per favore».

«Ma devi mangiare! Mangiare aiuta» disse Selma con una nota drammatica.

Giusto. Qui c'era bisogno di una massima di Selma.

Amila si sedette a tavola e prese il piatto stracolmo di spaghetti sui quali mamma Selma grattugiò un'aggiunta di parmigiano. Perché la pasta fosse sostanziosa. Perché ci si potesse mettere a chiacchierare del più e del meno. E perché quel che aveva appena scoperto sul conto di un uomo, che forse era il nonno cercato da Simon, potesse tornare a inabissarsi come un rivolo carsico. Ma il fiume sarebbe sgorgato fuori dalla terra. Scorrevano così questi fiumi. Non si poteva far finta che scomparissero nel nulla. Da qualche parte dovevano pur andare a finire.

23. Sponde

settembre 2004, Trieste/Trst (Italia)

Amila arrivò all'appuntamento con Simon in un caffè semivuoto di piazza Cavana. Lui l'aspettava già a un tavolino all'esterno. Era abbronzato, i capelli gli si erano allungati e una peluria chiara gli copriva le guance. Fece per alzarsi, Amila si sedette di fronte a lui e appoggiò il casco su una sedia che stava nel mezzo. Ma così si creava un divisorio che li lasciava su due sponde contrapposte. Lo tolse e lo mise per terra.

Si guardarono prima curiosi, poi perplessi, come se si fossero conosciuti in un tempo remoto e ora avessero bisogno di riguardarsi per bene, quasi in ogni dettaglio, per ritrovarsi.

Simon lanciò un'occhiata ai jeans strappati al ginocchio di lei, sui quali ricadeva un camicione lungo e bianco. Amila si tolse il giacchino.

«Fa di nuovo caldo».

Simon si abbandonò sullo schienale. La giacca blu spiegazzata era aperta su una t-shirt. Prese il pacchetto di tabacco di un colore diverso dal solito e rollò una sigaretta. «Ne vuoi una?».

Amila annuì. Simon aveva al pollice un nuovo anello largo di metallo.

Ci fu un breve silenzio. Amila spense la sigaretta a metà e fece cenno a una ragazza per l'ordinazione. «Un *capo*» le disse. «Vuoi un caffè anche tu?». Simon scosse la testa. Allora gli chiese del suo viaggio.

«Oh, be', è andato».

Amila si tolse gli occhiali da sole e li ripose sul tavolo. Non aveva dormito bene, ma Simon sembrava non aver dormito per niente. Sbuffava lento grandi nuvole di fumo dalla seconda sigaretta.

«Tu, invece?» le chiese.

«Oh, niente di speciale. Ho avuto tanto da fare».

Tornò la cameriera con l'ordinazione. Simon si sfilò il portafoglio, Amila gli disse di lasciar stare, faceva lei.

Simon accartocciò la cicca nel portacenere e lo spinse da parte. Si fissarono.

«Senti...» cominciò Amila titubante.

Il giorno in cui aveva trovato notizie sull'uomo che credeva fosse il nonno di Simon, aveva lasciato squillare molte volte il telefono a vuoto. Poi l'aveva spento. Dopo ore si era decisa a chiamarlo. Simon l'aveva tempestata di domande, ma Amila non aveva voluto rivelargli niente al telefono. Da quel momento avevano smesso di sentirsi, come se la comunicazione si fosse interrotta tacitamente da ambo i lati. Forse era questo ad aver allungato il tempo e a rendere ora più difficili le cose.

Simon appoggiò i gomiti ai braccioli.

«Insomma, non so come dirtelo, ma quell'uomo che potrebbe essere tuo nonno si è fatto un bel po' di soldi...». Simon corrugò la fronte, attento a ogni sua parola. «Se li è fatti in un modo sporco, con la guerra».

Simon si staccò dallo schienale e cambiò posizione.

«Guarda qua...». Amila estrasse dalla borsetta i fogli che aveva stampato.

«Cos'è?».

«Guarda» gli disse con un cenno della testa.

Simon sfogliò lento le pagine soffermandosi qua e là, come se capisse la lingua che stava tentando di leggere. Amila gli aveva tradotto a penna qualche titolo, aveva sottolineato alcune frasi e gliele aveva riassunte in italiano. Arrivato alla foto si bloccò. Contrasse le labbra. Amila annuì. Simon tornò a occuparsi dell'immagine in bianco e nero muovendo nervosamente una gamba.

«Chi è?».

«È lui. È tutto quel che ho trovato. Si chiama Franjo Radonić. Proviene da un paese non specificato dalle parti di Umago, proprio come tuo nonno. Ha passato gran parte della sua vita in Argentina».

«Ma scherzi?».

«Certo che no». Amila sfogliò e trovò la pagina. Simon si rollò un'altra sigaretta. «Si è sposato con la figlia di un ricco industriale e da lì sembra sia cominciata la sua fortuna. A un certo punto però è tornato in Croazia. Strano, no? Esattamente prima della guerra. Proprio come ci hanno detto Livio e Orietta». Simon strinse le labbra. «Qui c'è scritto a causa di violente frizioni con la famiglia della moglie».

«E poi?».

«Non è semplice. Il ritratto che ne esce è di un uomo ombra di un generale. Vedi questo Danko Bukić? Un pezzo grosso. È morto un anno fa».

Simon si rimise a sfogliare, la mano gli tremava. «E cosa ha fatto?».

«Era accusato di crimini contro l'umanità. È stato il responsabile dell'assedio di cittadine, villaggi, in una striscia di terra fra la Dalmazia e la Bosnia. Franjo pare abbia avuto un ruolo in questa storia. Non ci sono accuse a suo carico, non formali, quanto meno. Ma c'è chi gli ha puntato il dito contro per un coinvolgimento nei fatti molto più grave che vendere camion a un esercito o accaparrarsi case abbandonate dai profughi. È qua, su questa pagina. Chi trafficava, chi ammazzava... sembrano cose separate, ma vanno sempre di pari passo. E in questo caso sembrano strettamente collegate. Sin troppo».

Simon deglutì. «E chi lo affermerebbe?».

Amila lo fissò per un attimo, incerta. «Gli autori degli articoli che hai davanti a te. C'è una fonte in particolare che mi sembra molto autorevole e...».

«Ma c'è un riferimento all'Australia?».

«No, ma...».

«Quando sono apparsi gli articoli?».

«Quasi tutti in giugno».

«E come mai?».

«Gli hanno incendiato un locale».

«Ma dove?».

«A Zara».

«E quanti anni dovrebbe avere quest'uomo?».

«Non lo so» cercò il foglio e lo sollevò. «Forse è una foto di repertorio, magari di alcuni anni fa».

«E si sa qualcosa di dove abita?».

«Probabilmente a Zara, ma è sparito di nuovo». Simon

la guardò interrogativo. «È sempre la stessa storia, ti pare?» aggiunse Amila. «Lui va, fa e poi scompare nel nulla».

«Ma potrebbe essere un uomo con lo stesso nome di mio nonno?».

«Un omonimo?». Amila ci pensò su un attimo. «Sì, potrebbe. In effetti ha un nome e un cognome abbastanza comuni...».

«Il cognome è scritto diverso».

«Perché è in croato. Ma magari si è sempre chiamato così». Simon non sembrava convinto. «Ascolta» disse Amila. «La foto è l'unica prova che hai. Mostrala a tua nonna. Non credo ci sia altra soluzione. Poi, se non è lui, tanto meglio».

Simon si tolse gli occhiali e si appoggiò allo schienale. «Non posso». Fece una pausa. «È vecchia, non sta troppo bene, potrebbe riconoscerlo come no. Non sai quante domande mi ha già fatto al telefono. Insomma, qua le pianto un casino che non finisce più. E poi? Poi mia mamma. E altro casino».

«Giusto. E nessuno vuole mai i casini» ribatté Amila amara. Simon taceva. «Eppure accadono. E qua mi pare ce ne siano parecchi. Mi dispiace, ma ci sono troppe coincidenze secondo me. Nome e cognome, provenienza, ritorno in patria al momento giusto. Ok, manca il riferimento all'Australia, ma... l'avranno omesso. Non gli farebbe onore essere emigrato come un povero diavolo qualsiasi».

«Non lo so...». Simon sfogliò il materiale, si tormentò un po' le labbra e si soffermò su un foglio, quello sull'Eldorado. Poi chiuse tutto. «Sto per tornare a Melbourne...».

Amila abbassò gli occhi. «Ehi, ascolta». Lei lo guardò. «Non posso tornare a casa con una storia del genere... e poi sinceramente non capisco perché stiamo litigando».

«Non stiamo litigando. Solo che al tuo posto vorrei sapere se è lui, tutto qua».

«Perché?».

«Immagino per gli stessi motivi per cui lo volevi tu. Almeno fino a una settimana fa. E penso che vorrei anche sapere cos'ha fatto in questa maledetta guerra. Insomma...» riprese con maggior foga. «Sei arrivato fin qua. Ti ritiri adesso? O è diventato tutto troppo scomodo?».

Simon accavallò una gamba al ginocchio. La fissò. «Ma si può sapere perché te la prendi così?».

Amila scosse forte la testa. «Non me la prendo».

«A me pare proprio di sì».

Simon non aveva tutti i torti. Ma il motivo evidente per cui si scaldava tanto era davanti a sé, ed era lui, anche se non glielo voleva dire. E poi sì, se la stava forse prendendo, ma per qualcosa che Simon non avrebbe capito o che non riusciva a dirgli. Per raccontarlo avrebbe dovuto percorrere una strada lunga e tortuosa all'indietro. Non appena tentò di imboccarla, si sentì respinta e incapace di andare oltre.

«Comunque non ho mai pensato di raccontare niente a mia nonna» aggiunse Simon. «E tanto meno a mia mamma. Quindi non mi ritiro. Ma adesso ho le idee confuse o non me ne vengono di buone».

«Capisco. E come immagini di risolvere per il romanzo?».

Simon si strinse nelle spalle. «Con la *fiction*».

Amila lo fissò. «Sbagli. Secondo me questa è una storia che ha bisogno di un po' di verità».

Simon appoggiò la guancia alla mano e sembrò pensare a molte cose, e tutte insieme, in una pausa che durò a lungo. Poi prese il tabacco, l'accendino, le cartine e si alzò. «Senti, perché non andiamo via di qua?». Afferrò i fogli. «Facciamo qualcosa. Non volevamo salutarci così, mi pare». Si mise il borsone a tracolla e indossò il cappellino a visiera.

Amila rimase seduta. Guardò l'orologio. «Forse hai ragione tu. Non si possono forzare le cose in questo modo» disse senza ancora alzarsi.

«Dai» la esortò. «Noi due teniamo duro, no?».

Siamo dei duri. Questo Amila gliel'aveva già detto una volta. Ma come sarebbe stato bello potersi prendere una pausa e rilassarsi dalla durezza.

Amila si alzò e raccolse il casco. «Ti dispiace se più tardi non ti accompagno in stazione?».

Simon ci rimase male. «Perché?».

Amila fece un grande sforzo per lasciarsi cadere di dosso ogni cosa pesante. «Così sembrerà di rivedersi ancora prima, no?».

QUARTA PARTE

24. Al Cùcolo

marzo 2005, Bristie/Brišče (Italia)

L'inverno, lungo e strascicato come la quaresima, che seguì l'autunno ancora bello e sfolgorante, una vera estate delle streghe come la chiamava Amila, non portò buone notizie.

Il primo giorno dell'anno Mariano andò in bagno senza girello. Gli venne un capogiro, la gamba dell'anca consumata si contrasse e lui perse l'equilibrio. Norina lo trovò a pancia in giù, confuso fra lamenti rochi e incomprensibili. Le fece un'impressione vedere quel pezzo d'uomo non riuscire a mettersi in piedi e biascicare parole sconnesse. Nei giorni seguenti, l'anca peggiorò. Gli provocò un dolore acuto, insopportabile. E tutto tornò a pesare sulle spalle vecchie e curve di Norina.

Mariano passava la giornata a letto, prendeva antidolorifici e sonniferi per riposare la notte. La testa per fortuna rimase quella di sempre, lucida, ma cambiarono i pensieri, gli stati d'animo. Il dottore disse chiaro e tondo che Mariano era depresso e che la *'ssiche* era una faccenda complessa. Norina sapeva di che cosa stessero parlando. Mariano si era demoralizzato dopo che la gioventù che avevano avuto intorno durante l'estate se n'era andata. Aveva sempre pensato che sarebbe stata lei a crollare e invece l'aveva fatto lui. Ecco le belle sorprese che ti riserva la vecchiaia.

Arrivati a febbraio, Norina pensò di non farcela più. Le notti insonni le scavavano il corpo, le molte occupazioni le toglievano il respiro. Prepara le medicine. Le pastiglie tonde e a capsula, da ricordare all'ora giusta. Qualcosa bolle sul fuoco, ma te ne dimentichi e l'acqua si consuma fino a bruciare la pentola. Venticinque gocce di Bromazepam nel bicchiere. Portalo su. Corri, le gambe sono pesanti, le scale da fare su e giù sono lunghe, le cianfrusaglie infestano ogni angolo. Hai sbrogliato un altro mucchio, ma solo per accorgerti di tutti gli altri che aspettano il loro turno. No, Norina non ne poteva più.

Allora una sera si fece coraggio e chiamò Amila.

Non si trattava esattamente di riprendere il ritmo dell'estate, volle subito rassicurarla. Venivano ogni giorno gli infermieri del distretto, Anika passava sempre e alla casa ci pensava lei. Stavano cercando un aiuto fisso, anche se non l'avevano ancora trovato.

Amila la interruppe e pronunciò un secco no.

Norina non si diede per vinta e specificò che sarebbe stato solo per compagnia, una mattina a settimana, giusto per tirare su il morale a Mariano e perché anche lei potesse andare a fare una passeggiata nel bosco.

Amila l'ascoltò in silenzio, poi ripeté il suo secondo e ultimo no.

Norina provò a fare il punto con Mariano.

«Se la ga dito no, xe no» chiuse lui il discorso agitandole l'indice davanti alla faccia. Norina, seduta sul bordo del letto, indietreggiò con il busto, come una bambina che tratteneva le lacrime dopo essere stata sgridata.

Il giorno dopo ricompose il numero da dietro la porta della camera. Non c'era tempo da perdere, lei e Mariano stavano indietreggiando come due gamberi spauriti e intontiti. Entrò passando il cellulare a Mariano, seduto a letto con il giornale sulle ginocchia.

«Amila».

Mariano la fulminò con lo sguardo da sopra gli occhiali da lettura, come quando le diceva: *insenpiàda, ti son.* Poi le fece un cenno per allontanarla.

Norina non seppe che cosa si fossero detti, se non che era andata bene. Amila accettò di tornare, ma solo il sabato mattina e per qualche settimana.

Infatti, appena arrivata, Amila chiese a Norina se aveva cercato o trovato qualcuno di stabile per l'assistenza, i lavori di casa, la manutenzione del giardino, la spesa. Aggiunse che forse non si rendeva conto della situazione e mise su un'espressione da maestra severa. O da nipote oppure figlia, così piaceva pensare a Norina, che le stava facendo una predica, proprio come se fosse stata una parente sulla quale rischiava di cadere tutto il peso dei suoi vecchi. Ma Norina non si volle illudere. Amila sarebbe rimasta ancora per poco. Non era una figlia, né una nipote, e a loro non doveva niente.

A febbraio ci fu comunque un'altra novità: la scoperta di internet. Norina e Mariano si erano dati il cambio alla scrivania. Ormai quello era territorio di Norina, che chiese a Amila di insegnarle a usare il computer.

«Si accende premendo il tasto» le spiegò Amila senza

battere ciglio. Era seduta vicino a lei, come una volta faceva con Mariano, ma senza la pazienza di prima. «Non lo tormenti, aspetti che finisca di caricarsi».

Norina annuì buona.

«La vede la "e" blu? Bene, le presento internet». Amila si spinse indietro con la sedia a rotelle. «Deve fare doppio clic sull'icona».

«Cussì?». Norina premette due volte sul tasto del mouse come aveva visto fare mille volte a Mariano, a Simon, a Amila, ma con lei non funzionò. Possibile? Amila era già in piedi. Appoggiò la mano sopra la sua per farle capire come muovere l'indice.

Norina annuì, anche se le sembrava di non aver capito un bel niente.

«Nella barra ci può scrivere quello che vuole. Questo è il tasto di invio, lo prema e le apparirà il mondo». Amila si avviò verso la porta. Si girò ancora una volta. «Doppio clic, va bene?».

«Speta un momentin». Ma Amila era già sparita. Benedetta ragazza. La preferiva quando rideva e scherzava su ogni cosa.

Norina si inumidì il labbro come una scolara in difficoltà. Si fece forza e partì alla ricerca delle medicine per Mariano, posologia ed effetti collaterali, e arrivò ai rimedi per l'insonnia. Pazzesco, c'era scritto tutto.

Provò a cercare Moonee Ponds, il quartiere dove viveva Nevia, che nelle foto sembrava bello e moderno. Sua sorella aveva passato l'inverno all'ospedale pubblico per le cure dell'asma. Ora doveva essere lì, a casa.

Poi l'occhio le cadde sulla casella della posta elettronica di Mariano e la tentazione fu davvero grande. Doppio clic, aveva detto Amila, no?

Apparve l'elenco delle mail di Nevia, intervallate da un paio di messaggi di Simon. Erano di agosto, li aveva già letti tutti. Nevia e Mariano si erano però scambiati dei messaggi anche in ottobre e novembre, poi a dicembre, fino a poco prima della caduta. Norina corrugò forte le sopracciglia, da sentire una fitta di dolore saettarle al centro della fronte.

Per aprire la prima mail dell'elenco doveva probabilmente fare sempre lo stesso movimento. Funzionò, ma Norina si spaventò come davanti all'apparizione del diavolo, anche se quelle erano solo le parole di sua sorella. Diede loro una scorsa, distratta dal pensiero di dover chiudere la posta che non era indirizzata a lei. Mosse il mouse in preda al panico, cliccò più volte e si ritrovò al desktop. Si morse forte il labbro. Almeno aveva capito. Si guardò intorno circospetta. Sul letto c'era un mucchio di biancheria da malato, pulita ma non ancora stirata: pigiami, mutande, lenzuola. Tese l'orecchio e oltre la porta sentì il solito silenzio. Bene, era sola.

Tornò alla casella di posta. Ritrovò senza difficoltà la strada verso le chiacchiere di sua sorella, che dicevano soprattutto di Simon. Norina spalancò gli occhi. Il cuore si mise a spingere forte nel petto. Nevia raccontava che Simon stava facendo pratica con un avvocato famoso di Melbourne, che lo aveva preso in simpatia e gli insegnava il mestiere. Si metteva la giacca e la cravatta e tornava tardi la sera.

Norina era piena d'orgoglio per quel nipote avvocato

che ora si vestiva elegante. Un sogno quasi suo che si avverava.

Gli occhi si misero a scorrere i comandi. Cliccò e apparve un riquadro bianco. La barra dove si dovevano mettere le parole pulsava a intermittenza come un'eco del suo cuore. Provò a premere con l'indice su qualche lettera della tastiera, senza curarsi delle maiuscole. Tutti fronzoli. E scrisse: *ciao sono io, norina.*

Fece clic sull'unico pulsante che diceva invia. Non aveva idea se quel che faceva fosse inviare o ricevere e che cosa sarebbe accaduto. Si ritrovò davanti all'elenco iniziale, sempre uguale, ma con un indirizzo in più in neretto: **waltermobili**.

Norina scosse la testa, convinta che le sue parole se le fosse mangiate il computer o quel waltermobili. Staccò offesa la spina dalla presa, come per condannare a morte il calcolatore.

Qualche giorno dopo si rimise buona davanti al monitor. Il computer si caricò lento, sputò fuori formule bianche incomprensibili sullo sfondo nero, da gettare nello sconforto. Ma poi tutto si rimise in moto. Quando aprì la posta elettronica, rimase a bocca aperta davanti all'indirizzo **nevia.benci**.

Era Nevia, proprio lei, che grazie al cielo aveva smesso di chiamarla carissima sorella mia. Le aveva scritto solo: *Norina, sei tu?*

Rispose di getto. Sì, era lei. Inviò e spense.

Fu così che Norina e Nevia ricominciarono a parlarsi dopo tanti anni, nel mondo virtuale in cui erano entrate quasi insieme. Al principio si scrissero poche frasi, che fecero capire a entrambe di essere veramente loro. Fu Norina a raccontare per prima dell'incidente di Mariano. Poi si decise a chiedere notizie di Simon. Non le telefonava mai e, a Melbourne, sembrava non avere tempo neanche per andare a trovare Nevia.

Norina non avrebbe saputo spiegarselo, ma ora che non bisognava scrivere veramente e non arrivavano più le lettere di carta velina era più facile accettare le notizie dal nuovo continente. Il computer dava alle due sorelle un'altra voce e questa suonava passabile. E da cosa era nata cosa. Norina era sempre là col pensiero. Vai a vedere se è arrivata la mail, si diceva. Era decisamente più interessante che guardare la televisione.

Continuarono per giorni a dirsi cose da nonne e da zie, Nevia sempre un po' più padrona della situazione, anche se pure Norina si comportava come se la sapesse lunga.

Simon lavorava tanto, doveva andare in studio anche di domenica. Ma Nevia era incerta, qualcosa non le quadrava. Sembrava distratto, lontano, scrisse, forse perché Ann lo infastidiva, gli stava sempre addosso. Quella figlia era troppo agitata e ansiosa.

Le mail si infittirono, sempre la mattina, che era poi mattina solo per Norina e sera per Nevia. A volte si scrivevano in simultanea e questo per Norina era come un gioco di prestigio ben riuscito, perché le risparmiava l'ansia dell'attesa.

Nevia cominciò anche lei a chiedere e Norina a rispondere. Per esempio domandò chi fosse la ragazza che aveva visto nelle foto che Mariano e Simon avevano mandato l'estate passata e che ora stavano da lei in una vecchia scatola di biscotti. Norina poté finalmente far sentire la sua voce, visto che Amila e Simon si erano conosciuti a Trieste e in quel periodo erano stati suoi.

Oh, Amila era bella, molto bella, si vantò Norina con sua sorella.

Nevia le chiese che nome fosse.

Credo bosniaco, replicò Norina, anche se non ne era sicura, perché suonava così tanto italiano. E fu qui che Nevia scrisse qualcosa che non avrebbe dovuto. *Amila, lo so, è per Simon il* ricchiamo *della nostra terra. La ama, lo sento, ma sono distanti. Dobbiamo aiutarli i giovani. A noi non ci ha aiutate nessuno. Per questo tantissime cose non ci sono andate bene.*

Norina capì che neanche col computer si poteva stare al sicuro. Gli staccò di nuovo la spina.

Nevia si era spinta troppo in là, era andata a urtare contro qualcosa che non si doveva toccare. Che ne sapeva lei della terra. E chi era lei per chiamarla sua dopo averla abbandonata. E poi Norina avrebbe voluto sapere in che senso Nevia diceva "richiamo", che tanto per cominciare non si scriveva con due "c". Quanto all'amore, Nevia non doveva nemmeno nominarlo.

No, Nevia non avrebbe dovuto dire quelle cose, anche se era inevitabile che prima o poi si finisse per alludere al fatto che nella vita le aveva separate più di tutti. Il fatto di avere amato lo stesso uomo e che Nevia fosse andata dove voleva, mentre Norina fosse rimasta dove non voleva. Quando si cadeva là col discorso, a Norina veniva voglia di scappare e chiudere di botto qualsiasi spioncino sul mondo come un secondino sprezzante e spietato.

Questa volta c'era però il loro comune nipote di mezzo, sangue del loro stesso sangue, l'unico australiano della famiglia a essere anche istriano. Per Norina era ingiusto sentirsi sempre seconda, lei che era stata la prima. Ma era così.

Era troppo vecchia, era questa la verità, ed era ora di cedere. Questo non voleva ancora dire perdonare, ma almeno continuare a parlare.

Amila la sorprese sulla soglia della cucina. Reggeva per il manico una teiera fumante. Norina cercò di darsi un contegno. Amila la ispezionò con fare severo, come se davanti avesse una bambina col moccio. Sembrava di cattivo umore, perciò era sicuro che non sarebbe stata ad ascoltarla.

«Mi vado» disse Norina come per scusarsi. Batté le mani e Luli arrivò.

Amila replicò il suo «sì, certo», facendole capire che non aveva intenzione di perdere tempo con i suoi lamenti e malumori. La ragazza aveva anche buon cuore, ma si vedeva che era stufa.

Dopo un po' Norina fu nel bosco. L'inverno, che nella casa non passava mai, era finito.

«Libera!». Luli partì al galoppo. «Va', corri!».

Al bivio la cagna voltò il muso. Norina le urlò: «Al Cùcolo!». Luli avanzò a grandi balzi, le orecchie tese all'indietro.

I passi di Norina erano attutiti dal terreno soffice, ricoperto da aghi di pino e strati di foglie secche e marce, pestate dai camminatori dell'inverno. I pini centenari dalla chioma a ombrello sembravano toccare il cielo, lasciando filtrare fasci di luce che scaldavano le spalle. I lecci sempreverdi creavano macchie di soffitto ombroso. Lì era ancora umido e il freddo pizzicava il naso.

Prima di prendere il sentiero in salita, Norina seguì Luli per una stradina secondaria. Si ritrovarono su un crinale di pietre grigie, a dirupo sopra la bassa boscaglia sempreverde. Il sole accecava. Il mare era grande, un tappeto di increspature argentee, un alveare di cellette iridescenti. Solo le striature e volute grigie disegnate in superficie ricordavano che si era ancora in marzo e che l'acqua doveva essere gelida.

Quella era la parte della camminata che Norina preferiva: poter piantare gli scarponi fra le pietre sdrucciolevoli con la sensazione di saper stare ancora in bilico. Fra mare e cielo.

Luli si inerpicò fra i lecci più alti, aggrappati stretti alle pietre, piegati in avanti sul nulla, scoprendo fili di radice viva. Quello era il monte Cùcolo. Un nome che non si trovava in internet e che Norina aveva sentito da un vecchio matto del paese. Le aveva raccontato di quando in quei boschi erano venuti gli austriaci durante la Prima guerra mondiale.

Da allora quello rimase il Cùcolo. E, *cùcola,* era anche lei. Una figura perpendicolare al dirupo scosceso, leggermente obliqua, appoggiata al bastone.

Le nuvole si erano diradate e addensate alle sue spalle, dietro la cima arrotondata del monte. In Friuli pioveva. Lungo l'orlo della laguna di Grado si scorgevano nitidamente le insenature, i canali, perfino gli alberi e le case. Dalla parte opposta, l'Istria si stendeva con le sue linee affusolate di roccia, orlate dal riverbero della luce all'orizzonte. Norina raddrizzò la schiena e respirò a pieni polmoni.

Proseguì fino alla vedetta. Da lì partiva un sentiero in discesa di pietre grigie che risuonavano sotto i vecchi scarponi di cuoio. Ogni tanto, nella boscaglia, si intravedeva una trincea, un pezzo di bunker tirato su a secco. In altri punti s'inabissavano strette e lunghe voragini carsiche. Il bosco si era ripreso i reperti bellici, li aveva ammansiti, ne aveva smangiato interi pezzi e li aveva ricoperti di muschio e fogliame. La natura vinceva sempre là dove gli uomini facevano disastri. Bisognava ascoltarla.

Norina osservò le piante di asparagi alte fino ai fianchi. Si erano spinti fuori dalla terra per mettere in mostra il loro verde scuro e fresco. Le querce erano un intrico di rami ancora spogli, nodosi, disseminati di piccole gemme: nuclei pronti a ingrossarsi ed esplodere. Questo voleva dire che c'era ancora vita nelle cose della terra.

Norina controllò alcuni cespugli con il bastone, ci ficcò dentro la mano incurante dei graffi. Era ancora presto per gli asparagi. Raccolse una manciata di terra bruna e friabile e la strinse forte nel pugno, come aveva fatto una volta da giovane, prima di passare il confine fra la Jugoslavia e l'Italia. Ma questa volta non la lasciò andare.

La terra. La loro terra, aveva detto Nevia, con quella frase che l'aveva fatta arrabbiare. Ora Norina sentiva che la terra stava nelle sue mani, dalla sua parte, qualsiasi richiamo fosse stata ancora in grado di emanare. Non era certo molto, ma per lei poteva essere tutto, e questo le sembrò potesse fare per la prima volta una grande differenza nella sua vita.

E se era vero che Amila era per Simon il richiamo della terra e lui l'amava, come aveva scritto Nevia, allora bisognava capire una buona volta che cosa fosse successo fra loro. Norina doveva tornare a casa e trovare il modo di parlare alla ragazza a quattrocchi. Poi avrebbe riattaccato la spina al computer e scritto subito una mail a Nevia.

25. Per ogni domanda una risposta

marzo 2005, Bristie/Brišče (Italia)

Amila non si sentiva tanto bene quel giorno. Non era questione di essere bruschi o impazienti con Norina, ma di trovarsi in preda a una terribile confusione mentale. Aveva fatto male a tornare in quella casa solo perché papà Željko le aveva detto che era giusto così. Non aveva avuto voglia di mettersi a discutere e si era piegata alla giustizia sociale di suo padre, schiacciata dal senso di responsabilità. Ma stare là, nella casa di Bristie, la costringeva a ricordare.

Da Norina tutto le parlava di Simon, che ormai si riferiva al suo lavoro come a un tritacarne, al suo capo come a un carceriere e alle ferie come le briciole che non gli erano bastate nemmeno per un passaggio a Trieste a Natale. Amila si raccomandava sempre: «scrivi», intendendo il romanzo. Anche lui ribadiva: «scrivi», per il giornale.

Nel frattempo si arrangiavano con telefonate, mail, messaggi a ore fisse per rispettare il fuso orario. Qui era mattina, lì sera e viceversa, e questo li costringeva a una rigida tabella di marcia, che ogni tanto saltava. L'appuntamento si riduceva a un breve SMS arrivato nel pieno della notte. Era faticoso portare avanti una storia così.

Amila aveva provato a confidarsi con Olga, per un incoraggiamento, per sentirsi dire: *Goditi la vita. Il mondo è pieno di ragazzi.*

Ma, questa volta, sua cugina l'aveva spiazzata. «Tesoro, sei innamorata!» le aveva detto Olga al telefono. «Vorrà dire che ti manderemo in Australia» aveva aggiunto ridacchiando. «E finalmente andrai a vivere in un Paese civile».

Una prospettiva che, anche dall'appartamento di via Pascoli, sembrava sempre più improbabile.

Mamma Selma e papà Željko erano dovuti partire d'urgenza per Zvornik. Miran, l'ex vicino del piano di sotto, li aveva chiamati per avvertirli che c'era stato un allagamento nel loro vecchio appartamento nella Ruska Zgrada. Papà Željko, dopo aver ascoltato, annuito, ringraziato e rimesso giù il cordless, si era seduto a capotavola.

«Dobbiamo mettere le cose a posto» aveva detto con la faccia terrea.

La sua frase aveva riaperto come un bisturi una vecchia ferita e una nuova questione nella loro vita.

«Bisogna vendere tutto così come sta, come fanno in tanti». Vendere e svendere, se era ormai deciso che non sarebbero tornati. Vendere e comprare qualcosa che potesse dirsi loro. Vendere e smetterla di abitare in un appartamento in affitto a Trieste. Vendere e stabilirsi. Vendere e lasciare anche l'appartamento delle vacanze estive a Marijin Dvor.

«Ma che dici? Dobbiamo salvarla, la nostra casa!» si era opposta con fermezza mamma Selma trattenendo i singhiozzi.

Al che si erano messi a parlare tutti insieme, da non capirci più niente. Majda si era lamentata di come tutte le loro case la facessero sentire una schizofrenica e aveva aggiunto polemica che non dovevano lamentarsi se poi le veniva un disturbo di personalità. Amila aveva spiegato che non erano le tre case il problema, ma che ognuno doveva sentirsi libero di rimanere a vivere dove voleva. Ormai erano tutti grandi.

Papà Željko le aveva lanciato un'occhiata tagliente, mamma Selma si era messa la mano davanti alla bocca, come succedeva nei tempi bui.

Finora l'incertezza granitica sul che fare di quella proprietà a Zvornik li aveva tenuti buoni. Ma adesso l'appartamento non solo era là, di nuovo loro e vuoto, ma anche allagato. Con questo problema in più sembrava inevitabile che qualcosa dovesse accadere. E quando i pochi bagagli per il viaggio di emergenza erano stati messi davanti alla porta, Amila aveva sentito crescerle l'angoscia.

L'appartamento di Zvornik non aveva senso, eppure non smetteva di essere un chiodo fisso. Stava nel posto dov'era nata, ma dove le sembrava di non essere mai stata. Non l'aveva ancora visto da quando era stato loro restituito. Lo sapeva in un caseggiato imponente, con una serie di finestre a cellette incorniciate da un intonaco color mattone e file ininterrotte di balconi su una facciata chiara. Questo le raccontavano i suoi ricordi, sfocati in alcuni punti, nitidi in altri. Il loro appartamento era al settimo piano. Per entrare bisognava svoltare un angolo, passare davanti a un portone, l'ingresso successivo era quello giusto.

Per attraversare la strada e arrivare al fiume si doveva salire su un cavalcavia. Mamma Selma diceva sibillina che la Drina aveva la riva sinistra in Bosnia e la riva destra in Serbia e scorreva verso nord, come se quella frase potesse racchiudere il senso della loro storia o il destino del loro Paese. Ma un fiume che scorre in una direzione – secondo lei – contraria, Amila non era mai riuscita a immaginarselo. Era cresciuta in una città di mare, non aveva idea del percorso dei fiumi e delle storie che avevano da raccontare.

«Preparati, mamma» aveva detto una volta in quell'appartamento papà Željko. Era entrato sbattendo la porta. «Dobbiamo fare le valigie e andare via questo fine settimana». Era il ricordo più nitido che Amila avesse della sua prima casa, forse perché era stato anche l'ultimo.

Rivedeva il divano in pelle marrone sin nelle pieghe arricciate dei braccioli e il centrino fatto a uncinetto sulla spalliera. La memoria aveva uno strano modo di funzionare. Con enormi buchi neri e poi qualche scatto fotografico su dettagli insulsi.

Mamma Selma era distesa sul divano. Si teneva una borsa del ghiaccio sulla fronte. Majda disegnava per terra. Amila doveva essere stata anche lei sul tappeto, ma non avrebbe saputo dire perché. Forse per i compiti, ci avrebbe scommesso. Tutti loro facevano gesti che avrebbero ripetuto in tante case o non case, in altri soggiorni o nella sala comune del centro di accoglienza, rimanendo – gira e rigira – sempre gli stessi.

«Per favore, Željko» aveva replicato Selma senza nemmeno degnarlo di uno sguardo. «Risparmiami le tue battute oggi. Ho un'emicrania terribile. Te lo dico io, è l'arrivo della primavera».

«No, è l'arrivo della guerra. Miran ha detto che le famiglie serbe si stanno preparando ad abbandonare la città».

Mamma Selma era scattata a sedere. La borsa del ghiaccio era caduta sul tappeto con un tonfo. «Scusa, Miran chi? Il bidello?».

«Perché? Quanti Miran conosciamo?».

«Appunto».

«Dice che potrebbe diventare pericoloso per i musulmani».

Selma era sbiancata. «Che stai dicendo? Quali musulmani, quali serbi?».

«Quelli di cui parlano i politici da mesi». Tutti l'avevano sentito, no?, il discorso che ancora in ottobre Radovan Karadžić aveva fatto al Parlamento prima delle elezioni. *Se si separerà dalla Jugoslavia, la Bosnia Erzegovina imboccherà la strada maestra per l'inferno.*

«Ma cosa vi siete messi in testa tutti quanti?» aveva imprecato Selma.

«Hai pur visto cos'è successo in Croazia. E non è finita. Sono schierati da mesi. Sta per succedere anche da noi. Come a Vukovar, come a Dubrovnik...».

«Che assurdità! Ma se oggi ho fatto la spesa, ho cucinato tutto il pomeriggio per farti trovare la cena pronta, mentre tu, tu che fai? Arrivi in ritardo!».

«Dobbiamo andare via».

«Solo perché l'ha detto Miran?».

«È un amico».

«E la scuola?».

«Chiuderanno presto tutte le scuole».

«E dove andremo?».

«Attraverseremo il ponte con Miran e staremo da Darko e Ivana».

«Darko e Ivana di Belgrado? Amici di amici e perciò solo nostri conoscenti?».

«A questo servono gli amici. Hanno già detto di sì, li ho chiamati. Poi potremo passare il confine e andare in Ungheria».

«Ma io non voglio andare in Ungheria! Non ci sono mai stata. Quella lingua è orribile, non abbiamo un solo amico ungherese...».

«Ascolta, mamma. Sono conosciuto in tutta Zvornik per essere un uomo pacifico. Ma giuro che se non ti muovi a fare le valigie ti lego per le gambe e ti porto via con me come un salame. Non sarà adesso che ti libererai del vecchio Željko. In Ungheria potrai chiedere il divorzio, se vorrai».

«Se è per questo neanche a Zvornik mancano i buoni avvocati. Perché staremo via solo per poco, vero?».

Ma a questa domanda non c'era stata risposta.

Mamma Selma aveva passato gli ultimi giorni a lustrare la casa da cima a fondo e a soffiarsi il naso ogni cinque minuti. «I raffreddori della primavera» si lamentava. «Il mal di testa di aprile». Amila le gironzolava intorno chiedendole se avesse bisogno di aiuto. Ma la mamma diceva di no. No, vai.

Anche papà Željko piangeva in bagno di nascosto. Era andata da lui a chiedergli perché stesse piangendo, anche se diceva sempre che piangere non serviva a niente. Solo che, invece di darle una risposta, Željko l'aveva portata di filato al piano di sotto, da Miran, per lasciare tranquilla la mamma. Amila e Majda avevano giocato con Nevena, la figlia del bidello, quello che li aveva avvertiti. Gli adulti si erano messi d'accordo perché le bambine li lasciassero in pace, per continuare a piangere e a preparare i bagagli sentendosi liberi di non dare nessuna spiegazione.

Quando Amila raccontava questa storia in Italia, che era stata la famiglia di Nevena ad aver aiutato la sua facendoli andar via cinque giorni prima che l'Esercito federale chiudesse il ponte con le barricate e arrivassero i tank, sentiva di confondere ancora di più le idee a chi si era abituato a pensare solo alle divisioni nette e alle storie tragiche. C'era stato un regista, arrivato una volta al centro di accoglienza di Jesolo, che aveva detto di voler girare un documentario su di loro. Mamma Selma aveva riso e risposto: «Sì, sì, come no!», mentre papà Željko aveva spiegato paziente che in Jugoslavia, almeno fino all'arrivo della guerra, si poteva essere amici indisturbati di chiunque. Il che dava un senso diverso alla loro storia, che poi era segnata da molte singolari coincidenze. Ma il giovane spilungone dall'aria vagamente hippy non si era fatto più vedere. Forse per lui c'erano solo infelici e incomprensibili distorsioni nella storia della fine della Jugoslavia.

Con l'allagamento improvviso dell'appartamento vicino alla Drina, si erano sfondati tutti insieme molti argini di questa storia.

Di Nevena, l'ultima amica con cui aveva giocato a Zvornik e che le aveva salvato la vita, Amila ricordava due trecce cascanti intorno a un visetto vivace, che però non riusciva a ricomporsi bene nei suoi tratti e le faceva venire in mente solo l'espressione italiana "argento vivo". Nevena doveva avercelo avuto addosso. Aveva passato l'infanzia in Serbia. Era tornata a Zvornik quando la guerra in Bosnia era finita ed erano incominciati i bombardamenti su Belgrado. E chissà che fine avevano fatto le sue lunghe trecce.

Che lei sapesse, Nevena era l'unica a essere rimasta nella Ruska Zgrada del vecchio gruppo di amici, tutti coetanei, che abitavano nello stesso condominio. Con loro Amila aveva giocato, festeggiato i compleanni, anche se il massimo del divertimento era stato correre su e giù per la lunga rampa di scale per far arrabbiare il vecchio Stjepan dell'ultimo piano che, si diceva, non sopportava i mocciosi. Sanela, Lejla, Suada, Nenad, Emira, Siniša, Fehim, Otilija, Zoran, Aleksandar. Mancava ancora qualcuno?

Gli ex bambini bosniaci dell'84 erano spariti non solo dal condominio dove una volta avevano abitato, ma dalle strade, dalle classi, dalle palestre di Zvornik come tanti buchi neri. *Missing* – una delle prime parole inglesi che avevano imparato sin da piccoli – oppure andati da qualche parte.

Chi senza un papà o un fratello più grande, chi senza mamma. Chi con una scheggia di granata nell'occhio o impiantata nella spalla. Chi da amici o parenti in Croazia. Chi a Belgrado come Nevena. Chi con, chi senza più passaporto. Chi in Germania, con una madre o un padre che soffriva di disturbi depressivi. Chi studiava cose importanti, informatica, medicina, in qualche capitale del mondo occidentale. Chi proveniva da una famiglia mista e si era sistemato dalla parte che conveniva di più, cioè da nessuna delle due. Chi era diventato un campione nello sport che aveva cominciato a praticare già alle elementari, mantenendo una vecchia promessa. Chi non era diventato niente perché non aveva mai promesso nulla. Chi era salito su una corriera ed era stato consegnato alla Croce Rossa Internazionale. Chi in Ungheria c'era andato per davvero e lì era rimasto. Chi aveva avuto parenti o familiari passati per Karakaj, e non voleva, non sapeva parlarne. Chi stava bene, chi stava male, e in entrambi i casi si teneva lontano dalla Bosnia. Chi cominciava a tornare per le vacanze estive. Chi tornava, invece, per stabilirsi in altre vie con un nuovo nome e targhe in cirillico, che si capivano e non si capivano. E c'era chi tornava, ma si spostava a Sarajevo. E poi chi, come Olga, rimaneva in una delle città iperperfette del Nord Europa, dove si stava bene, ma la felicità era un'altra cosa. Nessuno, a parte Nevena, era però rimasto nella Ruska Zgrada.

E Amila?

Niente, Amila aveva fatto come gli altri. Come quei compagni di un'infanzia interrotta bruscamente che non potevano essere diventati nemici, benché non potessero dirsi più nemmeno amici. Erano stati troppo piccoli per c'entrare veramente con qualsiasi fatto dell'epoca. Avevano vissuto ogni cosa dal loro punto di vista, finendo le elementari, venendo operati o curati, giocando nei campi profughi, imparando a vivere da un'altra parte del mondo oppure a sopportare un penoso dopoguerra senza prospettive. Tutto continuando a vedere e ascoltare cose che avrebbero dovuto essere state vietate a dei minori come loro. Ma nessuno aveva naturalmente pensato ai bambini in questo senso. Loro, che forse rappresentavano il futuro o il non futuro della Bosnia del dopoguerra e che avevano lasciato per sempre il vecchio condominio vicino alla Drina.

Ora erano sparpagliati per il mondo. Amila era una di loro. Condividevano un destino comune, un'altalena che creava continui scarti fra decisioni e indecisioni.

Le tornò in mente un racconto di Andrić che aveva letto alle medie e poi riletto alle superiori. Secondo papà Željko era stato troppo presto per lei, non avrebbe potuto capire. Ma lei aveva capito benissimo perché parlava di bambini e ragazzi che restavano e di altri che non tornavano. *Tu tornerai di certo. Mentre io resterò per tutta la vita con il ricordo della Bosnia, come di una malattia contratta, non lo so bene, se per il fatto che sono nato e cresciuto in Bosnia o perché ho deciso di non farci più ritorno. Ma è lo stesso.*

Amila si era sentita scossa da quella frase, come per un segno impresso nella sua vita. Una domanda senza risposta, se non che tutto faceva lo stesso.

Papà Željko diceva sempre che per ogni domanda c'era una risposta. Era un maestro di scuola, proprio lui non poteva permettersi di non conoscere le risposte. E quando non le sapeva, faceva come tutti i prof del mondo. Ne inventava una sul momento.

Questo succedeva anche alle molte domande importanti poste agli adulti quando Amila era stata ancora una bambina bosniaca e poi una ragazza italiana.

Una era stata più urgente di altre: com'era potuto succedere? Questa domanda non aveva mai smesso di risuonare nemmeno nella sua testa di giovane *dijasporka.*

Col tempo, visto che gli adulti non parlavano, aveva provato a darsi una risposta lei. Ma non ne aveva trovata una che l'accontentasse. Allora aveva solo cercato di dimenticare quel che era successo nel suo Paese, come dovevano aver fatto pure gli altri ex bambini bosniaci. Dimenticare perfino quel che per età anagrafica non si poteva ricordare. Anche che Nevena aveva giocato con lei, forse alle bambole, mentre, fra lacrime e sigarette, gli adulti avevano negoziato la pace e la guerra, la salvezza e la morte.

Altre volte Amila aveva rigirato la questione. Però poi le cose, messe così, diventavano ancora più difficili.

Chi erano stati i responsabili della guerra? Cosa pensavano, dove vivevano e che cosa dicevano la sera ai loro bambini? Anche loro facevano finta di non conoscere le risposte? E, soprattutto, che avrebbero avuto da dire, per esempio, a una come lei?

Amila spense la sigaretta sul gradino in cima alle scale inondate di sole. Il rovere era magnifico, un tripudio di rami spogli, svettanti e intricati che bordavano il cielo. Raccolse la manciata di mozziconi da terra per non fare arrabbiare Norina. Ancora non sapeva che Amila aveva cominciato a fumare.

Spazzò via la cenere con la suola della scarpa. Rientrò e si diresse al piano di sopra. Aprì la porta della camera da letto accompagnando la maniglia. Mariano era girato su un fianco. Da sotto le coperte spuntava il cespuglio di capelli bianchi e spettinati. Respirava profondamente.

Tornò in cucina e scarabocchiò su un foglietto una frase per quanto possibile gentile. Non aveva la macchina, i suoi erano andati in Bosnia per un'emergenza. La Panda le serviva per una commissione urgente. Si scusava mille volte dell'inconveniente e prometteva di restituirla a sera.

Indossò il parka. Si avvolse la sciarpa sopra la giacca senza richiudere la zip. Le chiavi della Panda erano appese al gancio vicino alla porta, dove bisognava che fossero per non doverle andare a cercare per tutta la casa quando servivano. Le tirò giù senza un ripensamento. Per Norina non sarebbe stato così grave, mentre per lei era necessario.

Chiuse piano la porta. Si infilò nella Panda. Con due o tre manovre uscì dall'angusto parcheggio. Imboccò il cancello senza perdere neanche un minuto a scendere e richiuderlo. Doveva passare prima per casa a prendere il passaporto.

Cercò di visualizzare la strada che portava alla casa di pietra, dove un tempo viveva l'uomo che Simon continuava a chiamare Franco. Il punto. Il punto di Simon che ora stava però anche in relazione con la sua vita. L'aveva scovato lei, c'era andata a sbattere contro, all'inizio quasi per gioco, anche se quello non lo era per niente.

Amila voleva andare nel paese dove, secondo Livio e Orietta di Buie, l'uomo era tornato a vivere, almeno per un periodo. Voleva incontrarlo, fargli delle domande e sapere da lui qualcosa che non poteva essere spiegato da nessuna teoria, ma che forse avrebbe spiegato la sua vita d'ora in avanti.

Quel che stava per fare era probabilmente assurdo, eppure sentì di non poter agire diversamente. Forse era questo che voleva dire andare incontro al destino. Ma nel suo caso pensò che fosse il destino a venirle incontro.

26. Finis terrae

marzo 2005, Buroli/Buroli (Croazia)

Il viaggio fu dapprima un susseguirsi di strisce bianche tracciate sull'asfalto incendiato e, dietro, un tir che sfanalava perché Amila andasse più veloce. Dopo il passaggio al primo confine, partiva la strada in salita orlata da macchie sparse di erba nuova fra quella secca, a tratti una marea di fili traslucidi mossi dal vento. A ogni rotonda i cartelli indicavano nomi di paesi sconosciuti al mondo, di cui solo uno portava nella giusta direzione. Una volta fuori dalla periferia di Capodistria, fu uno sfilare di chiome spoglie e rami che mostravano la fatica di snodarsi e intersecarsi. Facevano da contrasto al cielo sfolgorante, merlettandolo con le loro sagome nere, immobili nella provvisoria necrosi. Una chioma bianca fiorita apparve all'improvviso fra muri di sterpaglia. Fu un tuffo al cuore.

Il secondo confine era una spianata asfaltata, situata a valle e bordata da una fila di gigantografie pubblicitarie. Ultima *menjalnica*, indicava una freccia rossa puntata verso una baracca cambiavalute, come se quello fosse stato l'estremo santuario prima di entrare nella terra di nessuno. Chiuso, in ogni caso.

Non c'erano altre macchine. Un poliziotto con le

guance butterate se la prese comoda e studiò il passaporto, lo aprì e lo richiuse. Guardò la carta di soggiorno.

Ancora un tratto di strada ed ecco la seconda garitta vetrata da oltrepassare, dopo le bandiere con lo scudo a scacchi rossi e bianchi issate a parata. Fu un rincorrersi di messaggi del cellulare che davano il benvenuto in Croazia.

La terra fu sempre terra, bruna e familiare, fino a Buie, dove Amila arrivò risalendo il monte. La cittadina la sovrastò con i due campanili. Dopo l'incrocio partì una discesa fra le campagne. Seppe di essere arrivata quando la terra diventò rossa come la ruggine. Era stata rigirata in grandi zolle umide. Passò davanti a un'onda di filari regolari di viti, spoglie e attorcigliate. Seguirono uliveti dalle foglie iridescenti, con ai piedi mucchi di rami potati. Il cielo sfolgorava diversamente in quest'altra parte di mondo.

Amila entrò a Buroli. Parcheggiò vicino al cartello. Percorse un tratto che costeggiava le case addossate le une alle altre. Nell'aria si spandeva un profumo di biancheria stesa. File di verze piantate nella terra friabile segnavano i bordi degli orti ancora indietro con la stagione. Un cane abbaiò.

La casa dove poteva trovarsi l'uomo stava al limitare di un fitto bosco. Amila non fu subito sicura di averla trovata, anche perché, questa volta, la porta cinta da un arco di pietra era aperta. A fianco della casa era parcheggiata una Mercedes. Fuori, un uomo alto, seguito da un cane bruno di media taglia, attraversava il prato incolto con una vanga in mano. Indossava una giacca grigia, che lo faceva sembrare un prete, e jeans da lavoro, sporchi. I capelli bianchi gli ricadevano sulle spalle. Il cane ringhiò all'avvicinarsi di Amila.

«Uuush!» gli urlò l'uomo della casa di pietra facendolo scappar via. Gettò un'occhiata a Amila.

«Buongiorno» gli disse. Si sentì la voce tremare. «Cerco il signor Franjo Radonić. Mi hanno detto che questa era casa sua».

«E chi lo cerca?».

«Dovrei parlargli di una cosa di famiglia. Abita qui?».

L'uomo avanzò verso di lei. Amila arretrò di un passo. «Sono un'amica di Simon. Simon Monforte. Il nipote di Nevia Benci e Franjo Radonić. Una volta abitavano tutti a Buie. Adesso sono in Australia».

L'uomo si accigliò. «Ma chi è lei?».

«Un'amica di famiglia».

«Il suo nome?».

«Amila».

La osservò stringendo le palpebre, come se volesse metterla a fuoco. «Amila e poi?».

Amila scosse la testa. «Gliel'ho detto, sono solo un'amica. Non sono della famiglia».

«Amila, Amila» ripeté spazientito. «E da dov'è che viene?».

«Da Trieste».

«Trieste?».

Nei suoi occhi di uno strano grigio, che a tratti diventava più cupo del blu, balenò un guizzo di ilarità. Erano occhi ancora giovani. Saettavano altezzosi su un viso ruvido, dagli zigomi forti e alti. Amila seppe di averli già visti, non solo in internet. Doveva averli visti anche in Simon.

Una donna con il fazzoletto in testa e il grembiule uscì da un cortile di fronte, un deposito di tavolacci, carriole e macchine agricole. «'Dio, Franjo!» urlò.

Amila trasalì.

L'uomo non rispose al saluto, né staccò gli occhi da lei.

«Ha!». Sollevò sprezzante un angolo della bocca. «La fortuna sfacciata dei principianti! Franjo Radonić sono io».

Sembrava impossibile eppure possibilissimo. Era lui.

«E di cos'è che vuole parlarmi?». L'italiano di Franjo suonava naturale. Un vago accento straniero, poteva essere di qualsiasi lingua, si insinuava fra le parole limpide e nelle frasi sciolte.

«Di suo nipote. È tornato dall'Australia. L'ha cercata».

«Non ho nessun nipote».

«Le posso spiegare, aspetti, ho una foto». Amila aprì la cerniera della borsetta.

«Le ho detto che non lo conosco. Ho da fare». Riprese la vanga appoggiata al muretto e proseguì dalla parte della sterpaglia.

Amila cercò con la coda dell'occhio la vecchia contadina. Era sempre lì, trafficava nella sua rimessa. Quello non era un paese fantasma, dunque. C'erano anime impiccione e un vago cicalare di sottofondo. «Scusi! Mi scusi!» provò a richiamare. Ma lui non si voltò. Amila non si mosse.

Franjo riapparve senza la vanga dopo aver fatto il giro della casa. Avanzò a passi lenti. Si fermò e controllò dove fosse l'anziana donna.

«In strada non parlo di niente con nessuno» dichiarò. «Caso mai dentro» aggiunse con uno sguardo di sfida.

«Va bene» rispose Amila. «Come vuole».

«Avanti» la esortò, indirizzando con la mano il cane verso la porta. «Shussh!».

Amila indugiò per qualche secondo. Poi lo seguì.

Con la sua figura Franjo occupava quasi interamente il vano della porta. Prima di entrare si pulì le mani sui pantaloni. La stanza che stava al piano terra era un tinello con una sola finestra dagli scuri aperti, attraverso la quale entrava la poca luce. Una tenda laterale serviva da separé con un altro spazio. Lo *sparcher* era acceso. Si spandeva un odore pungente di bruciato. Amila sentì chiudersi la porta alle spalle. La stanza si oscurò. Franjo accese la luce.

«Si metta là». Le indicò un tavolaccio di legno grezzo. Appoggiò in modo spiccio due bottiglie e un bicchiere. Si versò del liquido giallo oro. Bevve un sorso e schioccò la lingua. Il bastardino era accucciato sotto il tavolo, ai piedi del padrone, con il muso fra le zampe.

Amila si sforzò di guardarlo tranquilla, ma le sembrò di sentire rimbombare il suo cuore per tutta la stanza.

«Allora, questa foto?».

Frugò in borsetta e gliela porse. Era l'unica foto che aveva. Scattata mesi prima a Buie, da Livio, una sola e senza aspettare il *ciiis*. «Lui è Simon».

L'uomo la prese, la osservò. Poi l'appoggiò con noncuranza sul tavolo. «No. Non mi dice niente».

«Ne è davvero sicuro?».

Amila si teneva dritta sulla sedia senza toccare la spalliera. Le mani stringevano il manico della borsetta.

«Sono stati loro a mandarla qua?».

«No, sono venuta per conto mio».

«Ma chi è lei? E perché mi parla in italiano?». Di nuovo quegli occhi si strinsero e la fissarono come se volessero trapassarla.

«L'italiano è la mia lingua».

«Che scherzo è questo? Da dove arriva? Bosnia, immagino dal nome».

«Sono nata a Zvornik».

L'uomo cercò qualcosa fra i suoi pensieri, gironzolandole intorno come a una preda. Il silenzio era snervante. «Non sono mai stato da quelle parti. Però anche lì è stata una bella schifezza». Franjo si pulì la bocca con il dorso della mano e si versò della grappa.

«Senta...».

Franjo inarcò severo le sopracciglia. «Mi pare che ci siamo detti tutto».

«Simon ha fatto delle ricerche. Voleva capire qualcosa del mondo da dove sono partiti i suoi nonni» insistette lei.

«Il mondo è cambiato» replicò infastidito. «Australia, Australia! Che diavolo volete adesso da me?».

«Simon voleva sapere se lei fosse vivo».

«Lo vede con i suoi occhi».

Franjo si girò verso lo *sparcher*, aprì la portella e controllò la fiamma. L'intonaco era annerito. Accanto alla vecchia stufa c'era una cucina economica nuova di zecca e sopra, appesi ai ganci, due paioli di rame. Si riempì un'altra volta il bicchiere.

«Su, avanti, perché è venuta qua?».

«Gliel'ho detto, i suoi parenti la cercano».

«Non sono miei parenti!».

«Per tutti, in quella famiglia, Ann è sua figlia».

Franjo fece una smorfia. «Nata come tutti i figli di questo mondo». Stava per alzarsi.

«Aspetti. Simon non si trova più in Europa. È ripartito. Ma la sua storia... la sua storia interessa a me». L'uomo la scrutò attento. «Vorrei chiederle della guerra. Questa guerra riguarda me e la mia famiglia. Devo sapere delle cose».

«Non sono stato in guerra». Buttò giù il contenuto del bicchiere. «So solo che la guerra porta sempre e solo merda».

«A qualcuno ha portato però anche soldi». La voce sembrò uscirle da un'altra se stessa. L'uomo aggrottò le sopracciglia. «Ho seguito dai giornali la vicenda dell'Eldorado».

Franjo sbatté le mani sulla tavola. «Lei è una giornalista!».

«Non sono una giornalista».

«Fottuti diavoli dell'inferno! Sì che lo è!».

«Le ho detto di no».

Da un lato della tenda sbucò una bambina. L'uomo si girò verso di lei. I capelli mori le ricadevano sulle spalle. Gli occhi grandi a mandorla lo fissavano divertiti. Indossava un vestitino azzurro dalle maniche a campana. Non portava né calze, né scarpe.

«Usshh!». Franjo alzò imperioso l'indice in aria.

La piccola non gli badò, come se lui fosse stato l'essere più insignificante della terra e non un padrone o un comandante, e continuò a osservare la scena ridacchiando. Fu soprattutto Amila a interessarla. La guardò con gli occhi spalancati. Solo quando si stufò della novità, dopo che Franjo si mise a urlare: «Antonia! Antonia!», scomparve dietro alla tenda come un folletto.

Franjo si inumidì le labbra. «L'Eldorado è andato. Mi pare che non ci sia altro da aggiungere».

«A parte qualche altro piccolo dettaglio».

«Ah, sì?» la provocò lui.

«Ho letto della sua compagnia, la Za.dr.Transp». L'uomo rimase impassibile. «Vorrei sapere qual era il suo ruolo nella società».

I lineamenti di Franjo cambiavano in continuazione. Era giovane, era vecchio, non faceva una piega, ringhiava e soprattutto si divertiva. Sollevò un angolo della bocca. «Perché dovrei risponderle?».

«Se non ha niente da nascondere...».

«No, niente».

«Lei è stato socio in affari di Danko Bukić. Era ricercato dal Tribunale dell'Aia per persecuzione politica e razziale. Per omicidio, saccheggio...».

«Tribunale dell'Aia! Ha!» sputò fuori livido. «Tribunale extraterritoriale. Giudici occidentali che parlano inglese e non hanno mai messo piede nei Balcani».

«Qualcuno sostiene che lei e Bukić vi siete organizzati e spartiti i compiti».

«Tutto falso».

«Ma lei sapeva dov'erano diretti e a cosa servivano i suoi camion?».

«I camion corrono sull'asfalto. In pace come in guerra».

Amila deglutì. «Quei camion sono stati usati per occupare cittadine e villaggi e saccheggiarli».

«Davvero? E dove?».

«Non può non saperlo».

«Visto che sa tutto, me lo dica lei».

«Nella Krajina. Lungo un triangolo di strade fra Drniš, Knin e Kistanje».

«Krajina? Io non riconosco nessuna Krajina. Quelle sono Lika, Kordun e Banija».

«Non importa quanti nomi sono stati dati alla regione. Sono successe delle cose terribili».

«E nel '91 no?».

«Sì...».

«Benissimo. Allora le concedo ancora tre secondi».

«Sono stati espulsi e uccisi dei civili, bruciate le loro case. Quelle rimaste sono state rivendute al miglior offerente in una macabra operazione di speculazione edilizia. Qualcuno afferma che se n'è occupato lei».

«Ah, sì?».

Un grosso moscone verde e luccicante ronzò intorno alle bottiglie. Franjo sventolò il braccio per liberarsene. Amila pensò che quelle sue mani di ragazza dalle unghie mordicchiate, le sue parole, le sue idee valessero per lui quanto il moscone che forse aveva trovato una via di fuga.

Lui riprese a fissarla. Era inquietante.

«Ma si può sapere perché le interessano tanto i serbi?» le chiese con un ghigno. «Lei non è una di loro».

Amila si sentì incastrata alla sua appartenenza etnica come una farfalla al chiodo. «Le vittime non sono più serbe, croate o musulmane. Sono solo vittime».

«Molti suoi connazionali non sarebbero d'accordo con lei. Lo sa questo, o no?».

Amila abbassò gli occhi. «Sì, lo so». Seguì un pesante silenzio.

«E allora? Che vogliamo dire?».

Amila strinse il bordo della tavola, come se volesse conficcarci le unghie. «Che questa guerra è stata uno sterminio programmato e una piazza d'affari per bande criminali. E lei lo sa meglio di me».

«No» scosse deciso la testa. «È stata un'altra cosa».

«E cosa?».

«Una guerra di liberazione. Bisognava scegliere. O i croati o i serbi o i musulmani».

«Le etnie vivevano insieme, erano mescolate. E la Jugoslavia è nata in nome dell'amicizia fra i popoli...».

«Sono sempre stato contro la Jugoslavia. Le etnie non si possono mescolare».

«E allora lei, di che etnia sarebbe? Italiano, croato... cosa?» si infervorò Amila. «O pensa forse di essere un purosangue?».

«Questa è casa mia e adesso ne ho abbastanza di lei!» tuonò Franjo.

Amila chiuse per un attimo gli occhi. Aspettò che il rimbombo del suo urlo scemasse. «Lei non è mai stato a casa sua! Anche lei è emigrato, come tutti...».

«Non sono affari suoi!» disse sbattendo il pugno. Amila arretrò sullo schienale.

Franjo si girò verso la tenda. «Antonia!!!».

Sopra i paioli di rame appesi alla parete si inerpicavano delle crepe che convergevano in una grande macchia di muffa. In quel punto l'intonaco sembrava sussultare a ogni suo urlo.

«E allora perché si sarebbe trasferito in Argentina?». L'uomo la fulminò con lo sguardo. «E poi perché è tornato proprio prima dell'inizio della guerra? Curiosa coincidenza, eh?».

«Ho detto basta!».

«Non può dichiararsi sempre estraneo a tutto o non rispondere a niente!».

«Sì che posso».

«Però, anche se nega, le sue opinioni, almeno quelle, sono colpevoli».

«Di che? È venuta lei in casa mia! E le opinioni cambiano. Aria, aria!» disse sventolando la mano verso di lei.

«Le opinioni hanno un peso e una responsabilità».

«Se è così che la pensa...». Si alzò rovesciando la sedia.

Si avvertirono dei passi muoversi dietro alla tenda. Franjo non si mosse.

«Potrebbe ridarmi la foto?».

L'uomo gliela porse sprezzante.

«Simon, Simon... su, andiamo, andiamo!».

Amila uscì dalla casa di pietra. La luce del giorno l'accecò. Perché era ancora giorno, anche se giorno fatto, da quell'altra parte di mondo, lì dove la terra sembrava arrivare al suo punto più estremo. Presto il sole sarebbe calato.

Guardò oltre la strada, verso la rimessa della vecchia col fazzoletto in testa. La donna se n'era andata. Da quelle parti non c'era più anima viva. Nessuno che potesse guardarla o che Amila potesse guardare, tanto per darsi una scrollata e sapere che, seppur dall'altra parte, era sempre sulla terra di questo mondo che stavano appoggiate le sue scarpe da ginnastica. Un passo, ancora uno. Non si voltò indietro, accelerò. Si mise a correre senza vedere più niente.

27. Stranieritudine

marzo 2005, Izola/Isola (Slovenia)

Il cielo incorniciato dalla finestra era pesante e plumbeo, non smetteva di sbavare lingue scure nel mare. Il vetro era schizzato da gocce di pioggia che si spaccavano e scendevano lente rigandolo. La luce al neon era stata accesa. La camera appariva irreale. Sulla parete erano spuntate delle macchie. Dal corridoio arrivavano ronzii, voci che si scambiavano istruzioni, qualche risolino soffocato.

Amila si tastò il corpo, la parte che era pelle e non fasciatura imbottita.

Era lei, ancora intera.

Con quel suo corpo di ragazza alla guida della Panda era andata verso un tir, spuntato grosso e soverchiante lungo un saliscendi di strade. Era un muso metallico blu quello che si era vista comparire davanti. Il clacson aveva emesso un urlo da bestia ferita. Amila aveva dato una brusca sterzata al volante. Le ruote si erano bloccate. E niente, la Panda era slittata contro il guardrail, fracassandosi.

Insieme alla macchina anche lei si era piegata verso un nucleo di se stessa e della sua storia che l'aspettava da tempo, con il quale avrebbe dovuto fare i conti. Da lì sentiva provenire le sue radici, che non c'entravano solo con un Paese, una terra o una lingua. Erano nervi scoperti, e l'incontro con quell'uomo, Franjo Radonić, li aveva risvegliati. Lì qualcosa bruciava sul vivo.

Il dottore di Osijek, che l'aveva soccorsa la prima notte, passò a visitarla. Lesse la cartella clinica e annuì un paio di volte. Amila avrebbe dovuto cominciare la terapia contro il dolore e abituarsi a dormire supina. Il dottore assicurò che sarebbe stata dimessa il giorno dopo. Come la volta precedente, le chiese anche qualcosa di personale, i suoi studi, il lavoro che voleva fare e se scriveva i suoi articoli in italiano o in bosniaco. Disse che anche lui aveva una storia simile, benché con lo sloveno fosse stato più facile.

«Perché anche lei scrive?».

«Oh, dopo i *paper*, dissertazioni e tesi di laurea, mi limito a molte cartelle cliniche e ricette mediche». Amila sorrise. Le sembrò di non farlo da secoli. «Altrimenti perché uno dovrebbe studiare medicina? Per non avere più niente da scrivere per il resto della vita. Non in quel senso, almeno...».

«Fa medicina d'urgenza?».

«Sì. Detesto la noia».

Per un certo periodo, dalla seconda media in poi, anche Amila l'aveva odiata e per questo aveva tenuto il piede premuto sull'acceleratore. Era diventata brava, bravissima, a far girare per il verso giusto la sua vita migliore, pensando di avere tutto il diritto di scegliere dove vivere, che lingua parlare, in quale scuola andare, dove studiare, in quale posto passare le vacanze, dove amare, in quale appartamento restare a vivere. Dove sentiva che sarebbe stato giusto rimanere, nonostante molte cose, il passaporto estero sempre in mano o la grafia inscrivibile del suo cognome, le dicessero che si stava ingannando. Ma gli ostacoli li dribblava, veloce come quando passava sotto il difensore dritta verso il canestro.

Ora sentiva di aver barato a un punto della partita, e il bilancio non quadrava. Perché non era più questione di affermare un diritto di scelta, ma di scegliere. Non era volere, ma sapere. Sapere che cosa stesse sempre nel mezzo. Le sembrava che ciò si potesse chiamare stranezza. O, meglio, stranieritudine, che nel suo caso si sarebbe dovuta scrivere con due "t". Un misto di stranieraggine e rettitudine. Quella era lei. C'era tutto lì dentro, di sé, della sua famiglia, della sua storia. Voleva sapere che cosa fosse l'inquietudine dell'indecisione, del volere ma non riuscire mai a prendere una direzione netta. Eppure non si poteva vivere andando contemporaneamente in due direzioni, questo era chiaro.

Si appisolò appoggiata alla spalliera rialzata del letto, la testa sui cuscini gonfi e duri, il braccio dal quale si inerpicava la flebo teso lungo il fianco. Scivolò in un sonno che non era veramente sonno, ma il su e giù di un dormiveglia. Sentì le voci dei suoi genitori arrivare come dentro un sogno. Li ebbe accanto quando riaprì gli occhi, mamma Selma tesa come una corda di violino, pronta a intervenire; papà Željko scarmigliato, pronto a parlare.

Amila sentì un guizzo di felicità pura e semplice solcare la nebbia che l'aveva invasa, il dolore pulsante alla guancia risucchiato nella piccola voragine di un unico punto. Mamma Selma l'abbracciò attenta a non stringerla troppo, facendo traballare la flebo.

I suoi genitori cominciarono a parlare insieme, tempestandola di domande. Come stava, cosa dicevano i dottori. Amila rispondeva come se fosse tornata piccola, a tratti come se stessero parlando di qualcun altro. Infine arrivò l'inevitabile richiesta di spiegazioni. Amila si sentì crescere come Alice nel paese delle meraviglie in qualcosa che la schiacciava e non riusciva a contenere le nuove dimensioni. Tornò a essere una ragazza di ventun anni, attaccata alle proprie responsabilità.

Chiese a papà Željko di poter rimanere un attimo da sola con lui. Mamma Selma fece la faccia offesa. Željko annuì e suggerì a Selma di andare a prendersi un caffè. L'accompagnò alla porta, le bisbigliò qualcosa all'orecchio e le diede un bacio sulla fronte. Si sedette sul bordo del letto. Tamburellava le dita delle mani appoggiate alle ginocchia, in attesa.

«Ho fatto un bel casino, papà» esordì Amila con la voce rotta. Si sentì scivolare lungo le guance le lacrime trattenute fino a quel momento e il corpo di nuovo scomposto in tante parti doloranti. Željko rimase immobile, gli occhi rabbuiati. «Mi dispiace» aggiunse lei voltandosi verso la finestra. Le nuvole si muovevano all'orizzonte, cambiavano colore. «Papà...». Si rigirò dalla sua parte, ma si interruppe subito.

«Sì...».

«C'è un ragazzo...». Željko si sistemò gli occhiali con la punta delle dita senza smettere di fissarla. «È il nipote di Norina».

«Ah» commentò lui appena.

«Quel ragazzo australiano che è venuto a trovarla la scorsa estate, ti ricordi?». Amila avrebbe voluto che tutto si perdesse nel silenzio.

«Eravate insieme il giorno dell'incidente?».

«No, lui vive a Melbourne».

«E ti manca, lo ami?».

«Sì, anche... ma non è questo».

«E cos'è allora?». Amila taceva. «Ragazza» la incalzò Željko serissimo. «Potresti dirmi dove sei stata?».

«Non lontano, papà. Oltre il confine croato».

Željko aspettò che Amila continuasse. Sospirò ancora e disse grave: «Non posso aiutarti se non mi dici cosa ti è successo e che ci facevi in giro con la macchina di Norina». Amila scosse risoluta la testa. «Figlia» continuò lui con voce tesa, «dimmi almeno che non è ti accaduto niente di cui dovrei preoccuparmi».

«No, te lo giuro, niente. Sta' tranquillo».

A Amila tornarono in mente il sorriso di scherno di Franjo, la sua terribile lucidità, nonostante la quantità di alcol che ingurgitava. La sua normalità, anche. Aveva rigirato tutte le carte a suo favore senza scoprirle mai o tutt'al più scoprendole appena, ma per metterla all'angolo. I camion, i camion corrono. La sua parola contro quella di altri.

Aveva eluso ogni richiesta di spiegazioni, respinto ogni possibile accusa, accrescendo in lei un senso di sciocca impotenza e sconforto. E, ancora una volta, niente era stato spiegato. A parte il fatto che il destino non era una fatalità incomprensibile e inevitabile, ma si intrecciava sempre con la banalità del bene e del male, oltre che con altre, infinite casualità.

«Ma per l'amor del cielo, cos'è successo? Non puoi farti trovare in ospedale in queste condizioni senza neanche dirmi dove sei stata!».

Amila disse soltanto: «In un posto dove mi aveva portata una volta quel ragazzo, dove vivevano i suoi nonni». Željko apparve perplesso. «Voleva scrivere un romanzo e...».

«E?».

«E niente... Mi dispiace, ma questa storia non si può raccontare». Sul volto di Željko si dipinse un'espressione smarrita. «Non posso» sussurrò lei. «Scusami».

Željko guardò verso la finestra e fra loro calò un silenzio gelido. Amila si asciugò le lacrime con il dorso della mano. «Mi passeresti un fazzoletto, per favore?». Željko ne estrasse uno dalla scatola sul comodino. Glielo porse con le labbra contratte. «Papà, sono molto confusa». Lui annuì preoccupato. La conversazione procedeva per sospesi, le parole si trascinavano. Arrivate alla loro massima possibilità di dirsi, si spegnevano. «Mi dici una cosa?». Lui annuì di nuovo. «Dov'è che siamo finiti tutti quanti?».

«Tutti chi?» si irrigidì lui.

«I vicini, i colleghi, gli amici di Zvornik. I miei compagni di classe, i tuoi studenti. Papà, li abbiamo dimenticati».

«Per un periodo ho pensato a tutti loro ogni lungo giorno della mia vita. Poi meno» ammise. «Ma non si può pensare sempre a tutto».

«È che quando cerco di tornare a quegli anni mi vengono in mente solo ricordi vaghi. Mi sento persa. Non so neanche più dove sono finiti tutti i miei pezzi...».

«Sentirsi divisi, e neanche in parti uguali, è il minimo che possa capitare a gente come noi...».

Amila scosse risoluta la testa. «Papà, però noi ci siamo salvati...».

«Non sai quante volte, dopo, ho rimpianto di non essere andato a bussare a tutte le porte del condominio...». Amila pensò che fosse quella linea discontinua fra il dopo e il prima a fungere da impossibile spartiacque nella sua vita, dicendole che forse, in quella storia, nessuno si era veramente salvato. «Invece ho pensato soltanto a noi...». La sua voce era flebile, sfiatata.

«Papà, guarda che non ti sto accusando di niente. Hai salvato la tua famiglia e te ne sarò sempre riconoscente». Željko scosse la testa. «Hai fatto quel che hai potuto, sono solo io che non riesco a trovare la mia pace, capisci?».

«La pace è molto più difficile della guerra, purtroppo».

Seguì un lunghissimo silenzio, denso di cose che non si erano mai detti. Željko aveva gli occhi arrossati.

«Papà?». Željko annuì. «E Nevena?».

«Nevena di Miran?».

«Sì». L'ultima bambina bosniaca con la quale Amila aveva giocato nella Ruska Zgrada. Occhi scuri, naso aquilino, due trecce more che le incorniciavano il visetto. Ora riusciva a ricomporre a mente i tratti infantili, ma decisi, della sua vecchia amica con l'argento vivo addosso.

«Parla bene l'inglese e fa l'interprete per un'organizzazione internazionale. Finché dura, ha il lavoro assicurato. Ma anche lei vorrebbe andarsene via».

«Perché non l'aiutiamo a venire in Italia?».

«Che stai dicendo?».

«Magari con il sindacato potresti fare qualcosa...».

Željko si sfilò gli occhiali e si strofinò gli occhi. «Ragazza, non funziona così. Con la nuova legge... bisogna aspettare il decreto flussi e le quote. E poi dovrebbe avere almeno un contratto di lavoro...».

«Papà, loro però ci hanno aiutati».

«Lo so, ma non è questo. Ascolta, figlia, ascolta. Miran... ecco, non mi sono più tanto chiare delle cose... Mi riferisco agli anni della guerra...».

«Che cosa stai dicendo, papà?».

«Non so, mi sono arrivate delle voci...».

Amila si sentì come se tentasse di stare a galla facendo delle grandi bracciate, nonostante un mulinello d'acqua la tirasse giù per le gambe, sul fondo, dove anche le cose più limpide si rivoltavano nel torbido. «E chi te l'ha detto?».

«Fehim».

«E chi è?».

«Un mio vecchio collega. Era nella III 1 l'ultimo anno. È il papà di Sanela e Emir. Te li ricordi?».

Amila fece cenno di no. Si ricordava dei nomi e di due sagome sfocate di bambini e di dolcevita rosse e blu, pantaloni di velluto, scarponcini marroni con le stringhe. Due ex bambini bosniaci. Due come lei e Majda.

«È venuto giù anche lui per la casa... Ma vende tutto e rimangono in Germania».

Amila guardò suo padre negli occhi. «Di quali voci stai parlando?».

«Non è sicuro, ma pare che... insomma, non so, si fanno tante di quelle chiacchiere...».

«Lavora in comune lui adesso, vero?» tagliò corto Amila in preda all'ansia. «Non fa più il bidello?».

Željko scosse la testa. «Ma questo non vuol dire che...». Non riuscì a proseguire. Seguì un altro penoso silenzio fra loro.

«Papà?».

«Sì?».

Amila si sentì fare uno scatto con le gambe per tornare in superficie, tirando fuori la testa e riprendendosi una boccata di ossigeno. «Ma se anche fosse vero quel che non mi stai dicendo, che c'entrerebbe Nevena?».

«Niente, niente» ammise lui.

Amila abbassò le palpebre. Željko era arrivato a un suo limite. Lo aveva messo lei lì di fronte. Per tanti anni aveva cercato di non deludere mai suo padre. Perché suo padre la spingeva sempre a fare meglio. Ora, però, si sentiva lei delusa.

Ognuno rimase chiuso nei suoi pensieri finché Željko decise di andare a chiamare mamma Selma. Si alzò lentamente, aveva l'aria stanchissima.

«Papà?». Amila lo bloccò sulla soglia. «Ci saranno molte cose da sistemare con Norina. È passata ieri in ospedale, era sconvolta perché doveva andare alla polizia stradale. Penso che la macchina sia gravemente danneggiata... non sai quanto mi dispiace».

Ora Amila voleva solo sistemare tutto e stare lontana. Dalla casa di Bristie, da quella storia. E dal punto, dal punto estremo al quale l'aveva portata Simon.

Željko annuì, serio e affidabile. Avrebbe saputo lui quel che era giusto fare con Norina e per il risarcimento dei danni. Amila gliene fu grata.

Quando i suoi genitori rientrarono insieme, dei raggi di sole si erano spinti fra le nuvole, le solcavano oblique accendendole di sfumature rosse. Mamma Selma si sforzò di trattenere l'ansia e l'emozione con finta calma, ma così, per Amila, era ancora più difficile. Per fortuna arrivò il carrello della cena e lei si lasciò distrarre dalle cose da fare e organizzare.

Amila chiese notizie dell'appartamento. Selma pronunciò il suo «oooh» misterioso strappando energicamente il coperchio dello yogurt, il che voleva dire tutto e niente. Papà Željko riferì asciutto che avevano chiamato una ditta e spiegò di intonaci, pavimenti, piastrelle e boiler.

Quando i suoi genitori si rimisero i giacconi, il sole era nascosto fra le nuvole, rigate di violetto.

«Mamma, mi dici una buona volta che avete deciso di fare con l'appartamento?».

Selma si mise più ritta sulla schiena. Aggrottò la fronte e lanciò un'occhiata inquieta a Željko. Lui socchiuse appena le labbra, senza rispondere.

Eccoli qua, ora, i suoi genitori. Stretti insieme a lei nella bolla di un vecchio dolore, di cui non avevano mai saputo parlare veramente a dispetto di tutti gli anni trascorsi. Il dolore di essere stati traditi dal loro Paese e di essere stati poi loro a tradire lui. Di essere scampati illesi a un mattatoio. Il dolore di cui si dovevano anche vergognare, per rispetto di chi ne aveva vissuto uno più grande. E poi il dolore di essersi ricostruiti una vita da un'altra parte, ma di essere rimasti diversi, sospesi nella diversità.

Mamma Selma ruppe il silenzio. «Bisogna farci dei lavori, sia che lo vendiamo, sia che lo teniamo, sennò non vale niente. Prima dell'estate non è possibile cominciare... ma adesso non preoccuparti anche di questo».

«Ma come potremmo tornare a vivere là?» chiese Amila.

«Infatti» rispose secco papà Željko. «Non si può. Ma se lo diamo via, mancherà sempre qualcosa».

Così, da ultimo, c'era pure il dolore di aver avuto indietro a Zvornik quel che era stato loro e sapere di non volerlo più.

«Mamma, ma che ricordi ti vengono quando sei là?».

«Ricordi?» balbettò Selma. «Non saprei». Si mise una mano sulla bocca per riflettere. «Sì, l'odore di cavolo per le scale all'ora di cena» disse con una nuova luce negli occhi. «Ecco, quello me lo ricordo bene».

«E c'è ancora?».

Selma distese le labbra in un sorriso forzato. Poi scosse la testa. «No, mi pare di no... o almeno io non l'ho sentito».

«E perché ti piaceva?».

«Ma non mi piaceva affatto! Lo trovavo fastidiosissimo, per questo me lo ricordo...».

Amila rise. Anche Selma si lasciò scappare un sorriso. Stavano ridendo di qualcosa di triste, ne erano consapevoli, ma poteva servire lo stesso.

Quando i suoi genitori uscirono, mamma Selma le ripeté che sarebbero venuti a prenderla il giorno dopo, papà Željko le diede un bacio sulla testa, come se fosse tornata di nuovo bambina. Il cielo si era scurito e le nuvole si erano addensate.

Amila rimase sola con un pensiero provvisorio e confuso, arrivato da chissà dove, che si fece largo a tentoni nella sua testa. Non sapeva ancora bene come realizzarlo, ma intanto credeva di sapere perché. Perché si sentiva sempre in difetto e tutte le toppe che aveva messo sopra le sue varie mancanze si erano strappate. Perché non era felice, né era facile sentirsi così, come una che voleva sempre qualcos'altro. Un'incontentabile.

Entrò l'infermiera con la lunga coda di cavallo rossa. Le cambiò la flebo e le raccomandò di riposare. Spense la luce.

Amila prese il cellulare e selezionò un numero con due prefissi. Lo digitò d'impulso.

A quell'ora, nell'altro emisfero, era notte fonda e perciò, dopo l'avviso automatico del telefono spento, partì la segreteria.

«Ciao, sono io» disse in modo meccanico. «Scusa se non ti ho ancora risposto. Non preoccuparti, sto bene. Spero che tu sia riuscito a parlare con Norina. La Panda è fuori uso, ma mio padre sistemerà tutto. E poi...» poi erano di nuovo quelle parole difficili. «Volevo dirti che sono stata a Buroli. Ho incontrato Franjo Radonić. Era in quella casa. È tuo nonno. Non so perché si trovasse lì, né per quanto tempo ci rimarrà. Sembra una cosa assurda, vero? Per il resto... Be', non so più di quel che già sapevamo. Ha negato tutto. Ti racconterò bene quando ci rivedremo. Anche se non so quando.

E al riguardo... domani torno a Trieste e, insomma, ho

un bel casino nella testa. Sono passati tanti mesi e tutta questa distanza fra noi… c'è sempre sempre troppa distanza nella mia vita. Non ce la faccio.

Abbiamo sbagliato a sognare cose impossibili. O forse abbiamo fatto bene, ma adesso vorrei solo che ci fossimo conosciuti in un altro periodo. Che so, fra dieci anni. Quando tu avrai un lavoro ben pagato e delle ferie normali e io non sarò più un'extracomunitaria, ma una cittadina di qualche Paese, libera di spostarmi dove e quando mi pare. Mi dispiace, ora devo pensare alla mia vita. Devo scrivere la tesi e poi forse… forse non resterò più qua. Anch'io vorrei viaggiare come fai tu. E allora, anche se è triste, credo sia meglio perdersi di vista, almeno per un po'.

E, per favore, racconta tu a Norina come sono andate le cose. Qualcuno deve spiegarle il casino che abbiamo combinato. Io non c'entro niente. Sei suo nipote. Fallo tu».

28. Le cose che devono andare

ottobre 2005, Bristie/Brišče (Italia)

Norina rientrò prima del previsto in possesso della sua Panda. Il padre di Amila gliela portò a Bristie riparata, lavata e rimessa a nuovo. Amila non era con lui, non poteva guidare e non passò nemmeno per un saluto. Certo, aveva già detto a Norina, al telefono e in ospedale, che le dispiaceva. Le aveva mandato mille scuse nei giorni di trambusto, quando tutti telefonavano. Ma, secondo Norina, sarebbe stato suo preciso dovere venire di persona a spiegarle com'erano andate le cose invece di complicargliele ancora di più. Di lei non ebbe altre notizie.

Quando arrivò quel padre mai visto prima, per Norina fu davvero difficile. Almeno Mariano si fosse alzato dal letto e ci avesse parlato lui, da uomo a uomo. Ma niente. Dovette fare lei come al solito, intimorita da quel signore distinto e garbato, con gli occhiali e alto di statura, che per educazione non si guardò intorno, benché avesse sicuramente notato lo stato desolante in cui si trovava un'altra volta la casa. Le porse un assegno, per il disturbo, così le spiegò con un accento suo. Anche se Norina in quelle parole vi lesse: perché non facesse storie.

Ma lei era stata onesta. Amila non doveva avere problemi con il suo permesso di soggiorno. Alla polizia slovena, Norina aveva dichiarato di averle prestato la Panda, proprio come si fa con una persona di famiglia. Le storie dei passaporti e dei permessi di soggiorno – che potevano essere rilasciati o ritirati come girava il buon vento – le conosceva. Era giusto che ognuno avesse il suo pezzo di carta, senza dover soffrire per una cosa del genere. E per questo era anche capace di mentire, e così aveva fatto. Ma l'assegno no. Quello non l'accettò.

Per molti mesi Norina non toccò la macchina, come se non si fidasse, come se fosse stata sporcata, malmenata. Arrivò un altro autunno. Mariano era stazionario. Norina doveva fare la spesa, scendere in città, comprare le medicine. Erano di nuovo le solite cose, e almeno con la Panda dovette riconciliarsi. Riprese a usarla.

Una mattina, Bristie era coperta da una nebbia fitta e dalle doline si vedevano spuntare solo rami neri, irrigiditi e pieni di foglie secche. Norina trovò una mail nella casella di posta. Era sua sorella.

Non si scrivevano più molto, solo ogni tanto e per dirsi cose davvero sciocche. Questa volta il testo era lungo e denso, come non ne arrivavano mai con la posta elettronica. Norina si sentì appannare la vista. Strinse gli occhi nello sforzo di mettere a fuoco i caratteri. Nevia non iniziava con "carissima sorella mia", una frase di apertura sparita dalla loro corrispondenza. Ma non cominciava nemmeno con il solito *ciao; ciao sono io; ciao, Norina, ci sei?*

Il discorso partiva di punto in bianco, come se le parole fossero state ritagliate fuori dal loro contesto. Nevia raccontava di essere passata da giovane per alcuni campi di raccolta per profughi. Nonostante fossero gente per bene, scriveva, lei e la sua famiglia erano finiti là. La loro unica colpa era stata di voler rimanere italiani. In cambio avevano ricevuto sguardi sprezzanti dalla gente di città, come se fossero stati dei poveracci, come se avessero avuto una malattia infettiva o fossero arrivati da chissà dove. Ma erano l'odore di aglio, i vestiti consumati, le facce stravolte e gli occhi pieni di paura a farli sembrare diversi. Loro erano italiani come gli altri ed era ingiusto essere stati trattati così.

Norina si fermò, si appoggiò allo schienale della sedia. Non capiva se quella mail le fosse stata inviata di proposito o per errore. Era come se Nevia stesse confessando qualcosa a qualcuno che non poteva essere Norina, dato che quella storia la conosceva già. Forse la mail era rimasta nella casella, magari Nevia se l'era scordata. Con la posta elettronica bastava un momento di distrazione e via. I messaggi partivano per ogni dove, non potevano essere più cancellati, strappati, distrutti.

Sua sorella spiegava che era stato terribile abbandonare il padre, la madre, la sorella come una colpevole. Ma le cose andavano anche così. Se non c'era niente da sperare, ti venivano fatte le promesse di un'altra vita e si partiva.

Sulla motonave *Flaminia* avevano tutti il mal di mare e, per non soffrirne più, una donna le aveva consigliato di mangiare per due giorni e di guardare l'orizzonte prima con un occhio e poi con l'altro. Bisognava abituarsi all'orizzonte. Aveva funzionato. Nevia era rimasta con pochi passeggeri nella *dining room* della nave, apparecchiata per gente che non mangiava e non aveva più niente nello stomaco, né da trattenere, né da vomitare.

Norina si immaginò sua sorella pallida in volto, ben pettinata, con il fermaglio di perle appuntato di lato e le mani affusolate appoggiate a una tavola rotonda con le doppie posate. La tovaglia bianca le arrivava fino ai piedi, era l'unica commensale. Stava seduta dritta, con gli occhi sbarrati. Non parlava, in attesa che le portassero da mangiare. Nevia era illuminata da un cono di luce fioca e gialla che forava la densa penombra intorno a lei. Norina riusciva a vederla come se le fosse stata davanti. Non le era mai successo prima.

Gli italiani erano separati dai greci, scriveva Nevia, ma non dormivano tutti insieme, anche se poi erano tante le donne nei letti a castello a quattro piani nella stiva. Il punto era ricavare spazio. La *Flaminia* era una nave che era stata adattata per il trasporto degli esseri umani dopo aver trasportato merci. Qualcuno riusciva a trovare una cabina. Così andavano le cose.

Franco si trovava sulla stessa nave.

Norina chiuse gli occhi. Ma era troppo tardi.

Franco l'ho amato solo per poco e non l'ho mai odiato perché è andato via. Le cose che devono andare, vanno comunque.

Era troppo tardi per afferrare il cavo del computer e staccarlo. Norina aveva letto.

E dunque, se Nevia affermava di aver amato Franco solo per poco, forse non era stato neanche amore. E dov'era stato questo amore da poco? Già a Padriciano, prima di partire, sulla nave, in Australia, dove?

Norina si stropicciò gli occhi, ma le lacrime non vollero uscire. Quella forma di sollievo, concessa a tutti, a lei era preclusa. Gli occhi non si inumidivano neanche a spremerli. Ora dovevano solo abituarsi alle notizie che avevano aspettato e temuto di leggere per tutta la vita.

Nevia aveva sempre saputo che Franco se ne sarebbe andato. *Lui non era come pensavo o forse sì, ma ero diversa anch'io. Lo eravamo tutti.*

E lei era stata soltanto una ragazza molto giovane, sciocca e sola. Eppure il bambino che sentiva crescerle nel ventre, che poi sarebbe stata la sua prima bambina, le aveva dato tanta felicità. Non era stato uno sbaglio, perciò. Era successo ed era un bene che fosse stato. Era un bene che la felicità si potesse trovare in ogni luogo. Perché la felicità arriva quando vuole, non ha bisogno di un nuovo Paese, di una bella casa, di un lavoro speciale, di soldi o di chissà che. Non si sta al mondo perché tutto arrivi gratis, bisognava capirlo.

L'Australia era stata un sogno, ma anche una realtà. E i sogni avevano un prezzo. Anche Nevia era stata trasportata a Bonegilla, come gli altri, e non se ne vergognava. Perché se nella vita qualcosa andava male, il male bisognava toglierselo prima di tutto dal cuore.

Nevia raccontava di essere scesa a Fremantle. Quel giorno soffiava una tempesta di sabbia, strana come il caldo che faceva, anche se le avevano detto che si era in inverno. La sabbia rossa si appiccicava addosso. I profughi erano stati trattenuti alla dogana. Nevia si ricordava di uomini che indossavano il cappello e donne con il copricapo portato laterale. Gli australiani erano vestiti in modo più antiquato degli immigrati istriani e triestini. Nevia aveva vomitato per la prima volta.

Forse a causa del suo stato interessante? si chiese Norina con apprensione.

Per fortuna, continuava sua sorella, quella era stata solo la prima tappa del viaggio. Poté risalire sulla nave e arrivare a Melbourne. Sembrava un porto molto vecchio, non era come a Trieste. Prima di essere mandata al controllo medico e all'ufficio passaporti, le venne appiccicata un'etichetta sull'abito. Lo facevano con tutti gli emigranti, come se fossero stati un branco di bestie. Quella gente estranea la toccava, le diceva parole incomprensibili e impartiva ordini con disprezzo. Lo vedeva dai loro gesti, da come muovevano la bocca e le mani, dagli occhi che facevano solo finta di essere buoni e comprensivi, ma erano crudeli. Dopo i controlli anche lei fu libera. Non sapeva dove andare, anche se era in quella città che, come tutti, era voluta arrivare.

Camminava. Non c'era nessuno per strada. Le vie erano buie e immerse nella foschia. Si ricordava di un orologio apparso nella notte in mezzo al nulla. Non poteva più scordarne la visione, come se solo in quel momento avesse compreso di aver varcato per sempre la linea di una nuova vita.

Quando tornò alla nave, le vennero requisiti i bagagli, con la promessa di restituirli all'arrivo. La fecero salire su un treno che sembrava provenire da un'altra epoca. Lì dentro tutto scricchiolava. Una porta a soffietto si apriva e chiudeva in continuazione.

Furono ancora dodici ore di viaggio e dal finestrino

si vedevano campi di eucalipti, migliaia di pecore e una casa ogni tanto. A una fermata, dei contadini servirono del tè con il latte. Un tè che Nevia non aveva mai assaggiato prima. Dopo dodici ore arrivò a Albury. Dovette salire su un autobus per un'altra ora di viaggio. Scese davanti a un campo di raccolta con la rete metallica.

Norina fissò impietrita lo schermo. Non aveva mai saputo, né immaginato che arrivare in Australia volesse dire entrare in un campo uguale a quello da cui Nevia era scappata.

Mama mia, cossa go fato! scriveva Nevia. Ma poi ci teneva a rassicurare che dal campo si poteva entrare e uscire, solo che il lavoro promesso non c'era, il mangiare faceva schifo, la carne era vecchia e bisognava andare in farmacia a prendere l'olio per cucinare. Uscì quando trovò un posto di lavoro in una fabbrica tessile. Era quasi arrivata alla fine della gravidanza.

La storia si interruppe come se fosse finita, lasciando il seguito in sospeso – la nascita di Ann, il matrimonio riparatore con Carmine, le gemelle, i molti traslochi, la sartoria. E, su Franco, neanche una parola di più. Niente che potesse dare un vero senso al peso opprimente che Norina si era portata dentro da quando lui e Nevia erano partiti lasciandola indietro, ora lo sapeva, per conquistarsi l'orizzonte mangiando avidamente il cibo di due giorni interi, e per finire, tutti e due, o forse solo Nevia, in un campo per emigranti.

Norina si strofinò la bocca con il dorso della mano. Si alzò e spense il computer. Strappò una salvietta dal rotolone. La pressò sugli occhi, il tovagliolo si inumidì appena. Fece qualche passo per sgranchirsi le gambe. Si diresse alla finestra. Il giardino era spoglio. La chioma del rovere le apparve accesa di giallo e rosso. Presto tutte le foglie sarebbero cadute.

Norina non sapeva più a cosa pensare. Si sentì solo vecchia e rinsecchita, come sarebbero diventati i rami del suo rovere. A una mail come quella di Nevia non c'era niente da rispondere. Non sapeva che altro potesse fare.

Certo non avrebbe potuto immaginare che quelle sarebbero state le ultime parole di sua sorella, poco importava che fossero state per lei o per qualcun altro. A esse non avrebbe mai più potuto rispondere.

Dopo qualche giorno arrivò la telefonata inattesa di Simon.

«Nonna Nevia è morta» disse con la sua voce delicata, la vera sorpresa di Norina, che aveva cercato degli occhi e trovato una voce. Ma adesso, con quel tono tanto amato, le stava dando una brutta notizia.

Norina si mise seduta sul divano. Premette forte il cordless all'orecchio e si mise la mano davanti alla bocca. Eppure Simon le stava spiegando con la voce incrinata non solo che era successo, ma anche come.

L'avevano trovata i vicini riversa per terra nel giardino sul retro. I dottori avevano accertato il decesso per infarto dopo il trasporto all'ospedale con l'ambulanza. Nessuno sapeva se avesse sofferto e come fossero stati gli ultimi attimi di vita. L'asma non le permetteva più che una breve passeggiata al giorno, ma per il resto stava bene. Era perciò ancora più incomprensibile che fosse successo.

Alla fine del resoconto Simon rimase muto, senza neanche un “mi dispiace”, forse perché erano parenti e il dispiacere andava diviso in parti uguali.

Nemmeno Norina disse una parola. Avrebbe voluto piangere, ma gli occhi erano asciutti. Avrebbe voluto manifestare il suo sconforto, eppure rimase paralizzata sul divano. Questo, Simon non lo poteva né vedere, né capire. Forse avrebbe dovuto sentirsi in colpa, ma non ci riusciva, anche se prima o poi avrebbe fatto e sentito tutte queste cose insieme e, allora, sarebbe andata nel bosco.

Nessuno poteva sapere che cosa volesse dire rimanere per tutta la vita separata da una sorella e poi riprendere i contatti da vecchia attraverso il computer e, adesso, averla persa senza più alcuna possibilità di ritrovarla. I funerali si sarebbero svolti laggiù.

Simon la richiamò dopo la sepoltura. Norina non controllava più la posta elettronica, non accendeva la televisione ed era già stata molte volte nel bosco. Ce la mandava Mariano, dicendole di smetterla. Non aveva bisogno di nuove badanti o di chiunque altro, solo pace voleva, che lei gli desse pace. Intanto era sempre più bloccato fra la camera da letto e il bagno, sempre più alto e magro.

Leggeva il quotidiano locale dalla prima all’ultima pagina per passare il tempo. Fissava la finestra girato sul fianco, la testa sprofondata nei cuscini. Mangiava da solo perché non riusciva a scendere le scale e Norina si stufava di star seduta con la pancia vuota sul bordo del letto. Parlavano poco, il minimo indispensabile. Questa era l’unica cosa a essere peggiorata dopo la morte di Nevia, forse perché neanche Mariano era riuscito a piangere. Il non parlarsi era l'unico modo di rimanere uniti.

Simon le raccontò al telefono come si erano svolte le esequie. Tutte le figlie e nipoti e mariti e fidanzati, e poi molti italiani di Melbourne con altre mogli, mariti, figli e nipoti si erano recati in chiesa. Per Nevia. Qualcuno era arrivato da Sidney. In tanti avevano chiamato da Buie, solo Orietta di contrada Sucolo aveva pensato di fare una telefonata anche a Trieste. Norina non si era mai sentita più sola. Ma era bello che Nevia avesse avuto tante persone, anche se era morta lontana da casa sua. Era triste, ma forse era ancora più triste che Norina, che pur sarebbe morta nella sua terra, non avrebbe avuto nessuno vicino. Perfino la morte riusciva a mettere le due sorelle in competizione. Sarebbe mai finita quella storia?

Forse sì.

Simon le annunciò al telefono di voler tornare in Europa. Stava cercando un lavoro a Londra, aveva già prenotato i voli. Voleva venire a trovare anche lei e Mariano per qualche giorno. Norina si sentì la lingua bloccata. Simon si mise a farfugliare cose senza senso, che non voleva disturbare, poteva andare senza nessun problema in albergo, stava prenotando anche gli alberghi. Non si sarebbe fermato a lungo.

Norina non sapeva come fare a dirglielo. Aveva capito giusto? Suo nipote, che non le telefonava, né scriveva mai, che l'aveva chiamata sì e no a Natale, anzi no, a Santo Stefano perché il giorno prima era stato occupato, e sì, l'aveva chiamata anche in primavera, nel periodo in cui Amila aveva avuto l'incidente e la Panda era stata sequestrata dalla polizia e tutto era sottosopra, ebbene, suo nipote le stava dicendo che aveva intenzione di trasferirsi in Europa, perciò non più così lontano da lei.

Erano dunque una famiglia?

La famiglia che Norina aveva sempre voluto era di Nevia. Norina non sapeva più se sua sorella gliel'avesse negata in un tempo lontano o se invece gliel'avesse sempre offerta. Ma era pur un fatto che, sebbene Norina l'avesse sempre rifiutata, ora la voleva, ne aveva bisogno e la sentiva sua. E, finalmente, riuscì a dire per la prima volta fra le lacrime: *povera sorella mia.*

29. Il giro del mondo era fatto

novembre 2005, Trieste/Trst (Italia)

Dopo Ognissanti, Simon si trovava insieme a Norina. Erano seduti a tavola, anche se l'ora di pranzo era passata. Simon stava già per ripartire. Trieste era stata questa volta solo una breve, brevissima tappa intermedia. A Norina disse di averle portato una cosa.

Era di Nevia ed era avvolta in semplice carta bianca. Era l'unico bene, come diceva sua nonna, insieme agli orecchini, che le fosse rimasto del vecchio mondo. Nevia l'avevano seppellita con gli orecchini, il fermaglio di perle l'aveva trovato lui nella scatola di fotografie che ora Ann teneva sul ripiano del soggiorno.

Norina lo riconobbe subito. Anche per lei quello era uno dei pochi, vecchi oggetti preziosi che avesse di Buie, di casa sua, del posto dov'era nata. Il fermaglio era tornato, dopo aver fatto il giro del mondo. Stava fra le sue mani.

Simon aspettava il taxi. Trafficò con il passaporto e i biglietti dell'aereo. Aveva un colloquio di lavoro a Londra. Mariano era convinto che per lui fosse una buonissima occasione e il solo fatto di poter immaginare suo nipote in Europa e realizzato in una bella professione, lo tirò su di morale. Le sue condizioni di salute migliorarono.

Simon prese un foglio piegato in quattro dal grande zaino che teneva fra le gambe. Il solo bagaglio per una vita forse nuova, che doveva cominciare leggera, anche se era un ragazzo a cui non mancava niente. Si stava forse solo disfacendo di tante e inutili cose.

Fu così che Norina si trovò faccia a faccia con un'altra verità – o magari era solo una menzogna – della sua vita. Una verità che usciva dal computer. Lo sapeva, ormai si era abituata a quei fogli insulsi, piegati, strapazzati, sfornati dalla stampante.

Preparati, si disse aprendo il foglio. Lo aprì. Ma per quel che doveva vedere, non si sarebbe potuta preparare in alcun modo.

Simon sparì per un secondo dal suo campo visivo, eppure le stava davanti, e loro due si fissavano senza riuscire a dirsi neanche una parola. Dopo qualche attimo infinito, suo nipote le chiese se l'uomo della foto fosse suo nonno. Parlò come uno che andava di fretta o stesse continuando un discorso già fatto mille volte.

Simon era dimagrito, i capelli si erano allungati, il viso appariva più ruvido e spigoloso. Si tolse gli occhiali. Gli occhi adombrati e impenetrabili esigevano ansiosi una risposta che Norina avrebbe voluto tenere solo per sé.

Riguardò la foto in bianco e nero. Stava in un articolo di giornale. Riuscì a leggere soltanto il titolo, grande e nerissimo, ma non capiva lo slavo, solo la parola Eldorado capì.

Sulle prime fu difficile riconoscere un ragazzo in un volto da vecchio. Ma neanche Franco era immortale, questo era evidente. Il tempo aveva lasciato i suoi segni nella faccia ispessita e fra i capelli grigi, lungo le stempiature e nelle pieghe del collo. Però quell'uomo non poteva avere l'età di Norina, no, doveva essere più giovane.

«Zia, fra poco arriva il mio taxi».

Eppure gli occhi con il brillio erano inconfondibili, anche se offuscati dall'inchiostro scuro. Le pieghe intorno alle labbra conferivano la nota aria di strafottenza alla nuova faccia imbolsita. E più Norina si convinceva, più gli strati del volto attuale si rarefacevano, lasciando affiorare il giovane di un tempo. Norina si sentì sollevare gli angoli della bocca. Avvertì un sussulto nella pancia. E così i morti si risvegliavano.

Annuì al suo ragazzo. Sì, ne era certa. Era lui.

«Ma si chiamava Franco o Franjo?» volle sapere Simon.

«Eh?». Norina non riusciva a staccarsi dal foglio.

«Zia, il nome» insistette.

«Franco. Noi lo ciamàimo solo Franco».

Allora Simon le spiegò che l'articolo era stato pubblicato in seguito a un incendio appiccato a un locale di cui Franco era proprietario.

Norina si riscosse di colpo. Quale locale?

«Un night club».

«Cossa?».

«Un locale per gli spogliarelli. O qualcosa del genere».

Norina sbatté le palpebre, si inumidì il labbro con la punta della lingua. Tutto accadeva sempre alla velocità della luce e ogni cosa riprese a ondeggiare al solito modo intorno a lei.

Capì che avevano poco tempo per dirsi troppe cose.

Gli chiese d'impulso la cosa più ovvia, quella che tutti volevano sapere e per la quale non sembrava mai esserci una risposta.

Simon disse qualcosa che era vecchio e nuovo insieme. Franco si trovava a Buroli, era sicuro. E così il giro del mondo era fatto e finito.

Ma come, pensò Norina spalancando la bocca senza che la voce uscisse. Simon glielo ripeté, glielo assicurò perfino.

E dove stava scritto? Simon non glielo diceva. Invece i suoi discorsi presero strade lunghe e tortuose, virarono apposta in altre direzioni, e perfino lei, alla sua età, se ne accorse.

Difficile per Norina seguire il ragazzo, che pronunciava Buie, Livio e Orietta, ai quali aveva portato i soldi per le tombe. Sentiva tintinnare le sue parole come monetine in un salvadanaio di latta. La sua voce aveva un accento stridulo. Quei nomi uscivano per la prima volta dalla sua bocca e non gli stavano per niente bene.

Norina si sforzò di ragionare lei. Si schiarì la gola e lo fissò.

E, dunque, se a questo mondo due più due faceva ancora quattro, Simon aveva cercato suo nonno – difficile dire perché e per come, ma il mondo in mano ce l'aveva lui – e l'aveva trovato. Eccolo. Sorpresa: bastava cercare in internet o tornare a Buie.

L'aveva incontrato? Simon scosse la testa.

Poi sentì pronunciare il nome di Amila. Gli aveva tradotto l'articolo.

Un macigno le si rivoltò nella pancia. Che cosa c'entrava Amila, adesso, un'estranea che non sapeva niente della loro famiglia?

Norina non poté reprimere la stizza, la vergogna, che due ragazzi come loro fossero andati a ficcare il naso in una storia tanto privata e tanto vecchia.

Il terreno sul quale lei e Simon stavano avanzando l'una dietro all'altro era pericoloso. A ogni passo, potevano scivolare e fare una brutta caduta.

E quando Norina ripensò alla macchina che Amila le aveva preso e sfasciato in marzo, senza aver mai avuto una spiegazione da lei, fu colta da un senso di allarme. Dov'era Simon in quel periodo? A lei risultava a Melbourne. E dunque?

E dunque la macchina? Simon rispose che non sapeva.

Norina non riuscì a trovare il capo di un filo tanto ingarbugliato, anche se era convinta di averlo in pugno. Quei ragazzi avevano sicuramente combinato qualcosa che Simon non le stava raccontando, senza combinare l'amore, il che voleva dire tutto e niente, e più in là di questo lei non riusciva ad andare.

«E Nevia lo sapeva?».

«Zia, perché parli in italiano adesso?».

«Ma che ne so!» rispose Norina con un moto di fastidio.

Il taxi era arrivato.

«No, non lo sapeva» rispose Simon. «Ma forse immaginava qualcosa».

Norina era rimasta l'ultima testimone.

E che cosa aveva in mente di fare ora, Simon, almeno questo glielo poteva dire, o no?

Lui si limitò a rispondere con l'aria più tranquilla del mondo: «Oh, niente, mi preparo per il colloquio di lavoro».

Si salutarono in fretta, nell'imbarazzo e nell'incertezza, senza neanche un abbraccio, in mezzo a un discorso interrotto. Simon tirò forte le cinghie dello zaino e controllò di avere tutto. Diede una carezza distratta a Luli. Si fermò sulla soglia, come per un ripensamento.

Per una volta Norina non gli chiese se aveva intenzione di venire presto a trovarla. Perché era certa che Simon sarebbe tornato per un motivo o per l'altro. I ragazzi hanno sempre bisogno di qualcosa, hanno continuamente nuovi grilli per la testa, ed è per questo che tornano.

Solo la sera prima, origliando da dietro la porta della cameretta, l'aveva sentito dire al telefono: «Nonna Nevia è morta. Non so, forse bisognerebbe avvisare quell'uomo».

Era evidente. Quella storia non era ancora finita.

30. La luna, dall'altra parte

novembre 2005, Trieste/Trst (Italia)
→ Buje/Buie (Croazia)

Dopo la partenza di Simon per Londra, Norina guardò mille volte la foto che suo nipote le aveva lasciato. La infilò nel cassettino privato delle cose rifiutate o che rifiutavano lei, in soggiorno. Ogni tanto l'apriva e ci sbirciava dentro. Le pieghe della fronte si incanalavano profonde fra le sopracciglia, conferendo a Franco un'espressione corrucciata. Dagli occhi trapelava la sicumera di sempre. *Ha!* Il bianco e nero della foto lo incupiva, Norina si ritraeva. E la parola Eldorado, scritta in grande, le provocava un vago disgusto. Allora chiudeva il cassettino con uno scatto, oscurando quel volto.

Ma dovette presto smettere di aprire e chiudere tutto il tempo, Mariano aveva bisogno di lei. E ciò era un bene.

Norina ricevette una chiamata dall'ospedale. Si era liberato un posto per l'operazione. La data sarebbe stata molto vicina, fin troppo. Lei e Mariano fecero tutto quel che si doveva, che era presentarsi a digiuno alla visita preoperatoria, riempire il borsone e lasciare Luli da Anika – anche per giorni se ne avevano bisogno – e poi salire l'una nella Panda, l'altro nell'ambulanza per recarsi alla casa di cura in centro città.

Norina rimase per ore in sala d'aspetto. Si sfregava i pollici osservando ticchettare il grande orologio tondo e bianco alla parete. Le furono concessi cinque minuti per entrare in una camera buia, con tre letti occupati da persone che erano state tutte operate quella mattina dallo stesso bravissimo dottore. Mariano era sveglio, attaccato a una flebo e a un catetere. Aveva una cera giallognola e le labbra secche. Ma parlava, e fu infatti lui a chiederle per primo come stava. Norina gli disse di stare buono. Lei stava bene. Gli appoggiò la mano sulla sua e gliela strinse. Era fredda e anche lei stringeva, seppur debolmente.

Quella mano era cambiata. Al tatto sembrava più grande, ossuta e rugosa. Norina la riconosceva appena. Ritrasse la mano e gli accostò alle labbra il bicchiere di carta, raccomandandogli di bere solo un sorso. Gli spiegò che l'avrebbero spostato, forse già a sera, nella sua camera e che l'indomani sarebbe stata tutta un'altra vita. Mariano annuì. Norina gli chiese che cosa gli facesse male, ma lui scosse la testa. Era ancora sedato, forse era vero che non sentiva alcun dolore. O forse negava come sempre, come se non gliene importasse o si rifiutasse di sentirlo.

L'altro tipo di dolore, invece, Norina non sapeva che fine avesse fatto per lui. Se fosse stato soffocato o acuito nei lunghi anni di chiacchiere, bisticci e pastiglie nella casa di Bristie, l'unica terraferma che avevano. Ma erano ancora insieme, sebbene in una camera d'ospedale, a dirsi reciprocamente che domani sarebbe stata un'altra vita, quella che stava in fondo e oltre la quale non ci si poteva più affacciare.

Mariano chiuse le palpebre. Norina gli ripeté di riposare. Però doveva uscire, le avevano dato solo cinque minuti. Sarebbe tornata il giorno dopo.

Richiuse la porta e si avviò per il lungo corridoio. All'uscita dalla clinica, Norina seppe di non avere più niente da fare. Si sentiva solo stanca. Fuori era una bella giornata, anche se fredda. Si abbottonò l'elegante cappotto, che ormai indossava solo per andare negli ospedali. Si avviò di buon passo verso la Panda, parcheggiata sulla strada trafficata.

Non avere il pensiero di niente e nessuno che l'aspettava o che poteva avere bisogno di lei le liberò la testa, e questo le fece capire quanto di solito fosse ingombra. Era forse per questo che le sembrava di non riuscire mai a mettere insieme due più due e arrivare alla somma. E poi rispondere per tempo, ridere o piangere.

Norina sentì di dover prendere il coraggio che non aveva mai avuto a due mani, proprio con quelle sue mani poco sapienti e deformate dall'artrite. C'era qualcosa che doveva ancora fare.

Salì in macchina attenta a non stropicciare le falde del cappotto. Controllò se nel portafoglio ci fosse la carta di identità e se fosse valida. Lì c'era scritto il suo luogo di nascita: Buie d'Istria, AAAA – estero. Pensò che sarebbe stata ora di rivederla.

Voleva andarci solo per qualche ora e non per ricordare quel che aveva perduto, l'aveva già fatto per tutta la vita, ma per guardare e capire quel che era cambiato.

Mise in moto e si allacciò la cintura. Non era pratica, non aveva mai guidato da sola fin là. Quel viaggio si era fatto negli anni sempre più lungo, con i nuovi confini e i cambi di stato, fino a diventare impossibile. Si raccomandò di procedere al passo di una lumaca e di fidarsi del suo istinto. Fece scattare la freccia e uscì dal parcheggio.

Non fu difficile, la strada ce l'aveva in mente, anche se tutto era nuovo.

Primo confine: Rabuiese, dall'altra parte Scoffie. Da lì era arrivata con i genitori e sua sorella a bordo di un furgone carico di masserizie. La sbarra di allora non c'era più, era stata sostituita da edifici anonimi e funzionali, pensiline e gabbiotti. Aveva sentito dire alla televisione che fra un anno avrebbero buttato giù tutto. Ecco come andavano a finire queste storie. Avrebbero mandato le ruspe per spianare quella brutta ferita inferta alla terra come se non fosse mai accaduto niente.

I doganieri gettarono un'occhiata annoiata alla sua carta d'identità. Le vecchie le trattavano male anche ai posti di blocco, o forse era del tutto indifferente se eri giovane o vecchia. Che si andasse o si venisse, nessuno stava certo là per darti il benvenuto.

Seconda tappa: Capodistria. Bisognava seguire i cartelli, il che era tutto dire, fra i gialli e i blu e le auto che sorpassavano veloci, e tante nuove case che punteggiavano il bordo della strada, confondendo anche i pochi punti di riferimento rimasti. C'erano molte meno coltivazioni e più sterpi, curve e raccordi. Quando non sapeva dove andare – e succedeva spesso – accostava sul bordo della strada. Chiedeva informazioni e tutti le rispondevano in italiano. Rimetteva in moto, puntando dritta al suo orizzonte. Qualche goccia di sudore le scese lungo la tempia quando dovette infilarsi nella corsia al semaforo. Sbagliò, naturalmente, i clacson strombazzarono. Norina mise le quattro frecce e piano piano entrò nella giusta corsia di svolta. Un ragazzo le fece un gestaccio con il dito medio, lei lo mandò in malora sua senza tanti complimenti, ma senza staccare le mani dal volante. Accese la radio a bassissimo volume per concentrarsi. Proseguì lenta, seguendo i cartelli.

Secondo e ultimo confine: Dragogna. Quello non lo avrebbe buttato giù nessuno. Avrebbe continuato a fare la guardia alla sua casa, che stava giusto dall'altra parte.

Dopo due ore e mezza in tutto, le abitazioni divennero più familiari, ma lei non era pratica del paese e non sapeva più a chi erano appartenute, chi era andato e chi rimasto. Non si vedeva gente. Parcheggiò la Panda sul lato di una casa isolata, più vicino possibile agli alberi. Ultima tappa: Buroli. Era arrivata.

Si asciugò il sudore dalle labbra. Alcuni raggi di sole entrarono obliqui dal finestrino del passeggero, dandole l'illusione di potersi rilassare nel tepore. Aspettò a lungo che accadesse qualcosa, ma nulla accadde. Si guardò intorno con apprensione.

Alla fine, nel prato antistante la casa, uscì un uomo con un secchio in mano. Indossava una giacca imbottita e un paio di jeans. Si spostò dalla parte del bosco e scomparve. Tornò indietro dondolando il secchio e reggendo un bastone nell'altra mano. I capelli bianchi gli arrivavano fino alle spalle, un particolare che non c'era nella foto portata da Simon. A Norina sembrò di riconoscere la statura, anche qualcosa nel modo di camminare, che si era fatto più zoppicante. Il volto si intravedeva solo nel suo insieme. Poteva essere lui.

Uscì una bambina dai capelli lunghi e mori come il carbone. Si avvicinò all'uomo, che l'ascoltò annuendo. Le scompigliò i capelli come un nonno e la rimandò in casa sollevando l'indice in direzione della porta. Appoggiò il secchio, puntellò il bastone nel terreno e guardò in direzione della Panda per un tempo che parve lunghissimo. Norina si premette la mano sulla bocca, smettendo di respirare. L'altra mano rimase aggrappata al volante. Pregava Dio che Franco non si avvicinasse. Ti prego. Ti prego.

L'uomo raccolse il secchio e rientrò nella stessa casa di una volta, per continuare la sua vita, che era fatta di secchi e bastoni da portare qua e là, e di bambine che non c'entravano con la famiglia di Norina. Franco era diventato un uomo di quel paese, simile a Mariano, ma in salute, uno che era stato diverso e che lei aveva aspettato per tanto tempo, almeno finché aveva potuto immaginarselo vivo. Dopo non più. Dopo era stata un'altra cosa. La vita aveva seguito veloce il suo corso ed era passata.

Norina non aveva mai cercato abbastanza la felicità. Era rimasta aggrappata *come un pedocio de scòjo* al pensiero fisso di essere nata e andata dalla parte sbagliata. La sua terra era rimasta, lei no. Fra questi due opposti inconciliabili, la terra e lei, si era teso l'arco della sua vita come un filo di ferro storto e attorcigliato.

Ma anche il nuovo mondo che le era sfuggito era andato com'era andato. Questo aveva voluto dirle Nevia nel suo ultimo, lungo messaggio, che le aveva inviato forse sentendo già la morte vicina. Adesso Norina sapeva che quelle parole erano state per lei. Non c'era stato nessun mondo migliore, questo le aveva detto Nevia.

Franco era rientrato in casa. Era a pochi passi da lei. Andato, come molte altre cose. Ora doveva andare anche lei.

Buie la attraversò soltanto. Aprì il finestrino quando si trovò ferma all'incrocio del semaforo ai piedi della Lama, in un punto di cucitura fra la città vecchia, dove stava la casa col *rosèr*, e quella nuova, con altre case. Fra il cimitero di San Martino e quello dov'erano sepolti i suoi morti. Al crocevia di una strada che, alle sue spalle, portava verso i campi di terra rossa, mentre, davanti a lei, si immetteva nella discesa opposta, che l'avrebbe ricondotta al confine. Sperò che una ventata potesse portare nell'abitacolo freddo gli odori e le voci dell'Istria, anche solo per un istante. Ma non entrò niente, solo la notte, il silenzio ovattato e il bagliore di una nuova insegna luminosa. Era troppo tardi per fare ancora una tappa. Attraversò l'incrocio e, in uno scorcio troppo veloce, vide spuntare i due campanili.

Superata la discesa e la rotonda, si trovò a guidare nella notte. Fu dopo aver passato ancora una curva che apparve la luna. Era grande, dal volto vivo e pulsante in ciascuna delle sue molte sfumature grigie. Dal bordo si irradiava un alone arancione che accendeva un angolo del cielo. Avrebbe voluto accostare per guardarla meglio, ma le faceva paura la strada bordata da sterpi o inframmezzata dai viottoli di ghiaia che si immettevano nei campi. Sparute case o edifici commerciali fecero sparire la luna, che riapparve alla curva successiva. Fra poco Norina avrebbe cambiato direzione e della luna chissà che ne sarebbe stato.

Controllò lo specchietto retrovisore, dietro non c'era nessuno.

Rallenta, si disse. Rallenta, rallenta, rallenta. Girò la testa e guardò.

Ora lo sapeva. Si ricordava. La luna, in Istria, splende diversa. Norina non l'avrebbe rivista mai più. La strada l'avrebbe riportata, bene o male, piano o veloce, a Trieste. Là dov'era diventata casa sua.

31. At my place

dicembre 2005, Trieste/Trst (Italia)

«Sei tornato, allora». Amila si sforzò di sorridergli.

«Sì, per vedere di mio zio. Da Londra c'è il volo diretto».

«E come sta?».

«Oh, l'operazione è andata bene. È in una casa di riabilitazione. Cammina, sai? Cammina anche in piscina».

«Incredibile! Me lo devi salutare tanto tanto».

Simon annuì. Per Amila era maledettamente difficile trovarselo davanti e sentire qualcosa, come per esempio battere forte il cuore, e imporsi di smettere. Ma aveva accettato di incontrarlo e aveva proposto di farlo in un posto dove le cose potessero essere per una volta leggere per tutti e due.

«Va bene, andiamo». Simon si mise le mani in tasca e avanzò per primo verso l'inizio del viale, dove si incanalava la folla.

L'aria era umida, una pioggerellina fitta e invisibile si appiccicava a capelli e giubbotti. Il freddo si era fatto pungente, era arrivato proprio quel giorno.

«Volevo dirti che mi dispiace per tua nonna».

«Grazie».

«Dev'essere stato terribile anche per Norina».

Simon la guardò stringendo gli occhi in quel modo

suo. Sembrava però anche diverso. Più magro, più grande, più vero, o forse era soltanto Amila a vederlo così, perché anche lei era cambiata.

«E mi dispiace, sai, ma non ho avuto il coraggio di chiamarla».

«Non ha cambiato numero, puoi sempre farlo».

«È vero. Dovrei» disse titubante. Sarebbe stato giusto. Norina e Mariano non c'entravano, una telefonata poteva farla.

Amila e Simon si mossero lenti fra i tendoni bianchi che, come ogni anno, erano riapparsi allo stesso posto.

«E come va la spalla?».

«Oh, ora bene. Va meglio già da quest'estate».

«Eri a Sarajevo?».

«No. Sono rimasta a Trieste. Con quel tipo di vacanze abbiamo chiuso. E poi dovevo nuotare, per la spalla».

Un venditore con il microfono ad archetto stava attirando la gente per una dimostrazione pratica della grattugia della fiera di san Nicolò. Le sue mani creavano forme e ornamenti da semplici verdure, come se stesse per compiersi un prodigio.

«Ma quando te la porti a casa non funziona mai». Amila gli fece cenno di andare.

Nella caligine si aprivano coni di luce gialla e bianca sui piani dove si ergevano i mucchi variopinti di cibo e vestiti. Gli odori delle olive unte e grandi come datteri si mescolavano a quelli più dolciastri dello zucchero filato, del marzapane, delle noccioline tostate. Corolle di guanti pendevano sopra le teste dei venditori e delle venditrici infreddoliti. Berretti di lana, foderati di pelo, con i pon-pon o facce di animali, erano infilati sui sostegni pensili.

Alla bancarella successiva, Simon assaggiò qualche scaglia di zenzero e gli venne da tossire. Amila prese una manciata di granelli di pepe nero e rosa e li annusò. Simon le regalò una mela caramellata infilzata in un lungo stecchino, di un rosso fuoco come il veleno e l'amore delle favole. Amila leccò il caramello e rimase delusa dal sapore amarognolo. Poi addentò e sbriciolò la crosta. Il frutto era farinoso e dolcissimo. Aveva un netto sapore di infanzia. Era rassicurante.

Uscirono dalla folla e proseguirono di lato, tutti e due con le mani in tasca e le spalle insaccate nei giubbotti. Alla fine non avevano comprato niente, a parte la mela, e avevano ancora tutto da dirsi.

«Senti, ma a che punto è il tuo romanzo?».

«Oh, a nessun punto. È solo fermo».

«Scherzi?».

«No, ma ho pubblicato i racconti».

«Davvero? È una notizia bellissima! E non mi hai portato neanche una copia?».

«Be', non ero sicuro di rivederti. Ma te la porto la prossima volta».

Amila sorrise imbarazzata. A dire il vero non aveva fatto i conti con una possibile prossima volta. «E come sta andando?» si affrettò a cambiare discorso. «Il libro, intendo».

«Niente male. Ma è solo una piccola pubblicazione...».

«E come si intitola?».

«*At my place*».

«Ehi, è un titolo bellissimo!».

«Sì?».

«Sì».

Rimasero per un po' in silenzio. Amila seppe che era arrivato il momento di dirgli quel che era rimasto a lungo in sospeso fra loro. Doveva.

«E senti... cos'hai poi deciso di fare con tuo nonno?». Amila rientrò cauta nel discorso. «Pensi di andare da lui?».

«Nella casa a Buroli? Credo proprio di no».

«No?». Lui scosse la testa. «E come farai con le altre tue cose?».

«Quali cose?».

«Non dicevi sempre che c'era un punto che ti mancava?».

Simon si strinse nelle spalle. «L'ho cancellato. Mi tengo le radici corte. E poi mio nonno era un altro. Si chiamava Carmine».

«Ho capito». Simon non reagì. «Ma allora perché sei venuto in Europa?».

«Per stare un po' lontano».

«Ma così sarai più vicino!».

«Può darsi».

Erano fermi al semaforo. Le macchine proseguivano a passo d'uomo. «E non vuoi sapere com'è andata con lui?» gli chiese Amila con una punta di risentimento.

«Be', sì».

Il semaforo diventò verde, ma loro due non si mossero.

Amila sospirò forte, poi disse: «È stato difficile. Ma sono convinta che le notizie che abbiamo letto su di lui siano vere. Purtroppo, però, ci vorrà ancora molto, troppo tempo perché certe verità si sappiano. Altre non si sapranno mai. E intanto, con questo poco, la gente deve arrangiarsi. È doloroso, ma è così. E allora, quel che voglio dire è... fa' come ti sembra giusto. E scrivi il tuo romanzo...». Simon socchiuse le labbra, ma Amila non gli lasciò il tempo di parlare. «Londra sarà fantastica. E in ogni caso anch'io sto andando per la mia strada... Vado in Bosnia» aggiunse sforzandosi di mantenere un tono normale.

«In Bosnia?».

«Sì. Faccio il viaggio che ancora mi manca».

«Ma quando?».

«Dopo Capodanno».

«Ma perché?» insistette Simon.

«Come spiegarlo. Forse non è proprio un tornare, ma un ripartire. Ho i soldi per mantenermi sei mesi al massimo. Pensa che questo era un vecchio sogno di mio padre. L'anno sabbatico. Be', vuol dire che lo devo fare anche per lui». Al semaforo era scattato di nuovo il verde e questa volta Amila fece il primo passo verso le strisce pedonali. Simon la seguì e attraversarono.

«E cosa farai là?».

«Scriverò e cercherò di vendere i miei articoli a dei giornali seri. Ci provo, insomma».

«E di cosa scriverai?».

«Oh, della Bosnia. Non credo mi mancheranno le notizie e se non le troverò mi inventerò qualcosa».

Attraversarono varie volte e arrivarono alla fine della fiera. In prossimità del teatro, le bancarelle sembravano più spoglie e sole.

«Torniamo indietro?».

«Ok, ma prima mi faccio una sigaretta». Anche Amila tirò fuori il suo pacchetto. «Fumi?».

«Ho sempre fumato con te».

Simon tentennò la testa. «Non seriamente».

«Allora vuol dire che sono diventata seria». Amila rise e si fece accendere la sigaretta. Le nuvole di fumo si mescolavano al fiato bianco che forava l'umidità.

«Ma vai nella tua città?».

«Per farmi coraggio mi sono aggregata a una marcia internazionale della pace».

«E come l'hai trovata?».

«Oh, certe cose da noi si trovano sempre».

«E lì che farai?».

«I miei hanno fatto qualche lavoro di ristrutturazione nel nostro appartamento, ma non sono ancora riusciti a venderlo. È una storia senza fine, come dice mia mamma. Ma io, ecco, io vorrei andare a vedere com'è».

Simon scosse la testa. «Scusa, ma non ti capisco». Sbuffò l'ultima nuvoletta di fumo e buttò la cicca per terra.

«Certe cose non si possono capire».

Infatti, neanche mamma Selma capiva. Diceva che questa novità di Amila era una cosa da pazzi. Majda ripeteva arrabbiata che lei si chiamava fuori, Amila doveva lasciarla in pace. E perfino Olga, al telefono, era ammutolita. Amila l'aveva sentita accendersi una sigaretta, sbuffare forte il fumo, mentre ticchettavano lunghi secondi di silenzio. Infine, le aveva proposto di venire a Vienna se aveva proprio bisogno di staccare. Ma Olga, appunto, non capiva. Perché non si trattava di questo. Solo papà

Željko sosteneva che la sua fosse un'esigenza normale, sacrosanta perfino. Ma anche lui esagerava.

Amila era sicura di voler andare nel posto dove stava quel suo vecchio appartamento vicino alla Drina, pur non sapendo ancora bene che cosa stesse cercando. Qualcosa l'aveva però intanto capito ed era ciò che non voleva. Lo scampolo di Bosnia che si erano ritagliati nell'appartamento delle vacanze estive a Marijin Dvor, per esempio. Non l'aveva mai sentito suo. E comunque a quello avevano ormai rinunciato in famiglia di comune accordo, senza più discutere. Non riuscivano a permettersi tre appartamenti e avevano lasciato quello di cui era stato più facile liberarsi. Ma a Amila non bastava più nemmeno la laurea triennale che aveva preso nella sessione autunnale. La sua vita migliore ce l'aveva, ma sapeva anche che ce n'era un'altra possibile, forse peggiore, ma tanto valeva smettere di immaginarla soltanto.

«Ma nella tua città non ci sono più musulmani, come farai?». Simon si fermò in mezzo al viavai. Le sue mani erano diventate rosse dal freddo.

«Qualcuno torna sempre. E comunque sono abituata a essere l'unica».

Per molto tempo Amila e la sua famiglia avevano creduto di aver perso ogni cosa per sempre. Con l'espulsione da Zvornik avevano subito anche il divieto del ritorno. Si erano fatti disperdere nell'Europa occidentale, erano tornati a intermittenza, avevano lasciato il loro appartamento in sospeso. In qualche modo, anche loro avevano fatto propria la stessa logica che li aveva rigettati.

«E poi ci torno da italiana, più qualcos'altro» aggiunse. «O da bosniaca, meno qualcosa. È la posizione più comoda o scomoda, non so». Simon rimase a osservarla dubbioso. «Senti, non ho idea di come sarà, né se mi piacerà, ma so che posso farlo e questa è l'enorme differenza. E poi vorrei andare a trovare un'amica. Non la vedo da quando abbiamo lasciato casa nostra. Abita ancora al piano di sotto».

Da quando aveva deciso per un cambio di direzione, Amila si sentiva più libera dalla stranieritudine e dal dolore che si era depositato strato su strato negli anni, dall'ansia di voler capire e dalla frustrazione di non saper ricordare, da tutti i *sant'Iddio* di mamma Selma, dalle discussioni estive e dalle massime di papà Željko. Libera di fare anche diversamente se voleva. Libera di decidere intanto qualcosa, che poteva rimanere anche provvisorio.

«Ma come? Non dicevi sempre che Trieste è casa tua?».

«Infatti. Lascio casa mia».

«E non ti mancherà?».

«Certo. Ma da una casa, se è casa tua, puoi anche andartene».

«E quando l'hai deciso?».

«Non lo so esattamente, ma credo dopo l'incidente». Ripresero a camminare. «È in quel periodo che ho cominciato a sognare in bosniaco».

«E prima, non ti capitava mai?».

«No».

«E come si fa a sapere in che lingua sogni?».

«La sogni e basta. E così ho pensato, be', vorrà pur dire qualcosa».

Simon soffiò forte l'aria dalle labbra, come se fosse arrivato alla fine di una maratona. E anche lui sembrò aver raggiunto una sua conclusione. «Ma potrò venire a trovarti?».

«Sei un libero cittadino di questo mondo, mi pare».

«Sono un extracomunitario anch'io» puntualizzò Simon.

«Gli extracomunitari di lingua inglese entrano senza problemi in Bosnia, come dappertutto».

«Allora verrò con le prime ferie. Se mi assumono».

«E pensi che ti prenderanno?».

«Sicuro non prendono il primo che passa».

«Ma dove hai fatto il colloquio?».

«Oh, in uno studio fichissimo di avvocati».

«Allora sicuro che ti assumono» disse Amila ridendo.

Anche Simon rise. «Io comunque dall'Europa non mi muovo. Vediamo se Londra sarà il mio posto».

Amila non aveva finora capito che Simon stava facendo sul serio. Proprio come lei. «L'Europa è grande» lo provocò.

«Non per me. E poi sai cosa penso?».

«No, cosa?».

«Che la geografia non può sempre opporsi ai nostri sogni».

«Almeno sognare non è ancora proibito. Mi pare che ormai l'abbiamo capito».

Stavano tornando al punto di partenza e Simon le sfiorò la mano. Si ritrasse subito, come per un ripensamento. Ma dopo poco le accarezzò il palmo con la punta delle dita gelate e Amila rispose sfiorandolo con le sue altrettanto fredde. Non dovevano farlo, questo proprio no. Eppure le dita di Simon la cercarono ancora e la sua mano gli rispose.

Davanti alle grandi maschere bifronti, sostava sotto un

grappolo di palloncini un san Nicolò che distribuiva la sua tradizionale immagine in miniatura al cioccolato, accarezzava la testa ai bambini intimoriti e oscillava il bastone in saluto alle molte macchine fotografiche. Simon convinse Amila a farsi fotografare.

«Oh, mia nonna sarebbe stata così felice di vedermi qua».

«Allora devi fartela tu la foto e non io!».

«Ma con te sarà più bella». La spinse avanti perché si aggiungesse al gruppetto degli scolari.

San Nicolò oscillò la testa e diede a Amila una pacca sulla spalla, come a una bambina grande e birichina, o a un'adulta che non voleva, o non poteva, ancora andarsene dalla sua infanzia. I bambini risero.

San Nicolò estrasse un sacchetto di monetine al cioccolato anche per Amila, che lo regalò a un bambino incappucciato in un berretto calcato fin sulle sopracciglia. Lui la guardò spalancando la bocca.

Ringraziamenti

Parte di questo libro è stata scritta in una residenza di scrittura presso la Casa degli scrittori/Kuća za pisce di Pisino, in un luogo e una dimensione che ho sentito miei sin dal primo giorno, circondata da un paesaggio mozzafiato e dalla bellezza intensa e unica dell'Istria. Ringrazio sentitamente il Consiglio programmatico della Casa degli scrittori, in particolare il direttore della Biblioteca civica di Umago/Gradska knjižnica Umag, Neven Ušumović, e la direttrice della Biblioteca civica di Pisino/Gradska knjižnica Pazin, Iva Ciceran, per aver creduto in questo libro e per avermi dato la possibilità di vivere uno dei mesi più belli della mia vita. A Lorena Monica Kmet va un ringraziamento speciale anche per la sua appassionata lettura e i molti consigli.

Il mio lungo viaggio ha avuto una tappa importante alla scuola di scrittura Virginia Woolf – Lìbrati, Libreria delle donne di Padova, insieme a persone di grande sensibilità letteraria quali Barbara Buoso, Ilaria Durigon e Laura Liberale, che ringrazio per le letture, i moltissimi e preziosi suggerimenti e gli incoraggiamenti.

Ringrazio anche gli altri miei primi lettori e lettrici per i loro molti riscontri e soprattutto per il sostegno e affetto: Elisa Billi, Raffaele Oriani, Stana Stanić.

Sono grata a chi mi ha accompagnata durante il mio

viaggio in Bosnia, a Irvin Mujčić, per il cammino lungo i sentieri nascosti della Drina, e a Violeta Savić, che mi ha spalancato le porte di Zvornik accogliendomi come un'amica. Il primo viaggio a Zvornik risale però a molto più indietro. Mi ha fatto da guida Veronika Martelanc, a cui devo anche dei chiarimenti giuridici fondamentali.

Ringrazio Erica Costantini per alcune spiegazioni sugli eventi traumatici e Roberto Stoppari per la sua testimonianza e i documenti che ha voluto fornirmi. A lui va anche una dedica speciale.

Last but not least, un sentito grazie a Rosanna Bubola per la sua lettura delle parti in dialetto.

Nota al testo

Le citazioni dei capitoli 14, 18 e 25 sono tratte da:

Coldplay, *Yellow*, testo e musica di G. Berryman, J. Buckland, W. Champion, C. Martin. © 2000 Universal Music Publishing MGB Ltd.

Igo Gruden, *Sinku*, in *Pesmi*, Ljubljana, Slovenski knjižni zavod, 1949.

Ivo Andrić, *Lettera del 1920* (*Pismo iz 1920*), in *Racconti di Sarajevo*, trad. di D. Badnjević Orazi, Roma, Newton Compton, 1993.

Indice

Nella stessa collana:

1. Ivo Andrić, *In volo sopra il mare*
2. Atiq Rahimi, *Grammatica di un esilio*
3. Miha Mazzini, *I cancellati*
4. Predrag Finci, *Il popolo del diluvio*
5. Miljenko Jergović, *Radio Wilimowski*
6. Dušan Veličković, *Generazione Serbia*
7. Ivica Đikić, *Cirkus Columbia*
8. Božidar Stanišić, *La giraffa in sala d'attesa*
9. Meša Selimović, *Il cerchio*
10. Slavenka Drakulić, *Mileva Einstein* (2 edizioni)
11. Rumena Bužarovska, *Mio marito*
12. Bronja Žakelj, *Il bianco si lava a novanta*
13. Miljenko Jergović, *Le Marlboro di Sarajevo* (2 edizioni)
14. Ivica Đikić, *Metodo Srebrenica* (4 edizioni)
15. Ivo Andrić, *La vita di Isidor Katanić*
16. Semezdin Mehmedinović, *Me'med, la bandana rossa e il fiocco di neve*
17. Damir Karakaš, *Memorie della foresta*
18. Miljenko Jergović, *Il padre*
19. Slavenka Drakulić, *Dora e il Minotauro*
20. Ivo Andrić, *Litigando con il mondo*
21. Robert Perišić, *I prodigi della città di N.* (2 edizioni)
22. Darko Cvijetić, *L'ascensore di Prijedor*
23. Dino Bauk, *I sognatori di Lubiana*
24. Federica Marzi, *La mia casa altrove*

Collana le metamorfosi:

1. Cathie Carmichael, *Capire la Bosnia ed Erzegovina*
2. A cura di Martina Napolitano, *Capire i Balcani occidentali*

Collana obiettivo:

1. Luigi Ottani, *Shooting in Sarajevo*

Collana camera con vista:

1. Stefano Montello, *L'albero capovolto*
2. Autori Vari, *La notte che il Friuli andò giù* (2 edizioni)
3. Božidar Stanišić, *I buchi neri di Sarajevo* (2 edizioni)
4. Angelo Floramo, *L'osteria dei passi perduti* (4 edizioni)
5. Pino Roveredo, *Ferro batte ferro*
6. Renzo Brollo, *La montagna storta* (2 edizioni)
7. Alessandro Tasinato, *Il fiume sono io* (2 edizioni)
8. Amedeo Giacomini, *Il prezzo dell'equilibrio*
9. Daniele Stroppolo, *Il caos, la bomba, il caos*
10. Angelo Floramo, *La veglia di Ljuba* (2 edizioni)
11. Alessandro Toso, *La ragazza del bar Centrale*
12. Autori Vari, *Locanda Tagliamento*
13. Paolo Patui, *Scusate la polvere*
14. Michele Marziani, *Lo sciamano delle Alpi* (2 edizioni)
15. Daltin, Floramo, Venier, *Il fiume a bordo* (2 edizioni)
16. Paolo Rumiz, *Vento di terra* (2 edizioni)
17. Dušan Jelinčič, *Gli eroi invisibili dell'Everest*
18. Paolo Patui, *Alfabeto friulano delle rimozioni*
19. Raffaella Cargnelutti, *La valle dei Ros*
20. Michele Marziani, *La cena dei coscritti*
21. Emilio Rigatti, *Retromundi*
22. Angelo Floramo, *Come papaveri rossi*

Collana le città invisibili:

1. Paolo Medeossi, *La città che inizia per U* (2 edizioni)
2. Lorenza Stroppa, *La città portata dalle acque*
3. Paolo Ganz, *Venezia complice* (2 edizioni)

3 bis. Paolo Ganz, *Venice Confidential*

4. Roberto Covaz, *Gorizia capovolta* (2 edizioni)
5. Dušan Jelinčič, *I fantasmi di Trieste* (2 edizioni)
6. Paolo Ciampi, *Gli occhi di Firenze*
7. Aleš Šteger, *Le finestre di Berlino*
8. Paolo Ganz, *Gli orologi di Praga*
9. Marina Lalović, *La cicala di Belgrado*
10. Marco Aime e Chiara Aime, *Torino, senza esagerare*
11. Marta Perego, *M come Milano*

Questo libro è stampato su carta Holmen al suo interno
e su carta Symbol Card in copertina

Finito di stampare ad agosto 2021
presso Grafika Soča, Nova Gorica (Slo)